해파랑,
주렁주렁 이야기가 열린 길

해파랑, 주렁주렁 이야기가 열린 길

초판 인쇄 2022년 10월 20일
초판 발행 2022년 10월 25일

서영수 지음
홍철부 펴냄

펴낸곳 문지사
등록 제25100-2002-000038호
주소 서울특별시 은평구 갈현로 312
전화 02)386~8451/2
팩스 02)386~8453

ISBN 978-89-8308-584-9 (03810)

값 24,000원

해파랑,

주렁주렁 이야기가 열린 길

서영수 지음

문지사

걸을 수밖에 없는 이유

걷는다는 것은 내가 삶의 주체가 되는 것이다. 세상 사람들을 가까이서 만날 수 있다. 계절마다 변하는 자연의 오묘한 조화를 눈에 담을 수도 있다. 홍진紅塵에 마음 쓸 필요가 없고, 사물에 구속당하지 않아도 된다.

몇 년 전이다. 불현듯, 해파랑길을 걸어보고 싶었다. 동해의 상징인 '떠오르는 해', 푸르른 바다색인 '파랑', '~와 함께'라는 조사 '랑'을 조합한 합성어이며, "떠오르는 해와 푸른 바다를 바라보며 파도 소리를 벗 삼아 함께 걷는 길"에 눈이 번쩍 뜨였다. 30년이 홀쩍 넘는 교직 생활을 내려놓고, 무작정 해파랑길을 잡아 나섰다. 희망이 목표로 바뀌는 순간이었다.

무지개를 찾으러 떠나는 여정이 아니었다. 깨달음을 얻기 위해 걷는 구도자의 길도 아니었다. 보고 싶은 것만 보고, 듣고 싶은 것만 듣는 여정도 바라지 않았다. 자연 그대로의 흙길을 밟으며,

세상의 아름다움과 추함을 있는 그대로 느껴보고 싶었다. 내 삶을 되돌아보고, 풍진風塵에서 벗어나고도 싶었다.

늦게서야 마침표를 찍는다. 원고를 쓰면서 무엇보다 쉽게 읽혀야 한다는 것을 첫 번째 과제로 삼았다. 부담 없이 읽을 수 있고, 책장이 술술 넘어가야 한다는 말이다.

해파랑길을 걷는 길손이 되어보길 바란다. 자유를 향한 마음이 가슴 속에서 꿈틀거리고 있을지 모른다.

2022년 10월
저자 서 영 수

일러두기

1. 해파랑길을 걸었던 '2018년 10월 8일부터 2018년 11월 20일', '2019년 2월 24일부터 2019년 6월 8일'까지의 이야기다.
2. 이 책은 해파랑길에 대한 여행안내서가 아니다. 교통, 숙박, 맛집 등에 대한 정보를 싣지 않았다.

걷는다는 건,
내가 삶의 주체가
되는 것.

제8구간(강릉) – 강릉 고을의 어제와 오늘

제9구간(양양) – 일상의 번뇌를 내려놓고

동해와 남해의 갈림길에서
설레는 마음을 열다

설렘은 추억을 낳고

 1코스 오륙도해맞이공원 – 해운대 여행안내소

해파랑길! 꼭 한 번 걸으리라 다짐한 길이다. 해맞이공원에서 바라보는 바다 빛은 쪽을 풀어놓은 듯 푸르고, 파도는 검은 바위에 부서지며 우유같이 하얀 물거품을 토해 놓는다. 오늘, 그 동해를 친구삼아 '일천구백이십 리' 길을 걸을 참이다. 고단한 삶이 산과 바다를 넘나드는 바람처럼 자유로운 영혼이 되기를 갈망한다.

첫발을 내딛다

동해와 남해를 가르는 경계선에서 첫발을 떼니 감정이 벅차오른다. 가슴이 뜨거워진다. 머나먼 길을 홀로 걸어갈 수 있을지 걱정도 된다. 그래도 "시작이 반"이라는 말이 있고, "천 리 길도 한 걸음부터"라고 했다. 포기만 하지 않으면 언젠가 목적지에 도달할 수 있다. 그날을 그리며 해파랑길의 첫발을 내딛는 것이다.

가요 「돌아와요 부산항에」의 배경이 되는 섬. 동해와 남해를 가르는 기준점인 오륙도가 눈을 시리게 하는 바다를 광배로 버티고 섰다. 1740년에 편찬된 『동래부지』〈산천조〉에 의하면 동쪽에서 보면

오륙도

여섯 봉우리, 서쪽에서 보면 다섯 봉우리가 된다고 하여 오륙도란 이름을 붙였다고 한다. 그런데 내가 바라보는 형제 섬들은 다섯도, 여섯도 아니다. 앞에 선 방패섬이 줄지어 선 동생들을 가린 탓에 올망졸망한 전경을 볼 수 없다. 홀로 우뚝 서기는 쉬우나 함께 돋보이기는 생각만큼 쉽지 않은 듯하다. 그렇지만 좀처럼 헤어나기 힘들 것 같은 깊은 바다 위에서도 의연한 자태가 돋보인다.

이기대길 초입에 설치된 스카이워크는 2013년 10월에 개장한 관광명소다. 멋진 해안 경관을 낱낱이 바라볼 수 있어 늘 관람객들로 넘쳐나는 곳이다. 발판이 유리로 된 하늘길은 무섭지 않다. 높은 곳이라면 생각만으로도 오금이 저리는 내가 덤덤하게 걸을 수 있으니 누구라도 걸을 수 있는 길이다. 막연한 공포감에 마음이 먼저 나락으로 떨어졌던 것 같다.

'이기대 수변공원'은 시끌벅적한 도시와 맞닿아 있다. 도심의 공원으로 산책과 휴식처 기능을 맡고 있다. 해파랑길로서는 1구간 1코스에 해당하지만, 부산시에서는 갈맷길로 이름 붙였다. 해안 산책로를 따르면 기기묘묘한 바위가 절벽을 이루고 있어 경관이 빼어나게 아름답다. 발아래는 천 길 낭떠러지다. 오르막과 내리막으로 이루어진 바닷길은 슈베르트의 가곡처럼 변화무쌍하다.

산굽이를 돌아설 때마다 해운대의 높다란 건물이 보였다 사라지기를 반복한다. 해풍의 강약에 따라 파도의 노랫소리 명랑하고, 나뭇가지 부딪치는 소리에 발걸음이 나비의 날갯짓처럼 나풀거린다. 영화 「해운대」의 한 장면이 나타났다 사라진다.

'이기대二妓臺'라는 이름은 다소 낯설다. 조선 시대 좌수영의 역사와 지리를 소개한 『동래영지』에는 "좌수영에서 남쪽으로 15리에 있으며, 두 기생의 무덤이 있어 이기대라 부른다"고 적고 있다. "경상 좌수사가 두 기생을 데리고 놀았다."라고 하여 이기대라 부르는 설도 있고, "임진왜란 당시 왜군이 수영성을 함락시키고 축하연을 열 때, 수영의 의로운 기녀가 왜장을 끌어안고 바다로 투신하여 죽었다."고 하여 '의기대義妓臺'로 불러야 한다는 주장도 있다.

낚시꾼이 자리 잡은 '농바위'는 '이기대길'의 이정표가 된다. 되돌아보는 오륙도 쪽 풍경은 가히 압권이다. 조금 전까지만 해도 저 선경 속을 걸었건만 농바위에 도착할 때까지 하늘과 바다와 산이 만들어 내는 조화의 미를 보지 못했다. 아름답고 추함은 상대적인 개념이라 그것을 바라보고 가려낼 수 있는 마음의 눈을 뜰 때 비로소

알아차릴 수 있다.

　'농바위'는 신뢰와 믿음의 통신수단이다. 옛날, 제주도 성산포 해녀들이 남천동 해안가에 자리를 잡고 물질하면서 서로의 상황을 알리는 수단으로 농을 닮은 바위를 기준으로 삼았다. 그때부터 농바위라 불리게 된다. 농바위의 '농籠'은 버들채나 싸리 등을 이용하여 만든 함을 말한다. 종이를 발라 궤를 포개어 놓도록 만든 일종의 가구다. 지금은 민속박물관에서나 볼 수 있는 물건이지만, 내가 어렸을 때만 하더라도 집집이 서너 개씩 가지고 있던 가재도구다.

나무 그늘에 자리를 잡고 앉는다. 다리쉼을 하면서 흐트러졌던 마음을 가다듬으니 해안 절경이 가슴으로 뛰어든다. 이번에는 하얀 파도의 인사를 받으며 철재로 만든 구름다리를 지난다. 나무계단으로 만들어진 산책로는 또 다른 볼거리다. 멋들어진 풍광에 기분이 좋아져 설렁설렁 걷노라니 '동생말'이다. 동생말? 동생이 사는 마을을 줄여서 부르는 말인가. 이름이 참 별스럽다고 생각했는데 그게 아니다. '동쪽 산의 끝'을 동생말이라고 한다. 휴, 어렵다.

젊음의 거리, 광안해변로

용호만 부두다. 저기 정박해 있는 커다란 배를 타면 내가 알지 못하는 지구 반대편이라도 갈 수 있다. 중학교 다닐 때만 하더라도 붉은 태양과 북극성을 나침반 삼아 넘실거리는 태평양을 건너는

광안리

생각에 잠을 설친 날이 많았다. 파이프 담배를 문 소설 속의 선장이 되어 오대양 육대주를 누비겠다고 다짐했던 적도 있다. 바람에 흩어지는 구름 같은 이야기지만 그래도 꿈을 꿀 수 있는 풋풋한 시절이었다.

번잡한 도시가스 오거리에서는 정신을 똑바로 차려야 '광안해변로'로 길을 잡을 수 있다. 자칫 방심이라도 할라치면 오른쪽 길로 들어서게 된다. 생각만 해도 아찔한 광안대교 가는 길이다. 자동차 전용도로인 광안대교는 해운대 센텀시티에서 끝난다. 그 길이가 무려 7,420m에 이른다. 밤이 되면 다이아몬드처럼 찬란하게 빛을 발하는 광경으로 인해 부산의 대표적인 랜드마크가 된 지 오래다.

광안리 해변 바윗돌에 새긴
컬러풀한 그림들

대교의 웅장한 위용을 가장 잘 볼 수 있는 곳은 광안리 해수욕장이다. 휘황찬란한 모습을 보기 위해서 다른 지역의 관광객까지 몰려드는 곳이다. 푸른 바다와 더불어 숙박시설, 멋진 카페, 음식점들이 즐비하여 원하는 것이면 무엇이든 구할 수 있다. 사람이 걸어 다니는 인도에는 게, 새우, 해마, 소라 등을 새긴 돌들도 눈을 즐겁게 한다. 매년 10월이면 아시아 최대의 불꽃축제가 열린다. 특이한 모양, 초대형 불꽃을 볼 수 있다. 여기에 화려한 레이저 쇼까지 펼친다. 과연 젊은이의 낙원 '광안리해변'이다.

백사장은 수없이 많은 쓰레기로 인해 심한 몸살을 앓는 중이다. 푸르른 가을날과는 도무지 어울리지 않는다. 제25호 태풍 콩레이가 할퀴고 지나간 생채기라기보다 쓰레기를 함부로 버리는 사람, 자기 행동에 양심의 가책을 느끼지 못하는 마음의 장애인이 원인이다. 해변의 모래는 한 움큼도 손안에 가둘 수 없다. 바닷물도, 공기도, 햇빛도 마찬가지다. 어찌나 고운지 어느새 슬며시 손바닥을 애무하며 빠져나간다.

민락수변공원은 광안리해수욕장을 돌아나가면 만날 수 있는 공원이다. 삼삼오오 나들이 나온 사람들로 시장을 방불케 하는 곳이다. 바닷가에는 주변 분위기와 어울리지 않는 큰 바위가 여기저기 널려있다. 바다 밑에 웅크리고 있던 바위를 태풍이 밀어 올린 것이다. 태풍! 상상을 초월한 힘이다.

아버지의 노래

'센텀비치푸르지오아파트'가 끝나는 지점에서 해운대로 가기 위해서는 수영2호교를 타야 한다. 표지판이 너무 작아 유심히 살피지 않으면 헤맬 수 있다. 다리 위에서 바라보는 광안대교와 마천루는 흔히 만날 수 있는 풍경이 아니다. 감탄을 자아내게 하고,

압도적인 느낌을 준다. 불끈불끈 힘이 솟게도 한다. 수영요트 경기장을 건너면 영화의 거리다. 운촌항도 가깝다.

동백사거리에서는 방울방울 흐르는 땀을 훔친다. 카르멘^{Carmen}을 닮은 정열의 꽃이 섬 전체를 뒤덮는다는 동백섬으로 발을 들여놓는다. 산책로를 따라 걸어가면 곧 누리마루APEC하우스에 닿는다. 2005년, 세계의 정상들이 만나 회의했던 역사적인 장소다. 그런데 아무런 감흥이 일지 않는다. 정상들이 회의했다는 내부를 둘러보아도 마찬가지다. 세상을 움직이는 어마어마한 권력을 가진 그들도 실상은 나와 같이 밥 먹고, 똥 싸는 인간일 뿐이라고 생각하니 그와 내가 다르지 않다는 마음에서다.

섬 정상에 오르면 최치원의 동상이 엄숙한 자태로 맞아준다. 그 옆에는 해운정이 껑충하다. 신라 말기의 학자요, 문장가로 이름 높은 최치원이 속세를 버리고 가야산으로 들기 전에 들렀던 곳이라 그를 기념하기 위해 세운 동상이다. 바닷가 절벽에는 부산광역시 기념물 제45호로 지정된 석각이 있다. 빼어나게 아름다운 동백섬 일대의 경치에 탄복한 최치원이 그의 자인 '海雲^{해운}'을 새긴 큰 바위다. 오늘날 해운대라 부르게 된 것도 이것에서 비롯된 것이다.

드넓은 해변은 우리나라를 대표하는 해수욕장 중의 하나가 되어 사시사철 선남선녀들을 불러 모은다. 연중 가장 날씨가 추운 1월에는 북극곰 수영축제를 연다. 말만 들어도 이가 덜덜 떨린다.

백사장에는 가요 「해운대 엘레지」의 노래비가 홀로 외롭다. 함경북도 청진 출생이나 부산에서 살았던 한산도(본명 한철웅)가 가사를 쓰고, 부산 출생의 백영호(본명 백영효)가 작곡한 노래다.

해운대 해수욕장

이기대길에서 바라본 풍경

동백섬 정상에 있는 최치원 동상

해운대 엘레지 노래비

아버지가 좋아하셨고, 나의 애창곡이지만 아무도 눈길 한 번 주지 않는다. 악곡을 발표한 시기는 1958년이다. 1950년에 발발한 6·25 한국전쟁 탓에 사랑에 대한 추억과 이별의 쓰라림을 담은 단조의 노래가 되고 만다. 영원토록 변치 말자 맹세하고 다짐한 사랑이건만 냉혹한 현실을 이길 수 없다. 백사장에 쌓은 모래성을 파도가 허물어 버린 것처럼 덧없는 사랑과 미련만 남기고 사라진다. 애절한 가락과 가슴을 치는 가사로 인해 삽시간에 수많은 사람의 애창곡이 된다.

그래, 구성진 노래 한가락을 불러보자. 노랫말을 알고, 가락까지 외울 수 있는데 망설일 것이 무엇이냐. 누가 있어 흥을 보겠는가. 아버지가 즐겨 부르시던 「해운대 엘레지」의 쓸쓸한 가락에 그리움을 담아본다.

해운대 엘레지

작사 한산도 / 작곡 백영호

언제까지나 언제까지나 헤어지지 말자고
맹세를 하고 다짐을 하던 너와 내가 아니냐
세월이 가고 너도 또 가고 나만 혼자 외로이
그때 그 시절 그리운 시절 못 잊어 내가 운다

백사장에서 동백섬에서 속삭이던 그 말이
오고 또 가는 바닷물 타고 들려 오네 지금도
이제는 다시 두 번 또다시 만날 길이 없다면
못난 미련을 던져버리자 저 바다 멀리멀리

울던 물새도 어디로 가고 조각달도 흐르고
바다마저도 잠이 들었나 밤이 깊은 해운대
나는 가련다 떠나 가련다 아픈 마음 안고서
정든 백사장 정든 동백섬 안녕히 잘 있거라

철 지난 해수욕장 풍경이 쓸쓸하다. 마음 없는 동상만이 홀로
서서 지난 여름날의 열정을 추억하고 있다.

사랑이 머문 자리

 2코스 해운대 여행안내소 – 대변항

08:20분. 1944 순천발 포항행 무궁화 열차에 몸을 싣는다. '신해운대역'으로 떠날 참이다. 지난밤은 해파랑길을 걷는다는 들뜬 생각에 잠을 설쳤다. 몹시 긴장했는지 지금도 가슴이 콩닥거린다.

태양이 떠오르는 아침이면 어디론가 훌쩍 떠나지 못한 나의 용기 없음에 실망한다. 그러다가도 어둠이 내리면 언제 그런 생각을 했느냐는 듯이 들뜬 마음이 가라앉는다. 편안한 현실에 안주하며 안도의 한숨을 쉰다. 깨알같이 작은 생각을 두고도 이렇게 번민하는 것을 보면 좀처럼 번뇌의 굴레에서 벗어날 수 없다.

오늘은 어떤 길, 어떤 사물이 두 눈을 환하게 밝혀줄까. 가슴을 두근거리게 할까. 길을 잡아 나서는 마음이 천 갈래, 만 갈래로 흩어져 무지개 된다.

길, 길, 길, 달맞이길

"우와! 정신없어."

달맞이동산으로 가는 길목인 미포가 떠들썩하다. 여기저기

들어서는 높은 건물이 하늘을 찌를 태세다. 안전을 위해서 지르는 고함과 중장비 소리에 귀가 얼얼하다. 눈을 크게 뜨고, 눈망울을 사납게 굴려야 한다. 자칫 한눈을 팔다가는 큰 코 부러지고, 무릎을 깰 수 있다.

미포오거리에서 송정으로 넘어가는 예쁜 달맞이길은 이름만 들어도 심장이 쿵쾅거린다. 15번 이상 굽어진다고 하여 '15곡도曲道'라고도 부른다. 낮에만 걸었던 길이라 나에게는 해맞이길인 셈이다. 웬 사람들일까. 장년쯤 되어 보이는 한 무리의 갑남을녀가 완만한 언덕길을 느릿느릿 오른다. 시간이 남아도는지 도통 바쁜 구석이 없다. 남의 앞길을 막아섰다는 생각을 애당초 하지 못하는 듯하다. 잘 차려입은 맵시만 뽐내면 그뿐인 듯하고, 한바탕 수다에만 기세를 올린다. 설사 그렇다고 한들, 내가 신경 쓸 까닭이 무엇인가. 내 여자가 아니고, 내가 돈 내는 것도 아니지 않은가. 발걸음을 멈추고, 해운대의 이국적인 정경, 송정의 깨끗한 바다를 바라보며 마음을 다스리기로 한다.

달맞이동산은 부산의 몽마르트르라 부른다. 멋진 카페와 음식점, 아름다운 풍광까지 함께 하니 청춘남녀가 손에 손을 맞잡고 사랑을 노래하는 곳이다. 특히, 정월 대보름날의 달빛은 바다와 어우러져 가슴 벅찬 정취를 만든다. 해월정에 오르지 않아도 쉽사리 자리를 뜰 수 없게 한다. 부산 팔경의 하나로 지정된 이유다.

드림○○○치과의원 앞에서 숲길로 들어선다. 와우산 중턱부터 송정해수욕장까지는 산길이다. 해파랑길 표지기와 함께 '삼포해안길' 표지판을 따르면 벚나무와 송림이 호젓한 오솔길을 만든다. 그런데

달빛바투길 표지판

이름이 너무 많다.

'문텐로드', '삼포해안길', '달빛바투길', '갈맷길', '해파랑길', '○○길…'. 하나의 길을 두고 여러 가지 이름을 붙여 놓으니 헷갈린다. 모두 알 수도 없거니와 기억할 수도 없다. 이미 '달빛바투길'과 같이 아름다운 우리말로 만든 이름도 있다. 은은한 달빛이 내리는 명상길이라고 하면 될 것을 굳이 어렵고 이해하기 힘든 '문텐로드'를 쓸 것이 무엇이냐는 말이다. 외국어를 사용해야 그럴듯해 보인다는 졸렬한 발상은 언제쯤 사라질까. 그러고 보니 내가 사는 지역에도 예쁜 바닷길을 두고 못난 이름을 붙인 곳이 있다. 에메랄드빛이 감도는 바다와 꿈에서나 그릴 듯한 '저도'의 둘레길을 두고 '비치로드'라 이름 붙여 놓았다.

길손에게 숲길은 축복이다. 나뭇잎이 양산되어 따가운 햇볕을 막아주고, 신선한 산소를 만들어 주는 덕분에 숨쉬기에 편하다. 흙길은 무릎과 발바닥에 닿는 충격을 줄여준다. 오르막을 걸을 때는 숨이 턱까지 차다가도, 내리막을 만나면 숨 고를 여유가 생긴다. 삶의 여정과 닮은 모습이다. 고요한 산길은 좀처럼 끝을 보여주지 않는다. 종아리에 울퉁불퉁 근육이 생기고, 경련이 일 것 같다. 사람들은 오체투지五體投地로 삶의 고뇌에서 벗어날 묘책을 구하는 줄 안다. 산길을 벗어나니 구덕포와 청사포로 가는 표지판이 눈앞에 섰다.

'청사포? 구덕포?'

요사스러운 마귀의 꾐에 마음이 흔들린다. 여러 번 들렀던 청사포를 남겨두고 곧장 구덕포로 안내하는 표지기를 따라 숲길로 들어서니 인기척이 없다. 갑자기 무섬증이 인다.

길은 길에 이어져 있다. 어떤 길을 걷던 그건 내 몫이다. 미국의 시인 프로스트는 「가지 않은 길」이란 시에서 숲속의 두 갈래 길을 이야기했다. "두 길을 한 번에 걸을 수 없기에 사람들이 적게 간 길을 택했다." 그 선택으로 말미암아 "내 모든 것을 바꾸어 놓았다."라고. 대시인의 노래는 수십 년을 두고 어떻게 살아야 하는지에 대한 화두가 되었다. 가지 않은 길에 대한 미련이 아직도 마음 한구석에 남아 꿈틀거린다. 오늘, 내가 걷는 이 길은 많은 사람이 걸었고, 또 걷고 있는 길이다. 시인이 걸었던 길과는 의미가 다르겠지만, 이 길을 걸으므로 인해 내 삶도 달라질지 모른다. 오랜 세월이 지난 어느 날, 나 또한 한숨지으며 이야기할 것이다. 숲속에 길이 있었고, 나는 그 길을 걸었노라고. 내 삶의 흔적을 되돌아보면서 어떻게 살아야 할지 고민하였노라고.

마음에 점 찍기

송정이란 "해송이 울창한 언덕에 정자를 지었다."고 하여 붙여진 이름이다. 내 눈에는 눈썹달을 닮은 송정해수욕장과 맑은 바닷물이 더 볼만하다. 백사장의 모래는 때 묻지 않아 깨끗하다. 바다는 눈이 시리도록 푸르다. 지난여름, 불볕더위로 인해 몸살을 앓았을 것 같고, 해변이 5cm는 내려앉았을 것이라 여겼다. 그런데도 해변은 어려움을 내색하지 않는다. 구구한 생색도 없다. 다정한 모습으로 다가오니 오히려 이상하다. 언제나 빗나가는 생각이고 보면 이 또한 머피의

송정해수욕장

법칙이다.

이런, 점심 먹을 시간이 지났는지 배가 고프다. 조금 전까지만 해도 식당가에서 풍기는 음식 냄새에 코를 벌렁거렸다. 혼자 들어가기가 계면쩍어 지나쳤을 뿐이다. 자고로 점심이란 마음에 점을 찍는 것이라 했다. 밥을 먹었다고 생각하면 그뿐이라는 말이나 점 하나 찍기가 생각만큼 쉽지 않다. 위장에 큰 점 하나를 찍어야 이 고비를 넘길 수 있을 듯하다. 체력을 많이 소진한 탓인지 싶다.

푸드트럭 'cafe dot'이다. 가벼운 식사나 차를 마실 수 있는 이동식 식당 아닌가. 굳이 마음에 점을 찍으며 배고픔을 참지 않아도 된다는 신의 계시다. 음식을 먹기만 하면 마음뿐만 아니라 위와 창자에도 점이 찍힌다는 거다.

샌드위치 하나와 콜라 한 캔으로 부지런히 점을 찍는다. 음식은 역시 길에서 먹는 맛이 최고다. 지나가는 사람들의 부러운 눈총(?)을 맞아도 전혀 아프지 않다. 오히려 재미있고, 실실 헛웃음이 나온다. 참! 'dot'은 점으로 해석하는 것이 보편적이나 여자 이름 '도러시아Dorothea', '도로시Dorothy'의 애칭으로 사용하기도 한다.

용궁사 가는 길

죽도는 송정해수욕장 옆에 있는 아담한 공원이다. 대나무가 많이 자란다고 하여 죽도라 불렸다. 이곳의 대나무는 "좌수영으로 보내 전쟁에 사용할 화살을 만드는 용도로 사용했다."라는 기록이 전해오고 있으나 지금은 한 그루의 대나무도 볼 수 없다. 소나무가 작은 숲을 이루고 있다. 원래는 육지와 가까운 섬이었으나 흙이나 모래, 자갈 등이 쌓이면서 뭍으로 변했다. 섬 끄트머리에 있는 '송일정'에 서면 송정해수욕장과 끝 모를 수평선이 눈앞이다. 솔향을 맡으며 호연지기를 기를 수 있고, 마음의 근심을 말끔히 날려 버릴 수 있다. 일출이나 정월 대보름의 달맞이를 할 수 있는 명소로도 유명하다.

죽도와 맞닿아 있는 송정항에는 올망졸망한 고깃배가 출항을 기다리고 있다. 정겨운 10월의 정경이다. 공수 해안은 쓰레기 투기 장소가 된 듯하다. 폐비닐, 플라스틱, 의자, 가구까지 마구잡이로 내던지고, 태운 흔적이 역력하다. 물고기 잡는 노력의 절반만이라도 해변 가꾸기에 힘썼더라면 이 지경까지는 이르지 않았을 것이다. 삼천리 화려강산이 쓰레기 강산으로 변했으나 국가나 지방자치단체, 바다에 기대어 사는 주민까지도 고개를 돌려 외면하고 있다. 길이

송일정

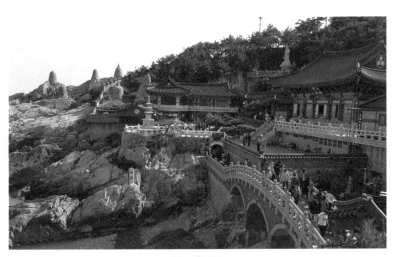

해동 용궁사

후손에게 물려줄 유산이라고는 물고기가 살지 못하는 휑한 바다와 쓰레기가 전부인 듯하다.

시랑대를 거쳐 해동용궁사로 가려면 바닷길로 들어서야 한다. 표지기가 애매하여 갈팡질팡하는 내 몸짓을 보고 푸드트럭에서 음식을 파는 아주머니가 친절하게 말씀을 건넨다.

"용궁사로 가실라 카모, 곧바로 가이소."

정면에 바라다보이는 용궁길을 따르면 나지막한 언덕이라 걷기 쉽고, 거리도 가깝단다. 힘도 들지 않는다고 친절하게 알려주신다. 그러나 이미 해파랑길을 걷기로 마음먹은 이상 정해진 코스를 따르는 것이 순리다. 길손의 숙명이기도 하다. 예전에 밭으로 이용했을 법한 산기슭 억새밭으로 들어서니 길이 숨어버렸다. 어디가 길이고, 웅덩인지 분간할 수가 없다. 사람들이 오고 간 흔적을 찾아 억새 속에서 한참을 허둥거리다 간신히 벗어난다. 이번에는 해송이 숲을 만든 오솔길로 들어선다. 산새 소리, 물새 소리조차 들리지 않는다. 적막강산만이 나를 에워싼다. 무심한 파도와 발걸음 소리를 위안 삼는다.

시랑대^{侍郎臺}다. 1733년(영조 9), 이조참의를 지낸 권적이 기장 현감으로 부임하여 시랑대라 새기고 시제로 삼아 시를 지었다는 바위다. 한가지 소원을 꼭 이루어준다는 해동용궁사는 시랑대에서 지척이다. 직장에서 다녀갔고, 평소에도 불자들로 넘쳐나는 사찰이다. 오늘은 특히 심하다. 걷는다기보다 떠밀려서 들어가고, 떠밀려서 나오는 형편이다. 바닷물이 철썩이는 바닷가 바위 위에 자리 잡은 용궁사는 공민왕의 왕사였던 나옹대사께서 창건했다. 커다란 파도가 칠 때면 바닷물이 곧바로 대웅전까지 튀어 오를만한 곳에 자리 잡았다.

전해오는 이야기에 의하면 나옹대사께서 경주 분황사에서 수도하실 무렵, 나라에 큰 가뭄이 들었다. 곡식이 말라 죽고 인심이 흉흉했다. 만백성이 비 오기만을 기다리며 하늘을 원망했다. 이때, 동해 용왕이 스님의 꿈속에 나타나 말씀하셨다.

"봉래산 끝자락에 절을 짓고 기도하면 비 오고 바람 부는 것이 농사짓기에 알맞을 것이며 나라가 태평하고 백성이 살기 평안할 것이다."

대사께서 용왕의 뜻을 받들어 이곳의 지세를 살펴보니 과연 뒤는 산이요, 앞은 푸른 바다였다. "아침에 불공드리면 저녁때 복을 받는 곳"이라 하시고는 보문사를 세웠다. 1592년, 전 국토를 짓밟은 임진왜란으로 보문사가 불에 타서 없어지자 통도사의 운강화상께서 중창했다. 지금은 해동용궁사로 이름이 바뀌었다. 속세의 모든 속박에서 벗어날 수 있도록 불자들을 인도하고 있다.

용궁사에는 불전함이 특히 많다. 심지어 12지신상 앞에까지 놓여 있다. 염불보다 돈에 관심이 많다는 소문이 떠돌더니만 허언이 아닌 모양이다. 인터넷을 조금만 뒤져보면 스님들의 추한 기록을 볼 수 있다. 용궁사 스님과는 무관한 사건이나 나무위키에는 "조계종은 승려들의 성폭행 의혹, 간음, 술자리, 횡령, 집단 폭력 사태 등으로 골치를 앓아 왔다." "승려들이 대웅전 기왓장을 뽑아다 던지고, 유리 조각을 수리검처럼 날리는 일대 활극이 경내에서 벌어졌는데"와 같은 기록이 있다. 공금유용과 세속의 자식 사건으로 세상을 떠들썩하게

오랑대에서 바라본 용왕단

송정항

만들었던 스님의 삶도 한동안 세간의 가십거리였다.

국립수산과학관 뒤쪽으로 길을 잡아야 한다. 설마, 절 안에서 수산과학관으로 가는 길이 있을까 싶어 일주문 밖에서 한참을 헤매다가 결국 용궁사 경내로 들어와 길을 찾았다. "등잔 밑이 어두웠던"셈이다. 기장해안로 바닷가 정원에는 해국이 지천으로 피어 향을 발한다. 마음이 평온해지면서 정신이 아뜩해진다.

오랑대공원은 해안가에 있는 넓고 편평한 잔디밭이다. 전하는 이야기에 의하면 "옛날, 기장 땅에 유배 온 사람이 있었다. 시랑 벼슬을 한 다섯 명의 선비가 그를 찾아와 술을 마시며 위로했다." 오랑대라는 이름이 붙은 이유라고 하나 진위까지는 알 수 없다.

눈을 돌리면 바닷가 바위 위의 용왕단이 눈길을 끈다. 지붕에는 탑이 있고, 지붕 모서리에 용의 머리가 조각되어 있다. 가까이에서 절을 하는 여인들이 여럿 보인다. 어머니의 간절한 마음이다.

대변항이 바로 저기다. 하늘은 높고, 발걸음 소리 경쾌하다.

봉대산 넘어 고산을 만나다

 3코스 대변항 – 임랑해수욕장

16.3km를 완보했다는 기쁨도 잠시다. 날이 저물기 전에 임랑해수욕장까지 20.5km를 마저 걸어야 한다. 잠시도 멈출 수 없는 숨 가쁜 인생길과 같다. 엎어져도 GO, 자빠져도 GO다.

봉대산 이야기

요염한 그믐달 모양의 대변항을 돈다. 크고, 작은 어선들이 일렁이는 파도를 타고 느릿한 블루스를 춘다. 줄줄이 선 노점상에는 없는 것 빼고 다 있다. 각양각색의 건어물과 젓갈이 만산홍엽을 보는 듯 화려하다. 노르스름한 빛이 감도는 멸치젓갈은 유난히 먹음직스럽다. 뜨거운 쌀밥 한 숟가락을 뜨면 혀까지 함께 넘어갈 듯하다.

'한 통 살까?'

'무거운 젓갈을 들고, 우째 산을 넘을끼고.'

사야 하나, 말아야 하나. 인생이란 이렇게 갈등의 연속이다. 지나온 삶도 늘 그랬다.

낯선 도로를 서너 번 돌아서니 봉대산 입구다. 산은 높지 않고, 유순하게 보인다. 문제는 시계다. 이 녀석은 도통 잠이 없는 데다가 부지런하기까지 하여 어느새 바늘을 오후 4시 10분에 데려다 놓았다. 해는 진작부터 기운을 잃은 듯하다. 부지런히 오른다면야 10월 중순의 야산을 넘지 못할 것도 없겠으나 마왕의 망토 자락 같은 구름이 벌써 산을 절반이나 점령한 상태다. 정상까지 올랐다고 해도 내려가는 길이 얼마나 될지 모르는 상황이라 여간 망설여지는 것이 아니다.

"빨간 사과줄까? 파란 사과줄까?"

뽀샤시하게 단장한 야시가 나타나 말이라도 걸면 혼이 반쯤이나 빠져나갈 것 같다. 입이 바싹 마르고, 긴장도 된다. 그래도 평생을 앞만 보고 달려왔으니 봉대산 하나쯤이야 넘지 못할 까닭이 없다.

두도막 형식의 가곡처럼 시작은 늘 평범하다. 자그만 농가와 밭이 있고 길도 넓다. 서너 채의 농가를 지나면 좁다란 밭둑이 어지럽게

봉대산

얽혀있다. 해발 229.4m의 오르막이 제법 가파르다. 무성한 나뭇잎은 하늘을 가렸다. 햇빛이라고는 나뭇잎 사이를 비집고 들어온 솔가리만큼 가느다란 빛줄기가 전부다. 산새는 마실 갔는지 길 잃은 바람 소리만 귀를 훑는다. 지난 태풍으로 인해 부러진 나뭇가지들이 아무렇게나 널브러져 바쁜 걸음을 더디게 만든다. 숨이 턱까지 차오르자 차가운 계곡물에 얼굴을 들이밀고 싶은 마음이 굴뚝같다. 서산을 향하는 태양은 도무지 게으름을 부릴 줄 모른다.

'해야, 넌 왜 쉬지도 않고 빨리 달려가?'

정상이 400m 남았다. 산에서 만나는 표지판은 믿을 만한 것이 되지 못한다. 예전에 암자가 100m 전방에 있다는 표지판을 믿고 한참을 걸은 적이 있다. 그런데 또 100m가 남았다는 표지판에 아연실색하지 않을 수 없었다. "믿는 도끼에 발등 찍히는 꼴"이었다.

헉헉. 정상을 앞두고, 갈림길이다. 숨이 턱까지 차오른 탓에 말할 기운이 없다. 오른쪽으로 가면 역사의 현장인 남산봉수대건만 기장문화원 쪽으로 길을 잡는다. 곧바로 내리막이다. 순한 햇살이 몸을 감싸자 마음이 놓인다. 처녀 귀신이 있다고 한들 얼씬도 못하지 싶다. 쌤통이다. 이번에는 모래가 말썽이다. 등산화를 벗어 네댓 번은 넘게 털어냈건만 어느 틈으로 잠입했는지 발바닥을 괴롭힌다. 못된 놈, 성가신 녀석은 어디에나 있다.

우뚝 선 '우신네오빌아파트' 옆, 남새밭에는 농부의 호미질이 바쁘다. 이랑 위에는 미끈하고 둥글둥글한 고구마들이 세상 구경에 여념이 없다. 일그러진 녀석은 입을 삐죽거리는 것 같아 한 대 쥐어박고 싶다. 빼빼 야윈 녀석은 양분을 섭취하지 못했는지 애처롭게 보인다. 빨갛고, 길쭉하게 생긴 녀석은 달콤한 맛으로 입을 즐겁게 해줄 것 같다. 언덕배기 잔디에 쓱쓱 문지른 후, 한 입 베어 물면 유년 시절의 추억이 가슴으로 달려들지 싶다.

'한입 해 보이소.'

인정스러운 한마디를 기대하며 걸음을 늦추었지만 농부는 길손에게 관심이 없다. 눈길 한 번 주지 않는다.

신작로다. 주변이 밝고, 오가는 자동차를 보니 쪼그라들었던 가슴이 펴진다. 바쁘게 넘었던 봉대산 등성이 너머에는 이미 어둠이 깃들었을 것 같다. 그러고 보니 칼날 같은 삶의 현장에서도 명암이 엇갈렸다. 다른 곳을 바라보는 무리와 말을 섞기도 했다. 아무렇지도 않다는 듯이.

'저녁때는 산을 안 탈 거다. 퉤! 퉤!'

혼자 씨불이고, 혼자 다짐하는 나 자신이 가관이다. 산을 오르기가 두려웠던 탓이다. 발걸음은 바빴고, 막막한 생각도 들었다. 산을 오르기 전에는 대변항이 마음에 걸렸다. 갈림길에서는 봉수대가 눈에 밟혔다. 잠시 지나는 길에서도 가슴에 돌을 담은 듯 무거워하는 내가 어떻게 살았고, 어떻게 살아야 할지 하루에도 열두 번 넘게 만감이 교차한다. 인생의 오후에 들어서서야 후회하고, 뉘우친다. 앞만 보고 걸었던 시절이 야속하다.

군청 현관 계단에 퍼질러 앉는다. 자판기에서 콜라 한 캔을 뽑아 갈증을 달래고, 다리쉼도 하나 잠깐뿐이다. 동백섬에서 대변항까지 쉼 없이 걸었건만 아직도 목적지가 한참이나 남았다. 인생도 이와 다를 바 없다고 생각하니 내달리듯 걷지 않을 수 없다. 내일은 또 어떤 일상이 펼쳐질까. 임랑해수욕장을 향해 걷는 발걸음에 희망을 담아본다.

일광해수욕장 가는 길

기장대로가 널찍하다. 전봇대에는 10월 25일부터 10월 28일까지 칠암항에서 붕장어 축제를 연다는 깃발이 세차게 나부낀다. 지글지글 붕장어구이, 생각만 해도 군침이 돈다.

종일 걸었던 터라 체력의 소모가 만만찮다. 씽씽 달리는 승용차나 버스, 트럭 등이 언제 덮칠지 모르니 안전에도 신경 써야 한다. 잠시라도 긴장의 끈을 놓을 수 없다. 그러니까 오래전이다. 서해와 넓은 갯벌을 보고 즐길 요량으로 무안군 현경면 송정리에서 해제면 송석리에 있는 도리포항까지 송마로를 걸었다. 내가 찻길로 걷는 것이 못마땅했던지 갓길로 바짝 붙이며 위협하는 덤프트럭과 맞닥뜨렸다.

일광해수욕장

급히 도랑으로 피신하여 위험을 모면했지만, 한동안 트럭만 보면 무서운 생각이 들었다. 지금도 그 생각만 하면 가슴을 쓸어내려야 하나 타인의 삶을 이해하지 못하는 옹졸한 마음에서 비롯된 일이라 여기고 있다.

다리가 천근만근이다. 겨우 일광해수욕장에 도착했을 뿐인데 어둠이 온갖 물상을 삼켜버렸다. 인기척도 끊어졌다. 그래도 지난 여름날은 젊음의 열기로 뜨거웠지 않았을까. 눈길을 끄는 것이라면 바다를 향하는 배 모양의 조형물이다. 그날을 추억하는 한 줄기 바람이 쓱 지나간다. 숙소를 구하지 못한 처지고 보니 마음이 바쁘다.

잊혀버린 삼성대

'따르르릉'

시끄럽게 울리는 알람 소리에 단잠에서 깬다. 그런데 아직도 창밖이 어둡다. 비가 오나 싶어 살며시 창문을 열어보니 해가 중천에 떠 있다. 창문을 검은색 비닐로 빛가림한 탓에 날이 밝은 것을 알지 못한 탓이다. 서둘러 배낭을 둘러매고, 현관으로 나오니 다른 길손들은 이미 저마다의 목적지를 향해 떠나고 없다. 출입문 전자카드만 바구니에 수북하다.

아침 먹을 곳이 마땅찮다. 어제 삼성대三聖臺를 보지 못한 까닭에 왔던 길로 되돌아 나간다. 해파랑길 진로와 반대 방향이나 나 혼자 걷는 여행의 묘미다.

이럴 수가! 눈앞에 보이는 작은 흙무더기가 삼성대란다. 풍광을 감상할 수 있는 산언덕도 아니고, 정자도 없다. 인공으로 만든 듯한 조그만 둔덕에 삼성대를 알리는 표지석이 외로워 보인다. 고산이 유배를 왔을 당시만 하더라도 삼성대는 백사장 한가운데에 있었다고 한다. 해송들은 해안선을 따라 숲을 만들었다. 해당화는 일제강점기 때까지 백사장을 아름답게 수놓았다. 모래알이 반짝이며 두 눈을 황홀하게 만들었으니 금모래라고 불렀다. 그렇게 아름다운 역사 현장이건만 소나무 한그루, 해당화꽃 한송이 남아 있지 않다. 찾는 사람도 없고, 흔적조차 희미한 현실이 서글프다.

삼성대 표지석 옆에는 윤선도가 지었다는 「증별소제」 2수를 새긴 시비가 있다. 이이첨 일파를 비난한 상소를 올렸다가 함경도로 유배당했다. 이듬해에 이곳 기장으로 옮겨오면서 남긴 시다. 아우 윤선양과 헤어지면서 그 심정을 담았다.

증별소제

윤선도

너는 새 길을 가라지만 산이 몇 차례나 막혀 있을 테니
물결 따라 살자면 얼굴 부끄러움을 어찌하랴
헤어지려니 천 줄기 눈물이 흘러내려
네 옷자락에 뿌려지며 점점이 아롱지네

내 말은 쉬지 않고 달리고 네 말은 느리지만
이 길을 차마 어찌 따라오지 말라고 하겠는가
가장 무정한 것은 가을 하늘의 해니

일광의 바다

신평소공원

헤어지는 사람을 위해 잠시도 머무르지 않는구나

비가 내리고, 파도라도 후려친다면 고산의 마음이 더욱 애절하게 다가오련만 뒤돌아보는 일광해수욕장의 하늘이 푸르기만 하다. 태양은 찬란하게 빛을 발한다. 이탈리아 칸초네 「오! 나의 태양」이 저절로 터져 나오는 아침을 맞이하고 보니 일광해수욕장에도 역설이 있다. 이별의 정한을 가슴에 새기며 강송교 방향으로 길을 잡는다.

다리를 건너기 전이다. '별님공원'에 "바닷가를 배경으로 자연과 융화된 원초적인 삶을 낭만과 서정이 감도는 얘기로 풀어낸" 난계 오영수의 「갯마을」 문학비가 서 있다. '기장문인협회'와 '기장문화원'이 힘을 모아 세운 것이다.

이동항이 얼마 남지 않은 갯가, 꼬부랑 할머니가 텃밭이라고 부르기도 초라한 한 뙈기 땅을 바닷가를 따라 일군다. 그 작은 밭에서 키운 채소로 고달픈 삶을 이어가고 있는 듯하다. 그래, 살면서 그저 얻어지는 것이 무엇이던가. 구슬 같은 땀방울을 흘려야 모진 목숨을 이어갈 수 있다. 밥이 곧 삶이고, 삶은 노동에서 비롯된다. 괴로움의 바다, 고통의 길은 끝이 없으나 그 속에서도 생명은 끈끈히 이어진다.

동백항 끄트머리에는 예쁘고, 아담한 화장실이 있다. 길을 걷다가 똥이 마려우면 쌀 수 있고, 오줌을 갈길 수도 있다. 급똥(?)으로 인해 낭패당하지 않을 듯하다. 오래전이다. 중국 연길을 거쳐 민족의 영산인 백두산으로 여행을 다녀온 적이 있다. 공항에 대기한 버스에 오르자 안내인이 마이크를 잡고 단단히 주의사항을 일러준다. 목적지에 도착할 때까지 화장실을 들를 기회가 한 번 있으나 어지간하면 참으란다. 그때까지만 해도 그 말이 무엇을 뜻하는지 짐작하지 못했다. 버스가 비포장길을 얼마나 달렸는지 뇌세포가 엉겨 꿈인지 현실인지 헷갈릴 무렵, 화장실에 도착했다며 차를 세운다. 3시간 가까이 버스를 탔던지라 급한 사람들부터 화장실을 향해 달린다. 그런데 곧이어 무엇에 놀란 듯한 비명이 화장실 밖까지 터져 나온다.

"옴마야!"

나무로 지은 허름한 화장실에는 출입문이 없었다. 칸막이만 있었던 터라 앞에서 보면 쪼그려 앉은 모습이 적나라하게 노출되는 구조였다. 그러니 처절한 여자의 외마디 비명이 만주 벌판을 울릴 수밖에 없었다. 잠시 후, 머뭇거리던 일행이 옥수수밭을 향해 뛰었다. 그 뒤는 나도 모른다. 안다고 해도 말할 수 없다.

아기자기하고, 깨끗한 수변공원을 말하라고 하면 신평소공원이 그중의 하나다. 멋진 해변에 커피숍까지 자리하고 있어 연인들의 데이트 장소로 안성맞춤이다. 바위가 있는 해변은 아름답고, 푸른 바다로 향하는 모형 배의 기상도 대단하다.

붕장어 마을이다. 기장대로에서 깃발을 흔들며 손짓하던 칠암마을이 바로 여기다. 횟집 간판을 단 집들이 기차처럼 줄지어 늘어섰다. 손가락으로 헤아리기 힘들 정도다. 아무 가게나 들어가서 당당히 외치고 싶다.

"여기요, 붕장어회 한 접시! 구이 한 접시!"

붕장어회 한 접시쯤은 혼자서도 순식간에 해치울 수 있을 것 같다. 문제는 가벼운 호주머니다. 물에 둥둥 뜨는 그 호주머니 말이다.

저 멀리, 해안선 끄트머리에 원자력발전소가 보인다. 문중 방파제와 문동방파제를 지나니 3코스의 종착지 임랑해수욕장이다.

편의점이다. 확인 도장을 찍기 전에 아침부터 먹기로 한다. 컵라면 하나에 김치 한 봉지를 산다. 쫄쫄 굶으며 걸었는데도 도통 맛이 없다. 파김치가 되어서 그런지 한 젓가락 넘기기가 고역이다. 갑자기 이렇게 외치고 싶다.

"땀에 불은 컵라면을 먹지 않고서는 해파랑길을 논하지 말라."

붕장어 이야기

칠암마을의 붕장어회와 구이가 머리에서 떠나지 않는다. 얼마나 맛이 있으면 '붕장어 축제'까지 개최할까? 기장대로에 펄럭이던 깃발을 떠올리며 칠암항으로 달렸다.

실망이다. 칠암마을에서 수십 년째 운영하고 있다는 횟집에서 먹은 붕장어회와 구이를 두고 하는 말이다. 이렇게 맛없는 붕장어회는 처음이다. 고소한 맛이 없고, 살점이 지나치게 단단하여 꼭 지푸라기를 씹는 느낌이다. 감칠맛을 내는 지방을 남김없이 제거한 까닭에 푸석푸석하기까지 하다. 조금 전까지 살아서 헤엄치던 붕장어가 맞나싶다. 구이도 마찬가지다. 사후경직이 일어났다고 해도 살이 지나치게 여물다. 양념이 충분히 배지 않아 오묘한 맛과는 거리가 멀다.

내가 사는 마산에서는 죽은 붕장어는 국거리로만 사용한다. 회는 살아있는 녀석의 껍질을 벗기고, 척추뼈를 제거한 다음 통 째로 썰어낸다. 그러노라면 살점에서 영롱한 무지갯빛을 발한다. 식감을

칠암붕장어마을 안내판(위)과 칠암 붕장어 축제를
알리는 길가의 배너(아래).

위해서는 조금 작은 듯한 놈을 잡는다.
아무리 먹어도 물리지 않는 이유가 여기
에 있다. 구이는 껍질을 벗기지 않는
것만 제외하면 회와 같은 방법으로 장
만한다. 아랫글은 2019년, 『마산문학』
에 발표한 필자의 「붕장어론」의 부
분이다. 맛난 붕장어 요리를 위해 훈수
를 두는 것이다.

　"한 여름밤의 붕장어구이는 마산 어시장의 장어 골목에서 만날
수 있다. 그 어떤 요리와도 비교할 수 없는 최상의 맛을 안겨준다.
소주 한 잔을 곁들이면 산해진미가 부럽지 않다. 고기를 잘 다

룬다는 낚시꾼도 붕장어를 손질할 때면 애를 먹는다. 뮤신이라는 미끌미끌한 성분이 몸통을 감싸고 있어 붕장어를 다루기가 쉽지 않다. 그렇지만 내장을 깨끗이 제거한 다음 등뼈 사이로 칼을 넣어 길이대로 가르는 것이 첫 번째로 할 일이다. 그런 다음, 마늘, 고추장, 깨소금, 설탕, 간장 등의 갖은 재료를 섞어서 만든 양념을 끼얹어 간이 골고루 배도록 재워두었다가 참나무 숯불에 노릇노릇하게 굽노라면 저절로 코가 벌렁거린다. 양념이 배어든 살코기에서 흘러나온 지방이 만들어 내는 달콤한 향기는 값비싼 프랑스 향수도 흉내 낼 수 없다. 두 눈이 왕방울만큼 커지고, 자신도 모르게 젓가락이 춤추게 만든다. 무를 넓게 썰어 초절임한 쌈무에 장어 한 점을 올리고 된장에 찍은 마늘과 함께 입에 넣으면 혀까지 녹일 기세로 사그라진다. 인위적으로 만들 수 있는 맛이 아니다. 먼바다를 여행하면서 얻은 바닷속 진기를 붕장어가 품고 있는 까닭이다.

붕장어의 순수한 맛을 느끼기 위해서는 양념하지 않고 굽는 방법도 있다. 이때는 굵은 천일염에 살짝 찍어서 먹으면 깨끗하고, 담백한 맛을 즐길 수 있다. 회를 만들기 위해서는 껍질을 손으로 벗겨야 한다. 단칼에 썬 하얀 몸통의 단면에서는 무지개처럼 오묘한 빛을 발한다. 차가운 얼음물에 씻어야 탄력이 넘치고, 장미꽃 한송이를 입에 넣은 양 은은한 향이 입안 가득 퍼진다. 오돌오돌하게 씹히는 식감과 더불어 적당하게 오른 지방이 부드러움을 더한다. 먹어도 먹어도 물리지 않게 만들고, 여러 날 동안 감동을 안겨준다.

장엇국은 덩치가 큰 녀석들보다 조무래기를 사용하는 것이 저렴하게 국을 끓일 수 있는 비법이다. 살아서 힘차게 헤엄치는 붕장어라야 잡냄새가 없다. 살점을 발라낼 때는 손으로 발라내는 것이 믹서기로 가는 것보다 한결 맛이 좋다. 고사리, 어린 배추로 만든 우거지, 토란 줄기, 숙주 등과 함께 끓이다가 조선간장으로 간을 맞추고 대파, 마늘, 고춧가루 등을 첨가하면 저절로 달큼한 맛이 배고, 얼큰한 맛을 풍긴다. 곱게 채 썬 방아 잎과 초피나무 열매껍질인 '제피'를 넣으면 어머니의 손맛이 깃든 얼큰한 국이 만들어진다. 서울이나 경기지방 사람들은 붉은 고춧가루보다 들깻가루를 듬뿍 넣어서 먹는다. 얼큰하고, 자극적인 맛을 좋아하는 나의 취향과는 맞지 않지만 커다란 대접에 담긴 장엇국 한 사발을 홀홀 둘러 마시면 어느새 온몸이 땀으로 젖는다. 더위는 저만치 물러가고 불끈불끈 힘이 솟는다."

이렇게 좋은 날에

 4코스 임랑해수욕장 – 진하해수욕장

'임랑^{林浪}'의 옛 이름은 '임을랑^{林乙浪}'이다. 임랑으로 지명이 바뀌게 된 이유는 정확히 알 수 없다. 다만, 옛날부터 마을에 송림이 우거져 멋진 풍경을 만들었고, 바다에는 달빛에 반짝이는 은빛 물결이 아름다웠다. 그래서 수풀 '林^림'과 물결 '浪^랑' 자를 따서 '임랑'이라 이름 지었다. 부르기 쉽고, 입에서 맴도는 고운 지명이 된 것이다.

꽃밭에 앉아서

손에 손을 맞잡은 다정한 연인들은 어디로 갔을까. 낭만의 계절이라는 말이 무색하다. 가을걷이를 끝낸 들판처럼 쓸쓸한 임랑해수욕장을 홀로 걷는다.

물고기 등대 조금 못 미친 곳에 가수 정훈희와 남편 김태화가 운영하는 카페 〈꽃밭에서〉가 있다. 사람들에게 많이 알려진 모양이나 나는 카페에 대해서는 관심이 없다. 부부가 어떻게 카페를 운영하고, 생활하는지도 TV에서 설핏 전해 들은 것이 전부다. 그녀의 청아한 목소리와 심금을 울리는 「꽃밭에서」만 가슴을 울릴 뿐이다.

악곡에 사용된 노랫말은 「좌중화원」이란 시를 가져와 노랫말로 사용했다. 성균관의 대사성을 지낸 최한경이 어린 시절부터 마음속에 간직했던 첫사랑의 여인을 생각하며 젊은 시절의 불타는 마음을 담은 것이다. 시를 읽으면 읽을수록 가슴을 두근거리게 만든다. 어쩌면 이렇게 고울 수 있을까. 꽃처럼 향기롭고, 가을하늘처럼 맑다. 꽃밭에 앉아 임을 그리는 마음이 한 폭의 그림 되어 다가온다.

좌중화원
최한경

꽃밭에 앉아서 꽃잎을 보네
고운 빛은 어디에서 왔을까
아름다운 꽃이여 어찌 그리 농염한가
이렇게 좋은 날에 이렇게 좋은 날에
좋은 임이 오신다면 얼마나 좋을까

동산에 누워 하늘을 보네
청명한 빛은 어디에서 왔을까
푸른 하늘이여 풀어 놓은 쪽빛이여
이렇게 좋은 날에 이렇게 좋은 날에
어여쁜 임 오신다면 얼마나 좋을까

청춘의 열병이 어디 젊은 사람만의 소유물이겠는가. 남자도, 여자도, 늙은이도, 젊은이도 가질 수 있는 아름다운 마음이다. 가

슴 설레게 만들고, 잠 못 이루게도 한다. 시인 안도현은 타고 난 연
탄재에서 활활 타는 사랑을 보았다. 그리고 비장한 어조로 노래
한다. "너는 누구에게 한 번이라도 뜨거운 사람이었느냐"라고.

내 마음의 시험대, 봉대산

　해맞이로를 건너 월내역으로 들어선다. 철길을 따라 걸으니
동해남부선 공사가 한창이다. 고경사가 있는 봉대산 자락에도 철도
공사로 여념이 없다. 길은 마구 파헤쳐져 있고, 중장비 무리가 앞을
막아선다. 굴착기를 곡예 하듯 피해서 걸어야 등산로 입구에 설 수
있다. 해파랑길의 예쁜 이름과는 도무지 어울리지 않는 곳이다.

　해발 84.5m에 불과한 동산에서 발걸음을 멈춘다. 등산로를
찾을 수 없어서다. 그 흔한 표지기도 보이지 않는다. 내비게이션으로
사용하는 스마트폰 앱 GPX Viewer가 가리키는 곳에는 잡목이

우거져 있어 한 걸음도 내디딜 수 없다. 주변을 30여 분이나 살폈지만, 헛수고일 뿐이다.

정상이라고 생각되는 곳을 향해 무작정 오르기로 한다. 처음에는 적진을 향해 돌진하는 병사처럼 호기롭게 나아갔으나 팔과 뺨이 나뭇가지에 긁혀 상처를 입는다. 가시덤불이 바짓가랑이를 잡아당기니 한 걸음 떼기가 쉽지 않다. 근근이 정상에 오르고 보니 철탑뿐이다.

가을의 전령은 소리 없이 온다. 효암천 둑길의 코스모스가 한들거리며 청명한 가을날을 만끽하고 있다. 가느다란 허리를 흔드는 모습이 달나라 처녀가 춤을 추는 듯하다. 꽃 하나를 따서 하늘로 날리니 바람개비처럼 허공을 맴돌며 내려온다. 귀여운 모습 속에 옛 기억 하나가 슬머시 떠오른다. 그러니까 고등학교에 다닐 때다. 친구 서너 명과 함께 코스모스가 지천으로 피어 있는 회성동으로 갔다. 꽃을 배경으로 남배우가 되어 보자고 호기를 부렸다. 독사진을 찍고, 서넛이 어울려서도 찍었다. 가느다란 코스모스 속을 누비며 행복한 시간을 보냈다. 사건은 인화하기 위해 들른 사진관에서 터졌다.

"학생!"

"네?"

"필름이 없는데"

이게 뭔 날벼락이란 말인가. 지금까지 깔깔거리며 뽐내는 티를 냈는데 필름 없이 촬영했단다.

헐~

효암천 징검다리가 물에 잠겼다. 푸른 이끼가 하늘거리는 개울을 건너자니 마음이 내키지 않는다. 돌아서 가기에는 거리가 멀어 망설여진다. 마음을 바꾸어 먹기로 한다. 양말을 벗고, 등산화를 양손에 든다. 조심조심 시냇물에 발을 담그고 서너 발짝을 떼는 순간, 미끈하더니 몸이 크게 흔들린다. 기어코 꺼림칙하게 여겼던 이끼를 밟아 엎어질 뻔한 것이다. 그렇다. 사람이 살다 보면 붉은 장미꽃이 피어 있는 향기로운 길을 걸을 때도 있지만, 가시밭길인 줄 알면서도 피할 수 없을 때가 있다. 때로는 구린내 나는 똥을 밟기도 하고, 진흙탕 속에서 싸움을 벌여야 한다. 걸어야 할 길과 걷지 말아야 할 길을 아는 것도, 나의 몫이다. "물에 빠진 생쥐 꼴"을 면하고 보니 잠시나마 인생길에 대해 생각하게 된다.

진하해수욕장이 어드메뇨

신리삼거리 부근, 노상 과일가게가 줄을 섰다. 달콤한 향을 풍기는 배 수확이 한창인 모양이다. 마침, 목이 마르고, 배도 고픈지라 커다란 배 하나를 천 원에 샀다. 덤으로 얻은 상처 난 배 하나에 기분이 좋아진다. 단내가 솔솔 풍기는 누른 배를 옷에 쓱쓱 닦고 한 입 크게 베어 무니 달고 시원한 물이 뚝뚝 떨어진다. 꿀맛이 아니고 배맛이다. 배고픔이 물러나고, 목마름도 사라진다.

'그래! 바로 이 맛이야.'

흡족한 미소를 지으며 또 한 입을 베어 물려고 하는 순간, 아스팔트 도로에 배를 떨어뜨리고 만다. 개방정을 떨다 일어난 일이다. 충격이 얼마나 컸던지 한쪽이 박살 나 상처가 꽤 깊다. 반대편에도 흙이 묻고, 콜타르 조각이 박혔다. 그래도 개의치 않는다. 흙이 묻은

나사 해변

간절곶 표지석

간절곶의 목가적인 풍경

진하 해변과 명선도

부분은 옷으로 닦고, 콜타르 조각은 입으로 베어낸다. 먹을 수 있는 것도 축복이라고 하니 남김없이 먹을 참이다.

신리항을 지나고 해맞이로를 따르면 곧 '나사해변'이다. 나사 해안길에서 바라보는 해안선은 절경이다. 너무나 황홀한 광경에 쉬이 발걸음을 뗄 수 없다. 감탄사를 터뜨려야 마음이 흡족할 것 같다. 길옆으로는 카페와 펜션이 즐비하다. "사람이 태어나면 나폴리를 보고 죽으라"라는 이탈리아 속담이 있다고 하나 나사해변도 나폴리 해안에 뒤지지 않을 듯하다. 바다가 잘 보이는 카페에서 토스트와 커피 한 잔으로 늦은 점심을 먹는다. 마음에 점을 찍는 것과는 비교할 바가 아니다.

마음을 환하게 밝혀주는 간절곶에 도착한다. "먼바다에서 바라보면 뾰족하고, 긴 간짓대처럼 보인다"고 하여 붙여진 재미난 이름이다. 우리나라에서 해가 빨리 뜨는 곳으로도 유명하다. 젊은 이들이 좋아하는 정동진보다 5분, 호미곶보다도 1분이나 빠르다. 간절곶등대, 소망 우체통, 풍차, 초록 잔디밭, 웃음 머금은 연인들, 드라마하우스까지 뭐 하나 심드렁하게 넘길 수 없는 것들이 즐비한 곳이다.

발바닥의 경고가 심상찮다. 물집 터진 곳이 뭉개져 통증이 심하다. 보내오는 주기도 점점 짧아진다. 빨리 치료를 받아야 할 것 같으나 갈 길이 구만리라 두 눈을 질끈 감는다. 부자연스러운 걸음걸이에 마음만 탄다.

송림이 장관인 '송정공원'과 '솔개공원'을 지나면 '솔개해변'이다. '대바위공원'에 올라서면 곧바로 진하해수욕장에 발을 들여놓을 수 있다. 반원 모양의 널따란 해변 끄트머리에 '명선도'가 제법 멋진 모습으로 다가온다. 매미가 많이 울었다고 하여 '명선도鳴蟬島'라고 불렸으나 지금은 신선이 내려와 놀았다는 뜻의 '명선도名仙島'로 바꿔 부른다. 매년 음력 2월 말(3월 초)에서 4월까지는 정오부터 오후 4시 사이에 바닷물이 갈라지는 신비한 현상을 볼 수 있단다. 그 외의 날은 바닷물이 빠지는 썰물에 맞춰 모랫길을 드러낸다. 그 모세의 기적이 바로 내 앞에 펼쳐진다. 자연의 신비에 감탄할 뿐이다.

종합안내판 옆의 새집에서 스탬프를 끄집어낸다. 이런, 한낮의 열기에 잉크가 바짝 말라버렸다. "호–" 입김을 불어 힘껏 누른다. 희미하게나마 형태를 알아볼 수 있다.

주저앉고 싶다. 함께 해 준 다리야, 어깨야! 무거운 배낭 탓에 힘들었지? 마음아, 흔들리지 않아 고마웠어.

임랑 해변의 물고기 등대

회야강의 풍요로움을 따라

회야강의 풍요로움은 덕하역으로 이어지고

 진하해수욕장 – 덕하역

누가 뭐래도 5코스의 백미는 회야강이다. 조선 시대에는 '곰내' 혹은 '곰수'로 불렸다. '돌배미강'이나 '일승강'으로도 불린다.

회야강의 의미

이름도 정겨운 '돌배미강'이란 '논배미를 도는 강'이라는 뜻이다. 논배미는 순수한 우리말로 "논두렁으로 둘러싸인 논의 한 구획"을 의미한다. 소소한 기쁨을 주는 이름이다. 그런데 우리글, 우리말보다 한자를 선호하는 어느 지식 나부랭이가 '돌'을 '돈다'라는 뜻의 '회回'로 바꾸었다. '배미'는 '바미'를 거쳐 '밤'으로 해석하여 '야夜' 자를 썼다. 그러다 보니 본래의 뜻과는 전혀 무관한 회야강回夜江이란 이름을 갖게 된 것이다.

회야강에는 또 다른 이야기도 전해온다. 그러니까 임진왜란이 발발하고 나서다. 왜적이 이 강산을 짓밟을 당시 회야강이 있는 서생 지역에서 단 한 번이지만 승리를 거둔 모양이다. 그것을 기념하기 위해 '일승강'이라고 이름 붙였다. 승전의 기쁨은 잠깐이고, 처절한

회야강

아픔만 다가온다.

회야강의 발원지는 천성산 골짜기다. 산 정상에 초원과 습지가 발달해 있고, 희귀한 동식물들이 서식한다는 바로 그 산이다. 땅에서 솟아난 맑은 물은 좁은 골짜기를 따라 흐르면서 자신을 낮춘다. 지류의 낯선 시냇물을 받아들이며 어머니와 같은 풍요로운 강의 풍모를 갖춘다. 아래로 흘러가면서 유순해지고, 넓은 마음을 가꿔간다. 여러 고을을 거치면서 수중 생명을 키워낸다. 이윽고, 신선이 내려와 놀았다는 명선도 앞에서 마지막 인사를 남긴다. 넉넉한 품을 가진 동해에 스며들면서 삶의 자취를 감춘다. 그렇다고 소중한 이름마저 사라지는 것은 아니다. 잘난 체하지 않고, 자신의 미덕을 드러내지 않을 뿐이다. 그 속에서 꾸준히 삶을 이어간다.

인생도 강물과 다르지 않아야 한다. 수원지에서 시작한 맑은 물이 강폭을 점점 넓혀가는 스메타나의 교향시 「나의 조국」 중 〈몰다우〉처럼 온갖 모질고 어려운 시련을 몸으로 견뎌야 한다. 강물은 목동의 뿔피리 소리와 농부의 결혼을 축하하는 음악을 듣는다. 급류로 변하면서 물보라를 일으키며 흩어지기도 한다. 이윽고, 프라하로 들어가 비셰흐라트궁전에 경의를 표하며 사라지듯이 사람도 젊었을 때의 조급한 마음을 버리고, 나이가 들어감에 따라 여유를 가져야 한다. 타인을 이해하고, 가슴으로 안을 수 있어야 한다. 뜨거운 사랑과 애절한 이별을 경험하고, 성공과 좌절을 몸으로 체험한 장년의 인생과 같아진다. 아픔과 절망마저 감당할 수 있는 가슴을 가지게 된 후라야 어떤 일에도 미혹되지 않는 경지에 오르게 되는 것이다.

회야강을 따라서

덕하역을 향해 회야강을 거슬러 오른다. 바다의 어귀에 있는 강양항에는 고기잡이배들이 만선의 기쁨을 꿈꾼다. 둑길에는 푸른 강물을 배경으로 코스모스가 한창이다. 황금 들판은 가을걷이로 바쁘다. 낫으로 한 움큼씩 베야 했던 시절이 엊그제 같은데 콤바인이라는 기계 한 대가 저 넓은 들판의 벼를 말끔히 거두고 있다. 격세지감이란 이를 두고 하는 말이다.

용안사 앞에서부터는 강이라 부르기 민망할 정도로 폭이 좁아진다. 용방소길을 지나 덕신로로 들어서면 외고산 옹기마을로 갈 수 있다. 국내 최상품의 백토가 생산되고, 마을 전체가 흙으로 빚은 장독과 조형물이 가득한 곳이다. 그 정겨운 광경을 머리로 상상하고, 가슴으로만 그리려니 아쉽기만 하다.

'덕망교'를 앞두고는 갑자기 강폭이 넓어진다. 촛불은 꺼지기 전에 더욱 찬란한 빛을 발한다고 하더니만 그것과 같은 이치다. 동천1교 위에서는 불현듯 혼란스러운 마음이 인다. 한 발짝도 더 걸을 수 없을 듯하다. 과연 이 기나긴 여정을 끝낼 수 있을까. 의욕이 앞선 나머지 성급한 결정을 내린 것은 아니었을까. 바람에 흔들리는 갈대처럼 마음이 갈피를 잡지 못한다. 한없이 심연 속으로 가라앉는 느낌이다. 유유히 흘러가는 무심한 강물이 야속하기만 하다.

덕이 있는 덕하의 장과 역

덕하역 조금 못 미친 '덕하장터길'에 5일 장이 열렸다. 매달 2일과 7일에 서는 전통시장이다. 길손에게는 최고의 눈요기 장소다. 장터에는 쌀을 비롯한 여러 가지 곡식이며 포목, 옹기, 농기구, 생선 등이 손님들을 기다리고 있다. 여기저기 상인들의 호객 소리가 높아간다. 한 푼이라도 싸게 구매하려는 아주머니의 목소리도 뒤지지 않는다. 세상의 온갖 무용담이 펼쳐졌다 사라지는 시장통은 이렇게 시끌벅적해야 제격이다. 활력 넘치는 삶의 현장이요, 세상의 축소판이다. 아쉬운 마음을 안고 '두왕사거리' 쪽으로 조금 더 걸으면 5코스의 종착지 덕하역이다.

역은 동해선에서 남아 있는 몇 안 되는 간이역 중의 하나다. 1935년 12월에 보통 역으로 영업을 시작했다. 1960년대에는 장날마다 새벽 기차를 타려는 소금 행상들로 장사진을 이뤘다. 울산은 예로부터 바닷물을 끓여서 만드는 자염煮鹽 생산에 천혜의

덕하 시장

옛 덕하역

조건을 갖춘 곳이다. 그랬기에 품질 좋은 소금이 덕하역을 통해 영천, 안동, 원주까지 전해졌다. 세월은 흐르는 물과 같다고 했던가. 세상의 변화를 따르지 못한 덕하역은 간이역으로 격하되고 만다. 소금가마를 지게로 옮기고, 머리에 이고 종종걸음을 쳤던 꿈같은 시간이 엊그제 같은데 할 말을 잊은 듯하다.

　역은 꿈을 실어 나르는 출발점이기도 하다. 미지의 세계로 나서는 유일한 장소였다. 수학여행을 위해 탔던 비둘기호가 다음 날이 되어서야 서울역에 데려다주었지만, 역이 있고 열차가 있었기에 푸른 꿈을 꿀 수 있었다. 고추잠자리 하늘가에 맴돌고, 대봉감이 붉게 익어갈 때면 어머니의 고향역이 눈앞에 어렸다 사라진다. 가슴 속에 품고 있던 고향이 덕하역은 아니었을까 싶다.

*예전의 덕하역은 문을 닫았다. 지금의 동해선은 새 청사를 지어 2021년 12월 28일부터
　영업을 시작했다. 건물의 구조는 지상 3층, 지상 1층 승강장(2면 4선)으로 되어 있다.

상큼한 솔바람을 안고

 6 코스 덕하역 – 태화강전망대

함월산의 상큼한 솔바람

　단풍나무 잎사귀가 주황색으로 옷을 갈아입는다. 낙엽 되어 나뒹구는 녀석도 부지기수다.

　휴-, 오르막이다. 풀 잎사귀 같은 연약한 체력이 금방 바닥을 드러낸다. 이리저리 발걸음이 꼬인다. 발바닥에 커다란 물집이 여러 군데 잡힌 터라 날카로운 것으로 쑤시는 듯이 아프다. 울퉁불퉁한 산길을 걸어야 한다는 생각만으로도 긴장이 된다. 내 인생길도 이랬다.

　이마를 맞댄 소나무들이 하늘을 덮었다. 따가운 햇볕을 막아주는 것만으로도 숲에 감사할 일이다. 걱정이 현실로 나타난다. 해발 138m의 함월산을 남부순환도로를 만든다는 구실로 아무렇게나 파헤쳐 놓았다. 중장비의 굉음이 숲을 흔들고, 황톳빛 속살을 드러낸 산자락의 처절한 비명이 들리는 듯하다. 또렷하게 나 있던 산길은 끊어지고 없다. 다른 곳으로 길을 냈나 싶어 주변을 헤매다 얼굴에 상처를 입는다. 길까지 잃고 보니 낭패도 이런 낭패가 없다.

호수가 눈앞이다. 산을 어떻게 내려왔는지 기억나지 않는다. 무턱대고 아래로만 방향을 잡은 덕분이다. 터덜터덜 걸어 도착한 선암호수공원은 깨끗하다 못해 맑게 빛난다. 손에 손을 맞잡고 호수를 한 바퀴 돌면 사랑이 샘솟아 나지 싶다. 냉랭해진 사랑도 뜨거워질 것 같은 분위기다. 추억을 안겨 줄 울산시민의 자랑거리다.

청산은 나를 보고

선암호수길 옆, 공원매점 그늘에서 다리쉼을 한다. 화끈거리던 얼굴에서 화기가 가라앉자 정신을 차릴 수 있다. 육신과 마음의 갈증이 동시에 해소된 듯하다. 하늘이 풍덩 뛰어든 호수를 한 바퀴 두르니 신선산 솔마루길 입구다.

'야, 영산홍이잖아!'

계절에 어울리지 않게 붉은 꽃을 피웠다. 4월에서 5월에 걸쳐 피는 꽃이기에 신기함과 함께 놀라움을 금할 수 없다. 점점이 핀 꽃송이를 보며 장하다고 해야 할지, 시절을 잘못 읽었다고 해야 할지 갈피를 잡을 수 없다. 하기야, 영산홍이 어찌 길손의 마음을 헤아릴 수 있으며, 길손인들 영산홍의 깊은 뜻을 알 수 있겠는가. 때가 되면 붉은 꽃잎을 터뜨리고, 찬 바람이 불면 가지 사이로 떨구면 그뿐인 것을. 괜히 얕은 지식 나부랭이로 영산홍의 마음을 엿보려고 했다. 오묘한 자연의 섭리를 속세에 찌든 아둔한 머리로 이해하려다 보니 주제넘은 생각을 하게 된 것이다.

신선들이 구름을 타고 내려와 놀았다는 '신선암'과 '신선정'에 오른다. 울산 시내의 한 귀퉁이가 제멋에 즐겁다. 고려 말, 공민왕의 왕사이자 무학대사의 스승인 나옹선사께서 지은「청산은 나를 보고」 시 한 수를 읊지 않으면 한 발짝도 뗄 수 없을 것 같은 분위기다.

청산은 나를 보고
나옹선사

청산은 나를 보고 말없이 살라 하고
창공은 나를 보고 티 없이 살라 하네
사랑도 벗어놓고 미움도 벗어놓고
물같이 바람같이 살다가 가라 하네

청산은 나를 보고 말없이 살라 하고
창공은 나를 보고 티 없이 살라 하네
성냄도 벗어놓고 탐욕도 내려놓고
물같이 바람같이 살다가 가라 하네

*당나라의 한산 스님이 원작자라는 설이 있음.

하산해야 할 시간이 가까워진다. 태화강전망대는 어디쯤 있는지 짐작조차 할 수 없다. 그런 내 마음을 알 턱이 없는 어둠은 성큼성큼 다가온다. 빛 내림이다. 짙은 회색빛 구름 가운데로 한 줄기 빛이 폭포수처럼 쏟아진다. 햇빛의 힘이 미치지 못하는 산자락에는 벌써 어둠이 짙다.

"해파랑길을 걸으세요?"

해파랑길을 안내하는 도우미가 내 행색을 보고 묻는 말이다.

선암 호수공원

신선정

그러면서 남은 시간으로는 태화강전망대까지 갈 수가 없단다. 길도 험하고, 곧 어두워질 테니 큰 길이 나오면 반드시 하산해야 한다고 신신당부한다. 친절에 감사하고, 그 마음씨에 감동하지 않을 수 없다. 아름다움은 멋지게 차려입은 맵시보다 이렇게 사람을 배려하는 따뜻한 마음에서 시작된다. 크고, 많고, 값비싼 물건에 행복이 있는 것이 아니라 고운 마음을 가진 이웃이 있어 살만한 세상이다. 숲속도서관이다. 산속에서 도서관을 만나고 보니 반갑고, 또 고맙다.

　이번에도 공사 구간이다. 이곳에는 중장비도, 인부도 없다. 산을 파헤친 흔적이 전부다. 풀벌레 소리가 들리지 않으니 섬뜩한 기분이 든다. 해는 가물가물하다. 산속에서 어둠을 맞이해야 하나. 애가 탄다. 달리듯 걸을 수밖에 없다.

김삿갓

　아침을 먹는 둥 마는 둥 '솔마루하늘길'로 달려간다. 방랑시인 김삿갓 석상이 온화한 미소를 짓고 있다. 그의 시와 기지를 좋아하는 터라 반갑게 눈인사를 나눈다.

　김삿갓의 본명은 김병연이다. 조선 후기를 살다간 풍자 시인으로 이름이 높다. 어려서부터 남달리 총명했던 그는 20세가 되자 강원도 영월에서 열린 백일장에 나간다. 하필이면 시제가 선천 부사로 있던 김익순이 '홍경래의 난' 때 반란군에게 항복한 행위를 비판하는 내용이다. 병연은 생각할 것도 없다. 붓을 들어 일필휘지로 김익순의 못남을 신랄하게 비판하는 글을 지어 제출하니 장원은 그의 몫이다. 집으로 돌아가는 병연의 걸음걸이가 자못 의기양양하다. 그러나

김삿갓 석상

어머니로부터 김익순이 자신의 조부라는 사실을 듣게 되자 병연은 그 자리에서 무너지고 만다. 장원한 사실을 수치로 여김은 물론이거니와 자신의 무지로 조상을 꾸짖었다는 죄책감에 전국을 떠도는 방랑자가 된다. 하늘을 우러러볼 수 없다고 하여 큰 삿갓을 쓴다. 단장을 벗 삼아 전국 각지로 방랑 하며 풍자와 해학이 담긴 시로 퇴폐한 세상을 꾸짖는다.

그의 삶은 청빈 그 자체였다. 권세욕과 물욕을 탐하지 않았기에 뛰어난 재주를 가지고도 벼슬하지 않았다. 오로지 거만하고, 잘난 체하거나 인색한 사람에게 멋진 시 한 수를 날려 정신이 번쩍 들게 하는 기인이었다. 「실제失題 - 제목을 잃어버린 시」를 보면 김삿갓이 어떤 사람이었는지 짐작할 수 있다. 탁월한 재치에 너털웃음을 터뜨릴 수밖에 없다.

실제
김병연

수많은 운자 가운데 하필이면 '멱'자인가
그 '멱'자도 어려웠는데 또 '멱'자를 부르네
하룻밤 잠자리가 '멱'자에 달려 있는데
산골 훈장은 오로지 '멱'자만 아는구나

시를 짓게 된 이야기를 옮기면 대략 다음과 같다. 어느 산골, 김 삿갓은 날이 저물자 서당 훈장에게 하룻밤 재워주기를 부탁한다. 삿갓을 탐탁지 않게 여긴 훈장은 재워줄 마음이 없다. 오히려 김 삿갓을 시험해 보기로 한다. 시를 지으면 재워 줄 것이고, 그렇지 않으면 내쫓을 심산이다. 산전수전을 다 겪은 삿갓이 이 사실을 모를 리 없다. 그러나 짐짓 운을 띄우라고 말한다.

훈장이 '찾을 멱ᙂ'하며 일성을 날린다. '멱'은 시를 짓기에 적당하지 않은 글자로 알려져 있다. 그런데도 '멱' 자를 부른 것은 김삿갓을 골탕 먹이기 위함이다. 삿갓도 지지 않을 심산으로 붓을 휘갈긴다. "수많은 운자 가운데 하필이면 '멱'자인가" 하면서 첫 번째 운자에 통쾌하게 응수한다. 보기와 달리 글 짓는 솜씨가 보통이 아니다 싶으니 훈장이 약간 동요를 한다. 이번에도 '멱'자를 날리며 '요놈, 고생 좀 해 봐'라며 점잖을 뗀다. 이번엔 삿갓의 차례. "그 '멱'자도 어려웠는데 또 '멱'자를 부르네"라며 훈장을 쥐어박는다. 훈장의 가슴이 콩닥콩닥한다. 숨이 거칠어지면서 부아가 치밀어 오른다. 그리고 네 번이나 연거푸 '멱'을 부르며 삿갓을 공격했으나 삿갓은 태연히 방어하며 마무리한다. 과연 불세출의 천재 시인이 아닐 수 없다.

태화강 전망대

숲길에 설치한 고래모형의 보안등이 이색적이다. 고래 도시 울산을 홍보하기 위함이란다. 옛날, 범이 서식했다고 알려진 범장골을 지나자 조선 시대 3대 풍수가로 알려진 성지대사가 울산의 지세를 살폈다는 성지골이다. 그에 따르면 '은월터', '한림정', '왕생이들'이 울산의 3대

태화강 전망대

솔마루 하늘길에서 바라본 울산시내

명당이라고 한다.

솔마루정에 올라서면 울산 시내가 파노라마처럼 시원스럽게 펼쳐진다. 붕어빵에 붕어가 없듯이 고래전망대에는 고래가 없다. 드디어 하산길이 눈앞이다. 계속해서 산길을 걷노라면 해발 120m의 은월봉으로 갈 수 있다. 고려 시대의 대학자인 가정 이곡이 지었다는 「은월봉」 시비도 있다. 그의 마음을 훔쳐보지 못하고 하산하는 발걸음이 아쉽다.

태화강전망대가 눈앞이다. 상처로 엉망이 된 발바닥 덕분에 태화강과 마주할 수 있게 되었다. 피곤함이 해 아래 눈처럼 녹아 내린다. 전망대에 오르니 대숲과 강물이 눈을 시리게 한다.

전망대가 자리한 곳은 남산 나루였다. 태화강에 다리가 없던 시절, 남구와 중구를 오가던 나룻배는 서민들의 슬픔과 기쁨을 함께 나눈 중요한 교통수단이었다. 농기구와 곡식, 가축을 운반하며 농민들의 수고를 덜어 주었다. 서민들의 애환이 담긴 나루터의 이야기를 저 강은 낱낱이 기억하고 있다.

황소의 누른 울음이 강물 따라 흐른다. 아낙을 희롱하는 장꾼의 질펀한 농담과 학생들의 웃음도 메아리치는 듯하다.

강물 따라, 대숲 따라

 7코스 태화강전망대 – 염포 삼거리

태화강의 아름다움에 취하다

스멀스멀 동이 튼다. 물안개 뽀얗게 피어나는 태화강변, 아침 햇빛을 받은 억새가 허리를 비튼다. 바람을 탓하기에는 몹시 가늘고 연약한 모습이다. 교태로운 자태에 마음이 어지럽다.

길동무가 되어줄 태화강은 울산광역시를 가로질러 동해로 흘러간다. 발원지는 능동산 배내고개였다. 오랜 가뭄으로 물이 마르면서 백운산 근처에 있는 탑골샘으로 바뀌었다. 강에는 붕어, 잉어를 비롯하여 온갖 생명체가 산다. 짐승과 사람도 기대어 사는 생명의 보고다.

향기로운 꽃에 취한다. 고고하게 흐르는 강물에 정신이 아찔하다. 국가 정원을 들먹이지 않더라도 멋진 풍경이 다큐멘터리영화처럼 펼쳐진다. 깊은 산속을 거니는 양 맑고, 시원한 공기에 기분까지 상쾌해진다. 느릿하게 발걸음을 옮기니 만회정이 길을 막고 선다. 조선 중기에 부사를 역임한 박취문이 휴식과 사교를 위해 말응정마을 앞 오산 기슭에 세운 정자다. 아담한 정자에 오르면 조선의 선비가 된 듯하다. 세상일에 서툴렀던 지난날의 일들이 강물 따라 흘러간다. 남보다 잘나고 싶고, 높은 자리에 오르고 싶었던 욕망이 한바탕 헛된 봄 꿈이었다. 바람에 흩어지는 조각구름에 불과한 것이었건만 그때는 알지 못했다.

삼호대숲은 백로와 떼까마귀의 국내 최대 서식지다. 여름철에는 백로류가 8천여 마리나 서식한다. 겨울이 되면 10만여 마리의 떼까마귀가 펼치는 군무를 볼 수 있는 곳으로도 유명하다. 대숲에는 음이온이 많다. 한여름의 무더위를 한 방에 날려 버리는 재주가 있다. 신경안정과 피로 해소는 물론이고 병에 대한 저항성을 키우는 효과까지 있다고 하니 일석삼조의 효과가 아니고 무엇이겠는가. 대나무로 만든 실로폰은 재미있는 발상이다. 나무막대기나 쇠막대 등에 삼분손익법을 적용하면 음이 만들어진다. 더 색다른 것은 누구나 마음대로 연주할 수 있도록 설치한 정성이다. 또, 곧게 자라는 대나무의 자태를 보면 사람이 어떻게 살아야 하는지 보여준다. 사군자를 들먹이지 않더라도 늘 가까이 두어 본받고 싶은 나무다.

아치형의 십리대밭교가 멋진 자태를 뽐낸다. 낮에 보는 모습도 아름답지만, 야경이 훨씬 더 시선을 끌지 싶다. 발걸음을 멈추고 강물에 투영된 다리의 모습을 한참이나 바라본다. 강물에 비친 그림자가 데칼코마니 기법을 떠올리게 만든다. 잠시나마 세상사 온갖 걱정과 근심을 잊게 해 준다.

앙상한 나뭇가지와 누른 이파리가 쓸쓸함을 자아낸다. 깊어가는 가을 뒤로 웅장한 태화루가 절벽 위에 섰다. 태화사를 건립할 때 함께 지었다는 누각의 위엄은 예사롭지 않다. 주변 풍광이 얼마나

태화강 십리대밭교

태화루

아름다웠던지 고려 시대부터 울주팔경 중의 하나로 꼽혔다. 공무 처리, 경치를 감상하는 장소로 쓰였으나 성종이 행차했을 때는 잔치를 열었던 곳이다. 고려 말기의 서예가인 정포를 비롯하여 조선의 김종직, 김시습, 양희지, 김안국 등이 태화루를 예찬한 시를 남겼다.

거창 북상면 출신의 선비 첨모당 임운은 임진왜란이 일어나기 전인 1571년에 멋진 시로 태화루를 노래했다.

태화루
임운

누군가를 향해 바라보는 이 자라 머리 절벽 끝에 푸른 누각
맑고, 높고 긴 강이 둘렀는데 때는 늦가을
먼 산이 넓은 들을 에웠고, 하늘은 멀기만 한데
어촌을 감돈 물은 바다로 들어가네
보일 듯 말 듯 먼 돛단배는 눈길 닿는 아득한 포구를 돌고
떼지어 날던 백로들은 하중 섬에 내려앉네
여보게, 천천히 노 저어라. 한가로이 시를 읊고 푸른 물결을
보고자 하노라
이 절경에 신선이 따로 없고 적벽강이 여기라

시퍼런 강물은 영겁의 세월을 두고 흐른다. 절벽 아래의 깊은 물은 '용금소'라 부른다. 황룡이 살았다고 하여 '황용연'이라고도 한다. 자장율사께서 중국의 '태화지'에서 용을 만난 것에서 기인한다. 신라에 돌아온 후에는 태화루 아래에서 용의 복을 빌었고, 신라의

번창을 기원했다.

학자의 주장에 따르면 '용금소'의 '금曉'은 '왕' 또는 '신'을 이르는 말이라고 한다. 그렇다면 '용왕소' 또는 '용신소'라 부를 수도 있고, 신령스러운 곳이라는 의미도 담겨있다. 가뭄이 들면 나라에서 '용금소'를 찾아 기우제를 올렸다. 백성들도 용왕 먹이러 갈 때면 이곳을 찾았다. 우리네 삶과도 떼어놓을 수 없는 장소다. 소는 얼마나 깊었던지 명주실 한 타래를 풀어도 바닥에 닿지 않았다고 한다. 백양사의 우물과도 연결된 굴이 있었다. 신비스러운 이야기를 간직한 곳이다.

내황교 아래다. '동천'이 태화강 속으로 숨어들자 곧바로 억새 군락지가 펼쳐진다. 도심에서는 쉽게 만날 수 없는 풍경이다. 아침 햇살을 받은 억새꽃의 군무가 은빛 파도를 만든다. 길손에게는 볼거리를 제공하고, 마음의 안식처가 된다. 날짐승과 육상 생물에게는 삶의 보금자리가 될 것이다. 억새 사이로 설치한 산책로 덕분에 맘껏 가을을 담을 수 있다. 꽃들이 만발한 태화강의 봄도 장관이겠으나 강 둔치에서 만난 억새의 군무에는 숨이 멎을 지경이다.

강 하류는 민물과 바닷물이 합류되는 기수역이다. 민물고기와 바닷고기, 조개류가 함께 서식한다는 사실을 모를 리 없는 백로가 움직임을 멈추고 강물을 바라본다. 여차하면 날카로운 부리를 화살같이 날려 물고기를 잡을 태세다. 조개를 잡는 어선들도 바쁘기는 마찬가지다. 대여섯 척이 넘는 배들이 흙탕물을 일으키며 분주히 오간다. 맑은 강물이 회색빛으로 물든다.

아산로! 현대그룹을 창업한 고 정주영 회장의 호를 따 붙인 이름이다. 도로 옆, 자동차 선적장에는 수출을 위해 기다리고 있는 자동차가 셀 수 없이 많다. 엄청난 크기와 위용을 자랑하는 배도 2척이나 선적을 위해 대기하고 있다. 수출이 잘 되어 모두가 잘사는 나라가 되었으면 좋겠다. 걱정 반, 기대 반의 마음을 안고 성내삼거리를 지나니 3포 개항지인 염포삼거리가 저만치서 다가온다.

3포 개항지는 웅천(진해)의 내이포(제포)와 동래의 부산포, 울산의 염포를 일컫는다. 염포라는 지명은 소금밭이 많아 '소금이 나는 갯가'라 하여 붙여진 이름이다.

억새 군락지

슬도명파를 아시나요?

 8코스 염포삼거리 – 일산해수욕장

서민의 삶과 애환이 서린 염포산

염포산으로 들어가는 어귀가 조용하다. 호젓한 분위기가 마음을 평온하게 만든다. 이 지역 주민들은 인생의 고비마다 고갯길을 넘나들며 치성을 드렸다. 삶의 애환이 고스란히 담겨있는 곳이다. 산에 깃든 의미를 생각하면 함부로 발걸음을 내디딜 수 없을 것 같다.

해발 203.4m의 정상에 도착하면 오승정이 가장 먼저 눈에 들어온다. 산꼭대기에 자리를 잡은 터라 사바세계가 발아래다. 오승정의 '오ﾏ'는 산, 바다, 강, 마을, 산업단지가 한눈에 들어온다는 말이다. '승勝'은 동구의 발전과 번영을 기원하는 의미를 담고 있다.

정상에는 사람들이 많다. 족히 오륙십여 명은 될 것 같다. 운동하는 사람까지 한몫한다. 내려가는 길은 화정천내봉수대 방향이다. 바다까지 이어진 산길은 하늘을 끼고 걷는다고 하여 '염포산하늘길'이라고 부른다. 잘 닦여진 임도 덕분에 나이가 많은 사람도, 어린이도 나들이를 겸해서 오를 수 있다. 새벽은 새벽이라 좋고, 저녁을 먹고 나들이 삼아 올라와도 부담되지 않는 길이다. 울창한 산림으로 인해 한 아름의 맑은 공기는 덤이다. 바다와 인접한

염포산 정상의 오승정

곳이라 주변 조망도 뛰어나다. 줄지어 선 아름드리벚나무가 온 산을 분홍빛으로 물들이고, 꽃 대궐을 만드는 4월 초가 절정이지 싶다.

금방이라도 덮쳐 올 것 같은 울산대교 전망대 앞에 선다. 63m에 달하는 전망대에 오르면 울산대교와 울산 시가지가 파노라마처럼 펼쳐진다. 특히, 밤에 보는 공단과 도심은 다른 곳에서 경험하기 힘든 이색적인 볼거리를 제공한다.

해발 120m의 봉화산 정상에 있는 '천내봉수대'는 울산만의 관문을 지키는 중요한 통신 시설이다. 외적의 침입이 잦은 국경이나 해안의 군사정보를 밤에는 횃불, 낮에는 연기로 중앙과 주변 지역에 신속히 알리기 위해 만든 것이다. 조선 초기에 시작하여 봉수제도가 폐지되는 1894년(고종 31)까지 사용했다.

방어진항 방향의 '문재로'에서 국밥집에 들어선다. 내가 첫 손님이란다. 대기업이 불경기를 이기지 못하고 조업일 수를 줄이는 바람에 중소기업이 직격탄을 맞았다고 주인아주머니가 하소연을 늘어놓는다. 많은 근로자가 고향으로 돌아가 버리는 바람에 사람 구경하기 힘들어졌다며 한숨을 쉰다. 옛날 어른들은 먹고사는 일만큼 중요한 것이 없다고 입버릇처럼 말했다. 그런데 장사도 예전만 못하고, 빈 가게가 늘어간다니 큰일이 아닐 수 없다. 떠들썩해야 할 삶의 현장이 깊은 수렁 속에 빠진 듯하다. 참담한 현실에 국밥 한 술 넘기는 것도 사치인 듯싶다.

슬도명파를 아시나요?

어수선한 방어진항에 들어선다. 항을 확장하는지 바다의 한 귀퉁이를 메우는 중이다. 공사에 필요한 자재가 여기저기 널브러져 있다. 어망과 고기잡이에 필요한 도구들도 자리를 잡지 못한 채 나뒹군다. 반달 모양의 항을 돌아나가면 아담한 '동진항'이다. 방파제를 따라 한바다 쪽으로 걷다 보면 거센 파도를 막아주는 바위섬과 만난다.

슬도 등대

바닷바람과 파도가 바위에 부딪칠 때마다 거문고 소리를 낸다고 하여 '슬도'라 부른다. 섬에 울려 퍼지는 파도 소리는 '슬도명파瑟島鳴波'라 한다. 어떤 현상으로 이런 거문고 소리가 나는지 알 수 없으나 방어진 12경 중의 하나로 꼽힌다. 섬은 제주도에서 흔히 볼 수 있는 현무암에 구멍이 뚫려 있는 형상을 하고 있다. 다른 점이라면 겁지 않다는 것이다. 슬도에는 가족 관광객뿐만 아니라 사진 전문작가들도 많이 찾는다. 저녁에 지는 햇빛이 바닷물을 붉게 물들이는 모습에 매료되기 때문이다.

성끝마을에는 '슬도명파'를 닮고자 하는 소리 체험관이 있다. 생각만큼 규모가 크지는 않지만 한 번쯤은 둘러볼 만한 곳이다. 대왕암공원으로 가는 길 양옆으로는 예쁜 카페가 줄줄이 늘어섰다. 가정집을 수리하여 만든 카페라 예쁜 분위기에 아기자기함까지 더했다. 서먹서먹한 감정이 없어지고, 새로운 정이 새록새록 솟아나게 만든다. 함께 있는 것만으로도 황홀감에 잠기게 되는 카페 거리다. 연인들의 데이트 코스로 이보다 멋진 곳은 흔하지 않다.

비경 중의 비경, 대왕암공원

대왕암공원만큼 예쁜 바닷길이 또 있을까. 탁 트인 동해와 상쾌한 파도 소리를 벗 삼을 수 있으니 최고의 산책길이다. '술바위산' 자락이 동해로 슬며시 발을 담그는 해안가 오솔길에는 국화과의 노란 털머위가 녹색의 해송과 짝을 지으면서 소름 끼칠 정도로 아름다운 풍경을 자아낸다. 웅장한 대왕암과 육지를 연결하는 구름다리는 덤으로 보는 풍경화다. 보고 또 보아도 물리지 않는다.

대왕암은 문무대왕 왕비의 무덤이다. 비妃가 말씀하셨다.

"나는 죽어서 호국용이 되어 나라를 지키겠다."

그녀의 서원誓願에 따라 대왕암 아래 장사지냈다. 문무대왕과 비의 나라 사랑하는 마음이 저 바다에 잠들어 있다. 누구도 이 땅과 바다와 하늘을 넘보지 못할 것이다.

대왕암 공원

　공원 북편 해안가에서 가장 높은 '고이'를 지나면 기암괴석과
해송이 연출하는 풍경이 두 눈을 즐겁게 한다. 눈 닿는 곳마다 비경이
펼쳐지는 까닭에 발걸음이 빨라진다. 황홀한 감정이 일고, 가슴이
터질 것 같은 감탄사가 터져 나온다. '탕건암'은 '넙대기' 앞바다에
있는 바윗돌이다. 갓 속에 쓰는 탕건같이 생긴 바위가 신기하다.
용굴, 할미바위 등 온갖 이야기를 품고 있는 신비로운 둘레길은
지루할 틈을 주지 않는다. 해안선 가까운 곳에는 해녀 여럿이 해
산물을 채취하느라 정신이 없다.

　소나무 숲을 지난다. 저만치 일산해수욕장이 보인다. 그 뒤로
높다란 고층 건물이 즐비하게 늘어섰다. 그림처럼 아름다운
해수욕장 풍경이다.

이 한 몸 누울 자리 없는 곳

 9코스 일산해수욕장 – 정자항

'남목'으로 길을 잡는다. 방어진순환도로 담장 너머에는 거대한 공장들이 어깨를 맞대고 섰다. 우리나라 기간산업의 중심지다. 세계 속에 우뚝 선 대한민국을 떠올리니 가슴이 뿌듯하다.

또 봉대산

산을 넘어야 할지, 말아야 할지 고민이다. 발바닥 상처가 심한 데다 무릎 상태도 좋지 못하다. 숙소를 찾기에는 이른 감이 있고, 어두운 산길을 걷고 싶지도 않다. 이러지도 못하고, 저러지도 못한 채 서 있으니 화끈거리는 발바닥이 아려온다. 엉거주춤한 자세로 양말을 벗어젖힌다. 발바닥 껍질이 벗겨지고, 뭉개져 곤죽이 됐다. 새까맣게 변한 오른발 검지 발톱이 덜렁거린다. 잠잠하던 척추관협착증도 말썽이다. 걸을 때마다 엉덩이뼈가 뻐근하더니 다리까지 저려온다.

태화강전망대에서 출발한 시간이 아침이다. 방어진항과 대왕암공원을 거쳐 남목까지 걸었으니 대략 35km쯤 되는 거리다.

그러다 보니 몸이 나른하여 물먹은 종이 같이 늘어진다. 입안은 까칠까칠하게 변한 지 한참이나 되었다. 설상가상이요, 첩첩산중이란 말이 꼭 들어맞는다. 갑자기 없던 욕심이 생긴다. 단숨에 남목마성과 주전봉수대를 뛰어넘고, 저 넓은 동해를 내 작은 가슴에 담고 싶은 것이다. 바람은 산들산들, 꼬드김은 슬금슬금, 마음은 흔들흔들.

대변항에서 봉대산을 넘을 때가 해 질 무렵이었다. 하필이면 주전봉수대가 있는 봉대산도 해 질 무렵에 넘어야 한다. 기막힌 우연이 아닐 수 없다. GPX Viewer로 산길의 형태와 거리, 시간 등을 계산한다. 부지런히 걷는다면 해가 남아 있을 때 산을 넘을 수 있을 듯하다. 생각을 가다듬고, '남목생활공원'에서 발걸음을 떼니 산을 오르는 사람이라고는 나밖에 없다. 더군다나 초행길이라 걱정도 된다.

조선 시대에 만들어졌다는 남목마성이다. 나라에서 필요로 하는 말을 공급하기 위해 설치한 지방 목장이다. 주로 해안가나 섬에 설치했다. 남목마성도 그중의 하나다. 키우는 말이 도망가지 못하도록 목장 둘레를 돌로 쌓아 성처럼 만든 담장을 마성馬城이라 일컫는다. 쉽게 눈에 담기 힘든 기념물이다.

제법 가파른 산길을 오르자 널찍한 임도가 나타난다. 산봉우리에 걸릴 듯 말 듯 한 태양 덕분에 당장은 길 잃을 염려를 하지 않아도 된다. 정상을 알리는 해발 189.8m의 봉대산 표지석이 반갑기 그지없다. 250m 앞에는 주전봉수대가 있다. 뽑아도 뽑아도 다시 자라나는 번뇌의 얽매임에서 벗어날 수 있고, 미혹迷惑의 괴로움에서 벗어날 수 있는 길이다. 봉호사 대웅전에는 저녁 예불 올리는 스님의 독경 소리가 산을 울린다. 근심 걱정이 사라지면서, 마음이 편안해진다. 길짐승과 날짐승에게 안식을 주지만 나에게는 평화의 기도문이다.

주전 봉수대

봉호사와 맞닿아 있는 주전봉수대는 사방이 탁 트인 산봉우리에 자리 잡았다. '천내봉수대'에서 봉수를 받아 '유포봉수대'로 전하기 위함이다. 지름 5m, 높이 6m에 이르는 연대는 돌로 둥글게 쌓아 올렸다.

망양대

사람의 손을 타지 않은 봉수대는 보존 상태가 아주 좋다. 내가 고등학교에 다닐 때까지만 하더라도 회원동의 봉화산봉수대는 수십 년 동안 반쯤 허물어진 상태로 있었다. 1997년 1월 30일에 경상남도 기념물로 지정되기 전까지는 관심을 가지는 사람이 없었다. 허물어진 봉수대를 보수하기는커녕 역사적 사실을 기록한 표지판 하나 설치하지 않았다. 오늘, 이렇게 잘 관리되고 있는 주전봉수대를 보니 감격스럽다. 조상들이 남긴 작은 유물 하나를 지키지 못한다면 크나큰 유물을 어떻게 지켜나가겠는가. 물질은 고사하고 정신마저 잃어버리고 말 것이다. 봉호사가 앉은 자리는 봉수대를 관리하는 오장과 봉화를 올리는 일을 맡아보던 봉수군이 근무하는 봉대사가 있던 곳이다.

해야 지건 말건 봉수대 아래에서 마음을 내려놓는다. 산 건너편에 있는 망양대가 검은 실루엣으로 변해가자 바닷가 주전마을에 하나둘씩 등불이 켜진다. 수평선에 걸쳐 있는 고기잡이배도 불을 밝힌다. 생의 마지막을 불태우는 단풍잎은 석양빛을 안은 탓인지 한층 빨갛게 불타오른다. 군데군데 잎이 떨어져 앙상하게 보이는 가지와 빛바랜 낙엽을 보니 내 삶과 무엇이 다르고, 인생길과 또 어떤 것이 다를까 싶다. 멀어져가는 가을이 아쉬워 목 놓아 울고 싶지만, 지금은 마음을 다잡아야 한다.

망양대가 어둠 속으로 숨는다. 조금 전까지만 해도 주황빛을 발하던 태양 빛이 순식간에 자취를 감추고 말았다. 맑고 시원한 해풍은 가슴에 남아 있는 거친 욕망을 말끔히 쓸어버린다. 꿈과 희망이 저 바다 위를 거침없이 달릴 듯하다. 느릿느릿한 걸음으로 어둑어둑한 산길을 더듬는다. 가물가물하게 보이는 주전·강동 몽돌해변을 향해 하산하는 마음이 바쁘다. 주전해안길의 바닷물 들고 나는 소리에 가슴이 뻥 뚫리는 느낌이다.

이 한 몸 누울 자리 없는 곳

휘영청 밝은 달이 바다 위에 떴다. 저녁은 고사하고, 잠잘 곳을 정하지 못한 형편이다. 간판에 불을 밝힌 펜션이 있으나 인기척이 없다. 영업을 한다고 해도 길손이 하룻밤 묵기에는 부담스러운

몽돌 해변

하기 해변

곳이다. 그렇다고 이 밤중에 해파랑길 코스를 따라 캄캄한 우가산을 넘을 수 없거니와 바닷길을 따라 걸을 힘도 남지 않았다. 처량한 길손이 되고 보니 헛간이라도 빌려야 찬 이슬을 피할 수 있을 것 같다. "집 떠나면 고생"이라고 하더니 그 말이 꼭 들어맞는다. 처량한 현실, 어찌할 수 없는 형편에서 빨리 벗어나고 싶다.

잠자리에 대한 미련부터 내려놓자. 간절한 마음을 저 바다에 던져버리자. 구암마을 위에 뜬 둥근 달을 등불 삼아 걷기로 작정하니 오히려 마음이 홀가분해진다. 1027번 국도를 따라 걸을 수 있는 곳까지 걸어볼 참이다.

앗, 시내버스 정류소다. 말로만 듣던 기적이 내 눈앞에서 펼쳐지니 없던 힘이 솟는다. 이제 시내버스를 타면 모텔이 있는 정자항으로 갈 수 있다. 저녁도 먹을 수 있다. 그런데 왜 주민들은 시내버스를 타고 정자항으로 가라고 말하지 않았을까. 정자항에 모텔이 있다는 사실을 알려주지 않았을까. 낯선 곳에서 헤매는 길손에게 도움을 주는 것이 그렇게 어려운 일이었을까. 적어도 네댓 명의 주민에게 물었지만 아무도 도움을 주지 않았다. 서글픈 마음이 오랫동안 가시지 않는다.

10여 분을 기다리자 시내버스가 온다. 반가운 마음에 무작정 올라탄다. 정자항으로 가는 버스가 맞느냐고 묻는데 대답이 없다. 빤히 쳐다볼 뿐이다. 이상한 사람도 다 본다는 듯이.

어젯밤은 숙소를 구하느라 몹시 긴장했다. 발바닥과 발가락을 치료하느라 부산을 떨었다. 몸부림을 치다 놀라서 여러 번 잠을 깨기도 했다. 비상식량으로 챙겨두었던 찌그러진 빵 하나로 아침을 대신한다. 어제 걷기를 중단했던 구암마을로 되돌아온다. 버스에서 내리자마자 기막히게 아름다운 주전·강동해변이 눈을 즐겁게 해준다. 몽실몽실하게 생긴 돌이 파도에 몸을 씻으며 저마다의 귀여운 몸매를 자랑하느라 바쁘다. 바닷물이 들고 날 때마다 몽돌이 구르며 귀를 상쾌하게 한다. 들어도, 들어도 물리지 않는 맑은소리다. "부딪치면서 단단해지고, 맞닿으며 둥글어진 몽돌 자갈은 바다가 지나온 오랜 시간"의 산물이라 하니 나의 삶도 몽돌을 닮기를 기도한다. "시기하지 않고, 교만하지 않고, 무례하지 않고, 성내지 아니하고," 온화한 미소로 살 수 있는 삶 말이다.

용바위와 강동사랑길

용바위1길에서 용바위와 마주친다. 생긴 모습이 용을 닮은 것이 아니라 용에 얽힌 전설을 간직한 곳이다. 진실은 시간이 걸릴 뿐 언젠가 밝혀진다는 내용이다. 우리네 삶을 되돌아볼 수 있는 이야기가 아닐까 싶다.

"큰 뱀과 거북이 살았다. 둘은 하늘나라에서 서로 시기하고, 미워했다. 옥황상제는 누가 음모를 꾸미고 나쁜 행동하는지 알 수 없어 둘을 지상으로 쫓아냈다. 사실, 거북은 말이 없고 묵직한 행동 덕분에 옥황상제의 신임을 받았다. 두꺼운 갑옷을 뒤집어쓰고 밤낮 모함과 음모를 꾸미는 사실을 옥황상제는 알지 못했다. 그러나 지상으로 쫓겨나서도 못된 행동을 계속하는 바람에 모든 사실이 밝혀지고 말았다.

뱀이 용으로 변해 승천하던 날, 한바탕 바람이 일었다. 비가 내렸고 천둥이 쳤다. 바위가 둘로 갈라지면서 막혔던 물길이 뚫렸다. 이때부터 용바위라는 이름이 붙었다."

터덜터덜. 강동축구장으로 오른다. 아침을 빵 하나로 때운 탓에 몹시 배가 고프다. 입안이 사막같이 바싹 마른 탓에 숨쉬기도 쉽지 않다. 생수와 먹거리를 준비하지 못한 내 잘못이다.

'앗! 저게 뭐야.'

수도꼭지가 아닌가. 이것저것 생각할 겨를도 없이 입부터 가져간다. 벌컥벌컥 수돗물을 들이켜자 운동하러 나온 듯한 중년의 신사가 큰 목소리로 외친다.

"그 물 마시면 안 돼요. 못 먹는 물입니다."

순간, 멈칫했으나 이내 마음을 바꾼다. 원효대사께서는 해골 바가지에 담긴 썩은 물도 달게 마셨다. 깨끗함도 없고, 깨끗하지 않음도 없다고 말씀하셨다. 오로지 내 마음속의 생각만이 그것을 인식할 뿐이라며 일체유심조를 설파하지 않았던가. 나 또한 달게 마시는 이 물을 감로수라 생각하니 가슴이 시원해진다. 갈증도, 번뇌도 사그라지는 느낌이다. 그러고 보면 모든 것은 마음먹기에 달렸다. 옳고 그름의 기준도 마음에 있고, 미추美醜 또한 마음에 있다. 맑고 흐림이 마음에 있고, 좋고 나쁨 또한 마음에서 비롯된 것이다. 질병조차 마음의 근심에서 오는 것이니 마음이 우주의 근본이다.

곧바로 '옹녀강쇠길'로 들어선다. 해발 173.2m의 우가산 정상으로 향하는 임도는 걷기 편하다. 잘 닦여진 길로 인해 쉬엄쉬엄 걸어도 금방 정상에 다다른다. 까치전망대에는 '평생 알아가야 하는 부부'의 삶에 관한 이야기가 전해온다.

"까치는 땀을 뻘뻘 흘리며 작업하는 건축가를 찾아가 결혼해 달라고 조른다. 건축가는 손사래를 치며 말한다. '지상에서 가장 건축을 잘하는 사람은 내가 아니라 까치'라고 말이다. '나는 전 세계 곳곳에 다리를 놓아 보았지만, 까치처럼 하늘에 다리를 놓아 보지는 못했지요. 까치는 까마귀와 더불어 일찍이 하늘에 오작교라는 긴 다리를 놓았어요. 인간은 지금까지도 못 해내고 있는 일을 말이에요.' 결국, 까치는 우가산에 사는 까치와 결혼하여 행복하게 살았다."

부부는 평생토록 서로에 대해 배워가야 하는 사이다. 남남으로 만나 하나가 되기로 서약하였지만, 서로를 이해한다는 것이 그렇게 쉽지 않은 일이다. 남자와 여자는 태어나서 어른이 될 때까지 수십 년간을 서로 다른 환경에서 자랐다. 배움의 내용이 다르고, 삶의 목표가 다르다. 행동이나 취향까지 같은 것이라고는 없다. 처음부터 서로를 이해하고, 받아들일 수 있다고 하면 그것은 사리에 어긋나는 이야기다. 한솥밥을 먹으면서 살아도 사소한 일로 의견이 틀어지고, 다툼도 일어난다. 그런 일이 있다고 해서 서로를 미워하는 것은 아니다. 어느 날, 다른 생각을 지닌 남녀가 같은 것을 바라보고, 같은 꿈을 꾸고, 같은 마음이 되기로 맹세하였으나 혼란스러워하고, 어려워하는 것일 뿐이다. 오죽하면 "화성에서 온 남자 금성에서 온 여자"라고 했을까. 서로를 위해 평생 배워야 하는 이유가 까치 이야기에 있다.

우리나라에는 '부부의 날'이 있다. 2007년, 국가에서 제정한 법정기념일이다. 발원지는 창원시 의창구 도계동에 있는 도계시장이다. 권재도 목사 부부가 부부의 소중함을 일깨운다는 취지에서 시작했다. 가정의 달인 5월에 둘이 하나가 된다는 21일로 정하여 지금까지 이어져 오고 있다. 부부가 화목해야 가정이 바로 서고, 흉악한 사회문제도 발생하지 않는다.

우가산 아래쪽이자 당사항과 제전항 사이에 있는 우가항에는 '바다로 간 소와 망이'에 얽힌 슬픈 이야기가 가슴을 친다.

"어미 소가 보이지 않았다. 워낭만 부뚜막에 있었다. '바다로 풀 뜯으러 갔다.' 어미 소를 우시장에 판 아버지가 거짓말을 했다. 햇빛이 좋은 날, 우가마을 앞바다는 푸른 풀밭처럼 보였다.

사실을 알지 못하는 망이는 송아지를 데리고 언덕으로 올랐다. 바다를 보며 어미 소를 기다렸다. 동네 처녀들과 어울려 노느라 어미 소를 돌보지 않은 자기 잘못이라 생각하고 바다를 떠나지 않았다.

어느 날, 망이가 멍하니 바다를 바라보고 있었다. 어미 소가 바다에서 걸어 나오는 것이 보였다. 망이는 얼른 어미 소의 목에 워낭을 걸어주고 싶었다. 그 후, 바다로 간 망이와 어미 소는 돌아오지 않았다."

'강동사랑길'의 주인공은 강쇠와 옹녀다. 남자의 소망이라면 강쇠처럼 상남자가 되는 것이다. 아내를 만족시키고, 직장에서 왕성한 활력으로 일을 척척 해내는 사람이다. 말술을 마셔도 다음날이면 거뜬하게 일할 수 있는 무적의 남자다.

옹기에서 나왔다고 옹녀라 이름 붙여진 그녀는 강쇠와는 천생 연분이었던지 부르는 노래마저 찰떡궁합이다. 강쇠가 선창한다.

"이상하게 생겼구나, 맹랑하게 생겼구나. 소나기를 맞았는지 언덕지게 패였구나"

옹녀가 받아친다.

"이상하게 생겼구나, 맹랑하게 생겼구나. 칠팔월의 알밤인가, 두 쪽이 한데 붙어있네."

황해도 청석골에서 만나 지리산에서 죽었다는 평안도의 음녀 옹녀와 삼남의 잡놈 변강쇠가 '강동사랑길'에서 다시 살아난 까닭이 궁금하다. 하산길에 옹녀와 강쇠의 조형물이 서 있다. 강쇠나무와 옹녀나무를 선정하여 표지판까지 세워놓았다. 좀 억지스럽다.

담장마다 예쁜 벽화가 그려져 있는 제전마을이다. 양식장에 띄우는 부표에 만화의 주인공을 그려 갯가에 걸어놓았다. 뽀로로와

강쇠도령, 옹녀낭자

둘리는 나도 아는 캐릭터다. 재미있는 풍경이 길손의 마음을 즐겁게 한다.

벽화로 그려진 세실 프란시스 알렉산더의 시 「모든 것은 지나간다」 한 구절에 눈이 퍼뜩 뜨인다. 저절로 머리가 *끄덕여진다*.

모든 것은 지나간다
세실 프란시스 알렉산더

모든 것은 지나간다.
일출의 장엄함이 아침 내내 계속되진 않으며
비가 영원히 내리지도 않는다

모든 것은 지나간다
일몰의 아름다움이 한밤중까지 이어지지 않는다.
다만 땅과 하늘과 천둥, 바람과 불, 호수와 산과 물
이런 것들은 항상 존재한다

만약 그것들마저 사라진다면
인간의 꿈이 그리고 환상이
계속될 수 있을까

당신이 살아 있는 동안
당신에게 일어나는 일들을 받아들이라
그리고 이 모든 것은 지나가 버린다

나는 왜 지나가는 한 줄기 바람에도 마음이 흔들리고, 한 점 먹구름에도 서글퍼지는가. 시시때때로 변하는 내 마음을 나도 알 수 없다. 그저 그러려니 하고 살기에는 가슴에 찬바람이 인다.

　복성마을을 따라 구유길을 걷는다. 저만치서 손짓하는 정자항이 반갑다.

주상절리의 꽃밭에서
걸판지게 놀아볼까?

'파도소리길'에 피어난 주상절리의 하모니

 10코스 정자항 – 나아해변

정자! 단어에서 풍기는 성적인 뉘앙스로 인해 이름을 부를 때마다 왠지 민망하다. 비릿비릿 울렁울렁한 액체가 먼저 연상되어 두 번 말하기 곤란하다. 은근히 눈치 보인다.

정자는 내가 상상하는 단어와는 거리가 멀다. "마을 가운데 24 그루의 느티나무 정자가 있어서 정자亭子"라는 지명을 얻게 된 것이다. "수컷의 생식 세포로 난자와 결합하여 새로운 개체를 생성하는 정자精子"를 먼저 떠올리는 것을 보면 아직은 상남자라는 증거가 아닐까 싶다. 조금은 엉큼한 속성을 버리지 못한 마음도 있는 듯하다.

하하, 너무 솔직했나?

게판에 맛없는 짬뽕까지

숨 가쁜 정자항은 고기잡이에 필요한 어구들로 인해 몹시 어수선하다. 몽당빗자루까지 일손을 거들고 나서야 할 만큼 바쁘게 돌아간다. 항 주변은 온통 대게를 파는 가게다. 여기도 대게, 저기도

정자항

대게, 완전 게판(?)이다. 튼실한 집게다리 하나를 뚝 분질러 하얀 살을 파먹으면 향긋한 게 향이 온몸 구석구석에 퍼질 것 같다. 단칼에 베어낸 참가자미 살점을 구수한 된장에 찍어 먹으면 없던 힘이 생길 듯하다.

배가 고프다. 먼 길을 걸으려면 위를 든든하게 채우는 것이 우선이다. 마침, 울산수협 강동지점 뒤편에 그럴듯해 보이는 중국 음식점이 있다. 식탁에 앉자마자 짬뽕과 자장면을 두고 고민 같잖은 고민에 빠진다. 짬뽕을 주문하면 자장면이 눈에 밟히고, 자장면을 주문하면 짬뽕이 생각날 것 같아서다. 참 시시콜콜한 고민에 빠지는 사이, 면 가득 해산물 조금 든 짬뽕이 식탁에 오른다. 주린 배를 채울 요량으로 면 한 젓가락을 입에 넣는다.

'억, 뭔 맛이 이래!'

당장이라도 뱉고 싶을 만큼 밍밍하다. 정녕 이것이 짬뽕이란 말인가. 채소와 해산물이 듬뿍 들어야 할 그릇에 희멀건 면이 가득하다. 옷을 벗고 짬뽕 국물 속으로 들어가야 해물 서너 개를 건질 수 있을 듯하다. 얼큰한 국물을 '후루룩' 들이마시고, 해물 건더기를 건져 먹을 부푼 기대가 와르르 무너지고 만다. 바닷가에 자리 잡은 식당임에도 지나치게 음식 재료를 아낀 탓이지 싶다. 결국 서너 젓가락을 깨작거리다 반 넘게 남기고 말았다. 주인이자 주방장 말씀이 가관이다.

"정말 맛있지요? 다 먹지 왜 남겼어요?"

놀랍다. 짬뽕값을 날렸다고 생각하면 천원도 아까울 지경인데, 자화자찬까지 해대는 그 마음을 도무지 이해할 수 없다.

강동해변과 화암 주상절리

정자방파제의 자랑거리는 울산의 상징인 귀신고래 등대다. 암수 등대는 서로를 지켜주겠다는 의미를 담고 있어 사랑하는 연인들이 즐겨 찾는 곳이다. 무심한 등대에도 애틋한 사연이 숨어있으니 쉬 발길이 떨어질 리 없다.

정자1길로 들어서면 해녀가 자맥질에 여념 없는 풍요로운 바다가 펼쳐진다. 해변 뒤로는 우뚝 솟은 빌딩과 아파트가 하늘 끝까지 오를 기세다. 몽돌해변이 끝나면 곧 울산광역시 기념물 제42호로 지정된 강동화암 주상절리와 만날 수 있다. 동해안 주상절리 가운데서도 가장 오래된 용암 주상절리로 주상체 횡단면이 꽃무늬 모양을 하고 있어 화암 주상절리라 부른다. 마을 이름 화암도 여기에서 유래하였을 것으로 짐작된다.

학술·경관적 가치가 높은 화암 주상절리는 커다란 바위에 기다랗게 반죽한 돌을 하나씩 붙여 놓은 것 같다. 어떻게 보면 긴 상자를 쌓아 놓은 것 같은 신기한 모양이다. 찰랑거리는 수면 위로 고개를 내밀고 있는 주상절리도 재미 있는 볼거리다.

자잘한 몽돌이 원앙금침처럼 펼쳐진 신명해변이 눈길을 끈다. 커다란 바위 위에서 자라는 작은 나무가 애처롭다. 언제부터인지 알 수 없지만, 긴 긴 세월 동안 모진 목숨을 이어오고 있다. 뜨거운 태양, 오랜 가뭄에도 허리를 굽히지 않았다. 거센 폭풍우와 천둥에도 꿋꿋하게 버틴 민초의 삶과 다를 바 없다. 어떤 외압에도 굴하지 않고, 주어진 환경에 순응하며 산다. 결코 목숨을 구걸하지 않는다.

그러고 보니 조금 전에 지나온 정자항에도 치열한 삶이 있었다. 동남아 여인으로 보이는 3명의 젊은 아낙이 참가자미를 손질하느라 바쁘게 손을 놀렸다. 날이 시퍼렇게 선 무쇠 칼로 진득한 진액과 등비늘, 하얀 배까지 싹싹 긁는 손을 보자 이국땅에서 얼마나 힘들게 살고 있는지 짐작할 수 있다. 저들도 고향에서는 귀한 딸이요, 사랑스러운 아내였을 테지만 가난이라는 가혹한 굴레를 벗기 위해 오늘도 허드렛일로 밥을 구하고 있다. 이것이 삶이고, 살아가는 모습이다. 지난날 나의 모습이 클로즈업되면서 쉬 자리를 뜨지 못하고 한참이나 그 모습을 지켜보았다.

울산광역시의 끝이다. 지경마을은 지경교차로에서 마을 가운데를 가로지르는 지경길을 중심으로 울산광역시와 경상북도 경주시로 나누어진다. 책상에 앉아 지도에 줄을 그은 전형적인 행정편의주의 탓으로 보인다. 칼날 같은 가상의 선 하나가 한 하늘을 이고, 같은 땅을 밟고 사는 주민들의 화합보다 분열과 반목을 조장시킬 수 있다.

두 지방자치단체의 이해관계에 따라 주민의 삶도 얽히고설킬 수밖에 없다. 아슬아슬한 외줄 위의 삶이다. 길도 신명길에서 지경길로 바뀐다. 씁쓸한 마음을 안고 동해안로로 들어선다. 푸른 바다를 배경으로 한 아름다운 풍경이 눈길을 사로잡는다.

모처럼 청정한 해변을 만난다. '관성솔밭해수욕장'은 자잘한 몽돌이 주를 이룬다. 수렴2리 쪽 일부는 고운 모래밭이다. 백설탕 같이 고운 모래 한 줌을 쥐면 갑갑하다 아우성을 치며 손가락 틈 사이로 비집고 나간다. 달빛을 손안에 가둘 수 없듯이.

'하서해안공원' 솔밭에는 '6·25참전유공자명예신장비'가 외롭게 서 있다. 찾는 이가 없는 것 같아 마음이 무겁다. 대한민국의 자유 수호를 위해 목숨을 바친 분들의 희생과 6·25 한국전쟁의 교훈을 잊지 않기로 다짐한다. 숙연한 분위기를 가슴에 안고 해변공원길을 따라 발걸음을 옮기니 이름도 예쁜 '물빛사랑교'다. 다리를 거니는 모든 이에게 풍요로움과 사랑이 넘치라는 의미로 지은 이름이다.

'진리해변'은 온통 쓰레기다. 고약한 악취까지 풍긴다. 한반도에 상륙했던 태풍 콩레이 탓이다. 얼른 하서항을 뒤로 하고 해안 오솔길로 들어선다. 10코스 최고의 볼거리 하서·읍천 주상절리가 있는 '파도소리길'이다.

하서·읍천 주상절리(경주 양남 주상절리)

'파도소리길'을 따라가면 누워있는 주상절리, 기울어진 주상절리, 위로 솟은 주상절리, 부채꼴 주상절리 등을 감상할 수 있다. 주상절리의 생성과정은 과학 시간에 배운 적이 있다. "마그마에서 분출한

강동화암 주상절리

부채꼴 주상절리

1,000℃ 이상의 뜨거운 용암이 차가운 공기나 지표면과 접촉하면 수축하게 되고, 이때 용암의 표면에는 오각형이나 육각형 모양의 틈(절리)이 생긴 것을 주상절리"라 한다. 그 사실을 생생한 현장에 서서 이렇게 두 눈으로 확인할 수 있다.

'파도소리길'은 이름보다 더 운치 있는 길이다. 해변의 크고 작은 바위가 예쁘다. 몽돌도 볼거리다. 바위틈 사이, 뿌리 내린 소나무의

읍천항

끈질긴 생명력에 감탄한다. 삶에 대한
경외감마저 든다. 주상절리조망타워를
배경으로 사진을 찍으니 스마트폰의 배
경으로도 훌륭하다. 심지어 가로등조차
한옥을 형상화한 까닭에 주상절리길이
더욱 돋보인다. 지구과학에 관심이 많
은 사람이라면 훌륭한 학습 현장이 되
지 싶다.

읍천항 등대

　읍천항으로 가는 길목에 있는 출
렁다리는 흔들흔들 울렁울렁 재미
를 안겨준다. 아쉬움을 뒤로 하고 발걸음을 옮기면 국가 어항인
읍천항의 등대가 가까워진다.

　하얀 등대는 평범하다. 그 앞에 읍천항의 자음을 따서 설치한

'ㅇㅊㅎ' 조형물이 등대와 조화를 이루면서 눈길을 끈다. 조형물을 배경으로 사진을 찍는 사람이 줄을 섰다. 어린이도, 연인도 예쁜 자세를 취하고 있다. 그 모습이 오히려 더 구경거리다. 마을 담벼락에 그려진 예쁜 벽화는 비바람에 빛이 바랬다. 바다에 기대어 사는 사람들의 이야기와 고기 잡는 어부의 모습이 생생하다. 삶이 꿈틀거리는 모습들이다.

파도를 막아주는 읍천항의 방파제는 다른 항과 확연히 다르다. 이중 삼중으로 방비한 까닭에 태풍이 불어도 이곳만큼은 범하지 못할 것 같다. 항은 생각만큼 규모가 크지 않다. 동해 근해에서는 해수의 온도가 높은 곳이라 다양한 어종이 서식한다. 고추냉이를 푼 간장에 두툼하게 썬 회 한 점을 찍어 먹는다는 생각만으로도 입 안에 침이 고인다.

읍천항을 지나면 곧 죽전마을이다. 마을에 대밭이 많다고 하여 붙여진 지명이다. 바닷가 쪽, 조그만 공원에는 탈해왕의 탄생 설화에 대한 조형물이 서 있다. '석탈해왕탄강유허'와 짝을 이루는 이야기가 있는 공원이다. 『삼국사기』와 『삼국유사』에 의하면 탈해란 "상자를 열고 나왔다"라는 뜻이다.

"용성국의 왕비가 잉태한 지 7년 만에 큰 알을 하나 낳았다. 왕이 상서롭지 못한 일이라 하여 비단으로 싸서 보물과 함께 궤짝에 넣어 바다에 띄웠다. 그것이 신라의 동쪽 아진포(지금의 양남면 나아리)에 도착했다. 바닷가에 살던 노파 아진의선이 궤짝을 발견하고 열어보았다. 남자 아기가 있어 데려가 기르니 서기 57년에 유리왕의 뒤를 이어 왕위에 올랐다. 24년간 재위한 탈해왕이다. 궤짝이 떠왔을 때, 까치가 울면서 따랐으므로 까치 '작鵲'자에서 '조鳥'자를 떼어 내고 '석昔'으로써 성을 삼았다."

거대한 '월성전원국가산업단지'가 보이는 나아해변에 선다. 집으로 돌아갈 일이 쉽지 않을 듯하다. 양쪽 발바닥의 상처와 새롭게 부르튼 새끼발가락을 애처로운 마음으로 쓰다듬는다.

탈해왕 탄생 설화 조형물

호국용이여! 잊을 수 없는 바다여!

11코스 나아해변 – 감포항

발의 상처가 심해 등산화를 한 치수 큰 것으로 구매했다. 걸을 때, 통증을 줄이고, 탄력을 높일 수 있도록 깔창도 두 개나 넣었다. 경쾌한 발걸음이 될 듯하다.

호국용이여! 이 나라를 보호하소서

'봉길해변'으로 가는 길목인 '덕동천'에 가을이 깊다. 안개 사이로 언뜻언뜻 보이는 단풍이 몽환적인 풍경을 자아낸다. 산들바람이 불 때마다 살랑살랑 흔들리는 이파리가 사랑스럽다. '시부거리' 산비탈의 작은 밭고랑에 하얀 서리가 사뿐히 내려앉았다. 팥고물을 시루떡에 흩어놓은 것 같고, 카펫을 펼쳐 놓은 듯하다. 신음을 토하듯 졸졸 흐르는 계곡물, 겨울을 앞둔 산비탈의 다랑이 밭이 온몸의 감각을 일깨운다. 수묵담채화를 보는 듯 사랑스러운 풍경이다.

장엄한 문무대왕 수중릉 앞이다. 봉길 바닷가에서 200m쯤 떨어진 곳에 있는 바위섬으로 대왕암으로도 불린다. 바다 가운데에 있는 묘지는 세상 어디에서도 유례를 찾아볼 수 없다. 그 수중릉이 눈앞에 있다. "내가 죽으면 화장하여 동해에 장사하라. 그러면 호국용이 되어 나라를 보호하리라."고 말씀하신 문무대왕의 유언에 따라 불교식 장례법으로 화장하여 유골을 모신 곳이다. 수없이 많은 폭풍우에도 꿋꿋한 기상을 잃지 않음은 대왕의 거룩한 호국정신이 살아 숨 쉬고 있음이다. 구름을 뚫고 하늘로 날아오르는 호국용을 만나고 싶다. 그 기상을 느껴보고도 싶은 것이다.

작금의 현실을 보라. 나라 사랑하는 마음은 고사하고 병역 기피를 위해서라면 신체까지 훼손하는 청년이 있다. 임진왜란과 36년간의 일제강점기 동안 겨레와 국토가 유린당하고, 민족정신까지 말살당한 치욕적인 역사에 피눈물을 흘리며 몸부림치고 있다. 그런데도 일본제품이라면 사족을 못 쓰는 사람이 너무 많아서 그 수효를 헤아릴 수가 없을 지경이란다. 일 년에 서너 번씩이나 가격을 올린다는 명품을 사기 위해 밤샘조차 마다한다는 매스컴 기사에 서글퍼진다. 돈 몇 푼에 나라의 기밀을 유출하는 사람까지 판을

문무대왕릉

치는 실정이고 보면 언젠가는 내 부모가 한숨짓고, 내 형제가 통곡할 날이 올지 모르겠다. 차가운 바다에 잠들어 있는 호국용도 통탄하지 싶다.

대본삼거리에서 문무로를 따르면 곧 감은사 터다. 문무왕께서 삼국을 통일한 뒤, 왜구의 침략을 막고자 대왕암이 바라보이는 용당산 자락에 절을 세워 불력으로 나라를 지키고자 했던 곳이다. 그러나 문무왕은 절이 완공되기 전에 세상을 떠나고 만다. 아들 신문왕이 아버지의 뜻을 이어받아 절을 완공시킨다. 용이 되어서라도 나라를 지키겠다는 아버지의 은혜에 감사하는 뜻으로 감은사라 이름 짓는다.

감은사는 다른 사찰과는 달리 특이한 구조로 되어 있다. 『삼국유사』에 의하면 감은사 대웅전 밑에는 일정한 높이의 공간을 두었다. 용이 된 문무왕이 바다에서 감은사 금당까지 들어오게 만든 수로다. 지금도 그 흔적이 남아 있다. 나라와 백성을 끔찍이 사랑하는 문무대왕과 신문왕의 마음이 감은사에 깃들어 있다.

동·서 삼층석탑 주변에는 한 무리의 어린 학생들이 선생님의 설명에 귀를 기울인다. 나라의 주역이요, 호국용이 될 제목들이다. 하늘과 땅과 바다를 울렸을 호국 종소리를 상상하며 호젓한 산길을 따라 이견대로 향한다.

이견대! 신문왕이 바다에 나타난 용을 보고 난 후, 나라에 크게 이익이 있었다고 하여 붙인 이름이다. 『세종실록지리지』에 의하면 『주역』의 한 구절인 "비룡재천飛龍在天 이견대인利見大人"에서 가져온 것이라 한다. 『삼국유사』에서는 천금과도 바꿀 수 없는 값진 보배

감은사 대웅전 기초석과 3층석탑

이견정

만파식적을 얻은 일에 대해서 다음과 같이 이야기하고 있다.

"감은사가 있는 앞바다에 작은 산이 떠내려왔다. 신문왕이 이견대로 행차하여 그 산을 바라보았다. 며칠 뒤에 신문왕이 그 산에서 용을 만나 검은 옥대를 받았다. 산 위에 있던 대나무를 베어 피리를 만들었다. 세상을 구하고 평화롭게 한다는 '만파식적'이다. 이 피리는 월성의 천존고에 보관했다. 적군이 쳐들어올 때 피리를 불면 적군이 물러났고, 아픈 사람의 병이 나았다. 가물 때는 비가 내리고, 장마 때는 비와 바람이 그쳤다. 파도가 잠잠해졌다."

신문왕이 세웠던 이견대는 동해를 굽어볼 수 있고, 대왕암에 부서지는 물결까지 선명하게 바라볼 수 있는 동해구東海口 언덕에 있다. 오랜 세월 동안 비바람에 허물어져 없어진 것을 1979년에 신라의 건축양식을 추정하여 새로 지었다. 일설에 의하면 이견대는 바다가 내려다보이는 연대산 자락에 있었다고 한다. 역원이었다고 말하는 사람도 있다. 축대를 쌓은 흔적이 있고, 기왓장도 출토되었다고 한다. 좀 더 많은 연구가 필요할 것으로 보인다.

바닷가 언덕배기를 따라 대밑길로 들어서면 곧바로 신라 동해구라는 표지석을 만날 수 있다. 서라벌에서 토함산을 넘고, 대종천이 흐르는 골짜기를 따라 동해로 나오면 처음으로 만나는 바다였으니 동해의 입구가 되는 셈이다. 동해구 표지석 아래, 양지바른 곳에는 문무대왕 유언비가 있다. '한국 미학의 선구자' 또는 '우리나라 최초의 근대적 미술사학자'로 불리는 우현 고유섭 선생의 「나의 잊히지 못하는 바다」를 새긴 기념비도 있다. 일제강점기 시절, 개성박물관장을 지내며 민족 미술사학의 길을 개척하신 분이다.

가곡 제당과 할배·할매 소나무

대본3리가 끝나면 동해안로로 들어선다. 해안선과 나란한 길옆으로는 하늘과 바다, 소나무와 억새의 조화가 끝없이 이어진다.

갈매기는 작은 바위 위에 옹기
종기 모여 앉았다. 서로의 체온
을 나누는 것 같고, 기도하는 듯
이 움직임이 없다. 빛바랜 억새
뒤에는 제법 큼직한 경비초소가
바다를 향해 섰다. 햇빛과 바람
은 금빛 파도, 은빛 파도를 만든
다. 상쾌한 바람을 안고, 호젓
하게 걸을 수 있어 마음이 푸
근해진다.

신라 동해구 표지석

　가곡 해변과 마을은 비 온
뒤의 하늘같이 깨끗하다. 대빗
자루로 쓸고, 봉 걸레로 닦은 듯 하다. 할배·할매 소나무가 바쁜 길손의
발길을 붙잡는다. 신령이 깃들어 마을을 지켜준다고 믿는 당나무는
400여 년 전에 심은 것이다. 보통의 소나무와는 달리 용트림하는
듯한 특이한 모습을 하고 있어 마을 주민들의 숭배 대상이다. 해마다
음력 6월 1일에는 가곡 제당에서 동신제를 지낸다. 어선이 출어할 때
안전과 풍어를 기원한다.

초라한 점심

　요새와 같은 나정항 방파제 옆에서 라면을 끓일 참이다. 오전
5시에 눈 비비며 몇 술 뜬 것이 전부라 에너지가 완전히 바닥나고
말았다. 아차차! 물이 없다. 젓가락도 없다. 주변에 생활필수품을

파는 가게도 보이지 않는다. 사람이 많지 않은 바닷가 마을이라고 하더라도 생수와 비상식량 구하기가 이렇게 어려 울 줄 짐작조차 하지 못했다.

길 건너편 ○○펜션 입구에서 라면 한 개 끓일 만큼 물을 받는다. 이번에는 젓가락으로 사용할 가느다란 나뭇가지를 구할 차례다. 그것 하나쯤이야 못 구하랴 싶어 항 주변을 이리저리 뛰어다녔지만, 헛수고다. 텃밭에 울타리로 사용하는 빛바랜 대나무 가지 하나도 구할 수 없다. 마침, 빼빼 마른 억새 하나가 언덕에 엎어져 있는 것이 보인다. 뿌리 위에서 꺾어 젓가락으로 만들고 보니 10cm 남짓하다. 이번에는 꼬불꼬불한 면과 보글보글 끓는 국물을 맛볼 차례다.

얼큰하게 퍼지는 냄새와는 달리 맛이 없다. 밖에서 먹는 라면이 별식이라 했건만 오늘은 전혀 그렇지 않다. 라면이 소고기가 될 수 없다는 사실도 깨달았다. 몸이 지친 탓이 싶다.

'그래서 어떻게 했냐고?'

'건더기는 물론 국물까지 마셨다.'

'왜냐고?'

'배고프니까.'

기름기 묻은 코펠을 화장지로 닦으니 국물 한 방울 버릴 것이 없다. 먹고 사는 문제는 맛과는 또 다른 문제다.

바다가 육지라면

'나정고운모래해변'의 모래는 반죽을 만들어 수제비를 떼도 될 만큼 곱다. 일부 구간은 콩알만큼 자잘한 몽돌이 들고나는 바닷물에 몸을 맡기며 노래 부른다. 바닷가에는 향토 출신 작사가인 정귀문이 만든 「바다가 육지라면」 노래비가 서 있다. 시리도록 푸른 나정리 앞바다와 쉼 없이 밀려오는 파도를 보고 그만의 정과 한을 담은 노랫말이다. 옛날, 아버지가 즐겨 들으시던 가요다. 그 시절 그 노래가 새삼 그리워진다.

바다가 육지라면

정귀문 작사, 김부해 작곡

얼마나 멀고 먼지 그리운 서울은
파도가 길을 막아 가고파도 못 갑니다
바다가 육지라면 바다가 육지라면
배 떠난 부두에서 울고 있지 않을 것을
아- 아 바다가 육지라면
눈물은 없었을 것을

어제 온 연락선은 육지로 가는데
할 말이 하도 많아 목이 메어 못 합니다
이 몸이 철새라면 이 몸이 철새라면
뱃길에 훨훨 날아 어디론지 가련마는
아- 아- 바다가 육지라면
이별은 없었을 것을

전촌항의 빨간 등대, 하얀 등대는 견우와 직녀다. 지척에 있어도 바라만 보아야 한다. 애틋한 사랑이다. 화장실은 크다. 고래가 춤을 추는 듯한 예쁜 그림이 있어 동화 속에 나오는 궁전 같다. 항 끝에서 산길로 들어서면 해안절벽과 소나무가 어우러진 숲이 어둡다. 그 사이로 바라보는 풍경이 잘 찍은 사진 같다. 하늘에 취하고, 바다에 취하다 보니 길을 잘못 들었다. 갑자기 초소가 눈앞이다.

〈바다가 육지라면〉 노래비

멀리서 바라보는 해안 마을은 어느 곳이든 눈길을 사로잡는다. 저절로 사진기의 셔터를 누르게 된다. 골목을 벗어나 감포로2길로 접어들면 도로변에 반쯤 마른 생선이 진풍경을 연출한다. 그 양도 엄청나다. 이제 막 부화하여 어미의 품도 벗어나지 못한 어린 녀석들이다. 한 뼘도 되지 않는 물고기까지 싹쓸이한 것을 보니 그물코를 지나치게 작게 만든 탓이다. 남보다 많이 잡고자 하는 욕심도 한몫했다. 한 세상을 자유롭게 살지 못한 어린 물고기가 가엾다. 이 바다의 어자원이 고갈되지 않을까 걱정도 된다. 모두가 행복한 세상이 저 바다에서부터 시작되었으면 좋겠다.

웃음꽃 피어나는 마을 이야기

 12코스 감포항 – 양포항

감포항

  이름을 지을 때는 이유가 있다. 사람도, 사물도 마찬가지다. 감포라는 지명은 땅 모양이 '甘^갑' 자 모양으로 생겼고, 주변에 감은사가 있다고 하여 감은포라 불렸다. 오늘날에는 감포라고 줄여서 부른다.

  감포항은 여태까지 보던 항과는 규모가 다르다. 덩치 큰 어선이 항구를 가득 메웠다. 감포로2길 동방파제부터는 횟집 천국이다. 곳곳에서 손님을 끄는 주인아주머니의 호객 음성이 항구에 울려퍼진다. 활어를 사이에 두고 손님과 흥정을 벌이느라 정신이 없다. 질펀하게 젖은 바닥에 생선 대가리와 각종 부산물이 아무렇게나 나뒹군다. 치열한 삶의 현장이라는 사실을 말하지 않아도 저절로 느껴지는 곳이다.

  감포항을 돌아나가면 멋진 모습의 송대말등대와 만난다. 등대가 있는 감포 앞바다는 암초들이 육지로부터 1km까지 길게 뻗어 있는 까닭에 들고나는 소형 선박들의 사고가 빈번하였다. 1955년 무인 등대가 세워짐에 따라 해난사고가 줄어들었다. 2001년에는 한옥과

감포항

송대말 등대

감은사터 석탑을 바탕으로 새롭게 등대를 세웠다. 외해에서 조업하던 어선들이 감포항으로 들어올 때마다 중요한 이정표가 된다. 관광객들에게는 색다른 볼거리를 선사한다.

등대 전망대에 서면 동해의 푸른 바다를 마음껏 가슴에 안을 수 있어 속이 후련해진다. 소나무 숲과 하얀 등탑이 어우러진 풍경은 한 폭의 한국화를 보는 듯하다. 갯바위는 누가 뭐래도 하얀 갈매기가 점령군이다. 하얀 똥을 얼마나 쌌는지 까만 바위가 희게 변했다. 팔색조가 여덟 가지 똥을 싼다면 세상이 무지개로 빛날 것 같다. 엉뚱한 생각 하나만으로도 마음이 즐거워진다. 좋은 일이 펼쳐질 것 같은 예감이 들면서 마음이 들뜬다.

전망대에서 바다를 바라보면 조그만 바위 하나가 바다 위로 고개를 내밀고 있다. 그 위에 앙증맞은 노란 등표가 있다. 병아리같이 귀여운 모습에 넋을 놓고 바라본다. 척사항 방파제에 있는 등대는 작고 앙증맞다. 로켓을 닮은 듯하다.

'악, 이게 뭔 냄새야?'

젓갈 냄새가 진동한다. 주민으로 보이는 장년의 남자가 썩어 문드러진 젓갈 찌꺼기를 바다로 쏟는 중이다. 옆에 세워둔 서너 개의 드럼통은 이미 비운 눈치다. 농부는 농약과 폐비닐 등으로 강과 농토를 오염시키고, 바다는 어부가 온갖 쓰레기를 밀어 넣으며 병들게 만든다. 생명체가 살지 못하는 바다로 만들고 있다. 역설도 이런 역설이 없다.

아름다운 오류마을

오류? 이치에 맞지 않는 오류가 아니다. 너무나도 유명한 '오류고아라해변'을 거느린 감포읍 오류五柳리를 말한다. 해변에는 메주콩만큼이나 작은 자갈이 고운 모래와 함께 펼쳐져 있다. 바다는 수심이 얕다. 소나무 숲이 우거져 있어 가족 나들이 장소로 적합할 듯하다.

마을에 들어서면서 웃음을 멈출 수 없다. 바로 마을 이름 탓이다. 모처럼 웃으며 걸을 수 있으니 이 또한 즐거움 아니겠는가. 우리나라에는 오류마을 외에도 재미있는 이름을 가진 마을이 많다. 내가 사는 옆 동네는 일반산업단지를 조성하고 있어 강아지도 고기

한 덩어리를 물고 다닐 만한데 하필이면 동전리다. 그 이웃은 입에 올리기 거북한 신음마을이다. 경남 거제시의 전망 좋은 바닷가에는 망치리가 있다. 전남 곡성의 고치리, 경남 합천의 부수리와 함께 짝을 이룰 것 같다. 부산 기장에 있는 좌천리는 공무원이나 회사원이라면 꺼리거나 싫어할 것 같은 마을이다. 충북 단양과 전북 순창에는 어쩐지 이름 부르기가 망설여지는 대가리가 있다. 경기 연천에는 고문리가 있으니 어시간히 담력을 가진 사람이 아니고서는 살지 못할 것 같은 마을이다. 전남 구례에는 방광리, 경기 평택과 전남 담양의 객사리, 전남 진도의 성내리, 전남 해남의 화내리, 경기 용인에 유방동이 있으니 말을 할 때마다 조심해야 구설에 휘말리지 않는다. 이 외에도 경남 창녕에는 유리, 충남 예산의 고도리, 경기 파주의 설마리, 전북 부안의 소주리, 경북 군위의 파전리, 경기 안성의 보체리, 충북 청원과 강원 인제의 원통리, 충남 금산의 목소리, 경기 광주의 무수리, 전남 함평의 외치리 등이 있어 가슴이 환해지도록 웃을 수 있다. 한자를 한글로 표기하면서 나타나는 현상일 뿐이다.

감포읍의 끝자락에 자리한 연동마을은 고려 말엽 성씨가 다른 세 집이 이주해 와서 마을을 일굴 때, 연못에 연꽃이 많아 '연동蓮洞'이라 이름 붙였다고 한다. 포항시 남구 장기면과 경계가 되는 곳이라 하여 '지경地境'이라고도 부른다. 앞쪽은 바다와 접해 있고, 뒤쪽은 높은 산이 있어 겨울은 따뜻하고 여름은 시원하다. 살기 좋은 연동마을이 끝나면 자그만 도랑 하나를 사이에 두고 두원리다. 행정구역이 경주시에서 포항시로 바뀐다. 삶을 바꾸어 놓는 경계선이다.

계원2리 마을회관을 지나 동해안로2956번길을 따르면 소봉대가 나타난다. 한쪽 면은 육지와 닿아 있고, 삼면은 바다가 에워싸고 있는 작은 바위산이다. 멀리서 보면 거북이가 엎드린 모양이라 하여 복귀봉이라 부르기도 한다. "성난 파도와 암초가 빚어내는 하얀 물안개, 석양빛에 돌아오는 고깃배의 풍경, 소봉대 위에서 자생하는 기이한 꽃과 노송이 만들어 내는 아름다운 경치는 한 폭의 수채화"다. 조선의 성리학자 회재 이언적은 이 멋진 풍경에 반해 「소봉대」란 시를 남겼다.

소봉대
이언적

땅이 끝나고 바다가 시작되는 곳
천지의 어느 곳에 세 언덕이 있는가
비루한 티끌 세상 내 마음과 무슨 상관있으리
가을바람에 노중연의 배를 띄워 떠나고 싶어라

양포항로표지관리소를 지척에 둔 계원1길을 따라 걷노라면 손재림문화유산전시관이 있다. 경북 영천에 있는 손재림 한방병원장이 폐교된 초등학교 건물을 사들여 개관한 것이다. 전시관에는 40년 동안 수집한 귀중한 문화유산이 5천여 점이나 전시되어 있다. 길이 보존하여 후손에게 물려주는 것이 앞선 시대를 살다 간 사람의 의무지 싶다.

양포해변은 공사로 인해 해변이 엉망이다. 크레인이 엄청난 양의 돌과 콘크리트 덩어리를 옮기고 있어 험한 산길을 걷는 것 같이 아슬아슬하다. 구경이고 뭐고 생각할 겨를이 없다. 그저 엎어지고, 자빠지지 않도록 신경 쓰기에 바쁘다.

'양포항길'에서 해파랑길을 걷는 한 무리의 선남선녀를 만난다. 혼자 걷는 모습이 안쓰러웠는지 부탁하지도 않은 사진을 찍어준단다. 얼른 보트 계류장 앞에 두 다리를 뻗고 앉으니 사진기의 플래시가 번쩍하고 터진다. 다른 사람이 찍은 사진은 이것이 처음이다.

양포 보트 계류장에서

스탬프를 찍어야 12코스가 끝난다. 계류장이 있는 곳에 스탬프를 보관하는 새집이 있는 줄 알았는데 종착지가 양포항이란다. 수백 미터나 떨어진 곳에 있다. 두 개의 코스를 연속하여 걸었던 터라 한 발짝도 옮기기가 쉽지 않다. 젖 먹던 힘까지 짜내야 한다.

자연에 대하여 경외심을 품다

조선 10경의 장기 일출, 구룡포의 아픈 역사

 13코스 양포항 – 구룡포항

11월 하순의 양포항이 고요하다. 단잠에서 깨어날 기미가 보이지 않는다. 우중충한 날씨 탓인지 을씨년스럽기까지 하다.

최남선의 조선 10경, 장기일출

동해안로3404번길에서 동해안로로 들어서면 흙 한 줌 없는 바위틈에 자리 잡은 소나무와 그 사이로 떠오르는 아침 해의 조화를 만날 수 있다. 한국 개화기 근대문학의 선구자요, 신문화 운동의 개척자로 알려진 육당 최남선이 절경이라 칭찬하면서 '장기일출長鬐日出'이라 이름 붙인 일출암이다. 조선 10경 중의 하나로 손꼽는다. 그 신비롭고, 장엄한 비경을 가슴에 담을 욕심에 발걸음을 바쁘게 옮긴다.

맑은 물이 솟아난다고 하여 '날물치' 또는 '생수암'이라고 불리는 일출암은 어떤 곳에서 바라보아도 멋진 모습을 안겨준다. 아침 해가 힘차게 떠오를 때면 일출암 위의 파란 하늘이 붉게 물들고,

일출암

파도의 알갱이가 빨갛게 부서진다. 그 모습을 바라보노라면 '헉'하고 숨이 멎을 것 같다. 기기묘묘한 바위 위에는 인고의 삶을 노래하는 소나무가 있다. 태양의 정기를 받아 날마다 새로운 하루를 시작하는 생명이다.

조선 10경에는 장기일출 외에도

압록기적^{鴨綠汽笛}　경적 울리는 압록강의 기선 풍광
천지신광^{天池神光}　백두산 천지
대동춘흥^{大同春興}　대동강변 봄빛
금강추색^{金剛秋色}　금강산의 단풍 비경
재령관가^{載寧觀稼}　황해도 구월산 동선령 풍경
경포월화^{鏡浦月華}　경포대 수면에 비치는 달
연평어화^{延坪漁火}　연평도 조기잡이 어선 불빛

변산낙조邊山落照 변산 앞바다의 해넘이
제주망해濟州茫海 제주도의 망망대해

가 있다. 모두가 경이로운 것들이다.

오늘도 걷는다마는

'신창1리방파제'에서 바라보는 바닷물은 수정처럼 맑다. 어찌나 투명한지 은밀한 속살까지 남김없이 보여준다. 한 컵 떠서 마시면 온몸의 갈증이 달아날 듯하다. 그런 바다 밑바닥에는 죽은 물고기의 몸뚱이가 물결에 따라 일렁인다. 쓰레기도 하얗게 깔려 있다. 그래도 생명이 살아 숨 쉬는 바다라고 은빛 물고기가 떼를 지어 헤엄친다. 그 모습을 바라본 중늙은이 대여섯 명이 낚싯대를 드리웠으나 한참 동안 입질을 받지 못한다. 물고기가 먼저 사람의 욕심을 꿰뚫어 본 것이다. 슈베르트의 가곡 「송어」를 듣는 듯한 생생한 풍경이다.

동해안로3550번길을 따라 호젓한 산길을 넘으면 조용한 영암리다. 갈매기 무리가 명상에 잠긴 듯한 대진해수욕장을 지난다. 대화천의 모래톱을 힘겹게 건너면 모포2리다. 백사장은 한없이 넓고, 수평선은 하늘과 맞닿아 있다. 아득하게 먼 풍경에 눈물이 왈칵 쏟아질 듯하다. 그러면서 갑자기 마음이 크게 흔들린다. 만감이 교차하면서 두 개의 자아를 마구 흔들어댄다. 나는 왜 이 길을 걷고 있는 것일까? 걷는 의미가 무엇일까? 끊임없이 일어나는 물음에 나 자신도 명쾌한 답을 내릴 수 없다. 무엇을 만나고, 무엇을 구할 수 있을지 알지 못한다. 인생이란 태어날 때부터 비포장도로와 같은 삶이라 스스로 다독여 보지만 뻥 뚫린 가슴이 메워지지 않는다.

구평리에 운전기사를 대상으로 운영하는 식당이 있다. 화물트럭 십여 대가 오순도순 머리를 맞대고 있다. 메뉴는 단 한 가지 백반뿐이다. 자리에 앉자마자 점심상이 차려진다. 큼직하게 썬 대방어회와 투박하게 느껴지는 반찬이 입에 착착 감긴다. 커다란 회 한 점을 초고추장에 듬뿍 찍으니 정신이 번쩍 든다. 잘 숙성된 살점이 지방과 어울려 감칠맛을 낸다. 서너 번 수저를 놀린 것 같은데 벌써 밥그릇이 바닥을 드러냈다. 배가 부르니 늘어지게 자고 싶다. "배부르면 눕고 싶고, 말 타면 종 부리고 싶다"라는 속담이 조금도 틀리지 않는다.

'장길리복합낚시공원'을 앞둔 백사장에서 악취가 진동한다. 작은 개울을 타고 내려온 마을의 오수와 인근 ○○수산 등에서 내보낸 하수 찌꺼기가 해변을 더럽힌 것도 모자라 하수종말처리장을 만든 듯하다. 아름다운 해변을 이 지경으로 만들었는데도 아무도 나서는 사람이 없는 모양이다. 눈 감고, 귀 막고, 코 막은 공무원, 환경단체, 마을 주민의 합작품에 길손의 마음만 까맣게 탄다.

슬픈 보릿돌

성화 모양의 등대가 돋보이는 '장길리복합낚시공원'을 돌아나간다. 언덕 위에 자리 잡은 억새가 하얗게 꽃을 피웠다. 바람에 몸을 흔들며 깊어가는 가을을 노래한다. 바닷가에는 한바다 쪽으로 길게 뻗은 바위가 있다. 생긴 모양이 보리 같다고 하여 '보리암' 또는 '보릿돌'이라고 부른다. 그 위에 세운 다리는 '보릿돌교'다. 옛날,

보릿고개를 넘어야 할 때면 보릿돌 부근에서 미역을 채취하여 어려운 고비를 넘겼다고 하여 붙여진 이름이다. 가슴 아픈 이야기가 아직도 살아 숨 쉬고 있다.

하정마을로 가는 해변에는 해초를 채취하는 어민이 눈길을 끈다. 농부가 흙에 맞추어 생을 꾸리듯, 어부는 물에 기대어 산다. 장소와 때만 다를 뿐 살아가는 모습은 같다. 해안 바위에는 바닷물을 뒤집어쓴 소나무가 용케도 살아남았다. 끈질긴 생명력에 경외감마저 든다. 저 멀리, 과메기로 유명한 구룡포가 보인다.

구룡포의 어제와 오늘

구룡포항은 동해안 어업의 전진기지로 항의 규모가 엄청나다. 정박 중인 배도 크고, 숫자를 헤아릴 수 없을 정도로 많다. 어구는 작은 동산을 만들었다. 보는 것만으로도 기가 질린다.

대게를 말할 때면 강구항이나 죽도시장을 떠올리는 사람이 많다. 구룡포가 전국 최대의 대게 산지라는 것을 모르는 까닭이다. 그래도 구룡포 하면 과메기가 먼저다. 그런 까닭에 청어나 정어리, 꽁치 등을 잡는 어선이 많다. 겨울철 별미로 인기 높은 과메기는 청어를 그늘에서 말린 것을 최고로 친다. 청어 생산량이 급격히 줄어들자 꽁치로 과메기를 만들기도 했다. "꿩 대신 닭"인 셈이다. 과메기라는 이름은 "청어의 눈을 꼬챙이로 꿰어 말렸다는 관목에서 유래한다. '목'은 구룡포 방언으로 '메기'라고 발음한다. 그러니 관목이 '관메기'로 변했다가 다시 'ㄴ'이 탈락하면서 '과메기'로 굳어졌다." 과메기를 먹게 된 유래에는 여러 가지 설이 있다. 재담집 『소천소지』에 다음과 같은

과메기 말리기

영암 앞바다

보릿돌교

이야기가 실려있다.

"동해안에 사는 한 선비가 한양으로 과거를 보러 길을 나섰다가 바닷가 나뭇가지에 눈이 꿰인 채로 얼었다 마른 청어를 집어 먹었는데 맛이 좋았다. 그 이후, 겨울이면 청어를 말려 먹었다. 이것이 과메기의 기원이 되었다."

또 다른 이야기도 있다.

"뱃사람들이 반찬으로 사용할 요량으로 배 지붕 위에 청어를 던져놓았다. 바닷바람에 얼었다 녹기를 반복하며 꾸덕꾸덕 말랐다. 저절로 과메기가 되었다."

오늘에 와서 어느 설이 맞는지 알 수 없다. 분명한 것은 청어를 재료로 했고, 말려 먹었다는 것만은 사실이다.

'세상에!'

이렇게 많은 오징어를 어디에서도 본 적이 없다. '구룡포남방파제' 부근에 설치된 덕장에서 실한 오징어를 만난다. 한 마리만 구워도 서넛이 나누어 먹을 정도로 통통하게 살이 오른 녀석들이다. 무엇보다 그 양이 엄청나 벌린 입을 다물지 못할 정도다. 사진기의 위치나 렌즈의 각도를 바꾸어도 한 장의 사진에 다 담기지 않는다. 항을 돌아나가면 구룡포 일본인 가옥거리가 길 건너편에 있다. 가야 할 길이 구만리나 어느 세월에 이곳을 다시 찾겠나 싶다. 팔을 뻗어 사진 한 장 남기려는데 어째 표정이 어정쩡하다.

일본인 가옥거리

일본인 가옥거리에 들어서면 일본인의 체취가 물씬 풍기는 듯하다. 현재까지 남아 있는 일본인 집들은 "일제강점기 때 일본인들의 풍요했던 생활 모습을 보여주고, 일본에 의해 착취되었던 우리 경제와 생활문화를 기억하는 산 교육의 장으로 삼고자 '구룡포 일본인 가옥 거리'를 조성"한 것이다. 거리 구석구석 가슴 아픈 사연이 서려 있으나 지금에 와서 어떻게 하겠는가. 치욕을 잊지 말고, 가슴에 새겨야 또다시 나라를 짓밟히는 수난을 면할 수 있다.

쓸쓸한 마음을 안고 구룡포공원으로 들어서려니 드라마 「동백꽃 필 무렵」 촬영지다. 돌계단, 돌기둥이 쓰라린 가슴을 후벼 판다. 구룡포항을 조성할 당시 자금과 물자를 동원하여 사업에 공헌한 일

일본인 가옥 거리

본인들의 이름이 새겨져 있는 치욕의 유물들이다. 나중에 이 사실을 안 구룡포 주민들이 시멘트를 발라 기록을 모두 덮었다. 순국선열 및 호국 영령들의 위패를 봉안할 충혼각을 세울 때 돌기둥 뒷면에 도움을 주신 분들의 이름을 새겼다. 설사 그렇다고 하더라도 가슴 아픈 그 시절, 그 기억까지 되돌릴 수는 없다.

새빛 구룡포에서 볼 수 있는 승천하는 용 형상의 조형물

공원 내의 용왕당은 구룡포 어민들의 풍어와 안전을 기원하는 제당이다. 용왕당에는 용신 할머니나 용왕 부인을 모시는 것이 일반적이나 구룡포 용왕당은 남자 신인 사해 용왕을 모셨다.

용의 승천을 묘사한 조각상이 섬세하다. 구룡포의 기상을 대변하는 것 같다. 어느 폭풍우가 몰아치는 날, 번쩍이는 번개를 타고 하늘로 오를 것 같은 생생한 모습이다. 베토벤의 「교향곡 제9번 라단조」 제4악장 〈환희의 송가〉가 들려오는 삶의 한복판에 서 있는 듯하다.

호미곶 가는 길

 14코스 구룡포항 – 호미곶

오전에만 19km를 걸었다. 일본인 가옥거리와 구룡포공원을 구석구석 돌아다닌 것을 제외한 거리다. 발바닥이 화끈거린다. 호미곶까지 14.1km가 남았다.

호미곶 가는 길

구룡포해수욕장을 지나 일출로62번길로 들어서면 곧바로 구룡포 주상절리와 만난다. 이곳의 주상절리는 지나온 길에서 만났던 양남주상절리와는 모양이 다르다. 화산 폭발로 용암이 분출되다가 갑자기 멈춘 듯한 형상이란다. 그런데 내 눈에는 그렇게 보이지 않는다. 아는 만큼만 보이는 모양이다.

붉은 속살을 드러낸 과메기가 도로변을 따라 늘어섰다. 곶감 건조장에 매달린 곶감처럼 주렁주렁 매달린 모습이 이색적이다. 붉은 살에 지방이 얼마나 많은지 기름이 뚝뚝 떨어진다. 바람이 불 때마다 흙먼지와 까만 자동차 매연이 진득한 몸뚱이에 둘러붙는다. 너무도 비위생적인 광경을 내 눈으로 확인한 터라 과메기라는 말만

들어도 경기를 일으킬 것 같다. 석병1리 주민의 과메기 말리는 솜씨는 예사롭지 않다. 매 모양의 연이 과메기 덕장 위를 날면서 해충을 몰아내고 있다. 바람이 살랑살랑 불 때마다 상하좌우를 힘차게 난다. 앞다리를 싹싹 빌며 비굴하게 아첨하던 파리 녀석은 얼씬도 할 수 없을 듯하다. 고소하다. 자고로 아부의 달인치고 마음이 맑은 자 없고, 행동이 올바른 자 없다. 물욕과 권세욕에 눈이 멀어 양심까지 파는 놈뿐이다. 지나온 나의 삶 주변에도 이런 부류의 인간들이 넘쳐났다.

11월 하순의 해는 노루 꼬리만큼 짧다고 했던가. 길손의 앞길은 아득히 먼데 태양은 바쁘게 서산을 향한다. 근처에 하룻밤 지낼만한 숙소도, 허기를 면할 수 있는 식당도 보이지 않는다. 난감한 밤길이 될 것 같다.

'야, 저기 낚시꾼 봐!'

산마루에 걸린 해를 보고도 낚싯대를 거두지 못하는 낚시꾼이 있다. 마지막 한 마리에 미련이 남은 모양이다. 곧은 바늘로 물고기를 낚을 것이 아니라면 간절한 마음, 미련 하나쯤은 갯바위에 남겨둘 수 있어야 하지 않을까. 오늘의 아쉬움이 내일의 희망이 되는 이치를 터득하지 못한 까닭이다. 삶은 생각보다 실천이 어렵다.

대한민국 최동단의 극점

대한민국 최동단, 동해안 땅끝마을 길에서 감격의 순간을 맞이한다. 동쪽의 극점에 섰다고 생각하니 가슴이 방망이로 두드리듯 심하게 요동친다. 우리나라에서 해가 가장 빨리 뜨는 곳이다.

구룡포 주상절리

대한민국 동쪽 끝을 알리는 표지석

방파제 중간에는 둥근 표지석도 있다. 경상북도 포항시 남구 구룡포읍 석병리 땅끝마을. 북위 36° 01′ 00″, 동경 129° 35′ 05″.

얼마 걷지 않아 육각정이 있는 쉼터에서 해파랑길을 걷는 낯선 여행자와 마주한다. 어둠이 내리는 바닷길을 휘적휘적 걷는다는 사실 하나만으로 금방 경계심을 허문다. 오륙도 해맞이공원에서 통일전망대로 향하는 나에 비해 여행자는 통일전망대에서 오륙도 해맞이공원을 향해서 걷고 있다. 같은 길을 걷는데도, 사용하는

지도가 다르고, 걷는 방향이 다르다. 주어진 시간과 바라보는 방향에 따라 눈에 담는 풍경이 달라진다. 가슴에 느끼는 감정이나 생각조차 같을 수 없다. 누구에게나 똑같이 주어진 인생길이지만 삶의 결과가 다른 것과 같은 이치다.

서너 마디의 이야기를 나누는 사이, 해는 이미 서산으로 숨어들었다. 옅은 노을만 서쪽 하늘에 아쉬운 듯 걸려 있다. 여행자의 말씀이 고맙다. 갈 길이 구만리건만 숙소도, 식당도 없는 길을 어떻게 걸어갈 것이냐며 태산 같은 걱정을 해준다. 그래도 어쩌랴.

'그냥 걸어야지요.'

내 힘으로 사는 인생이지만 내 마음대로 할 수 없는 경우가 많다. 하물며 길손의 삶이야 길이 이끄는 대로만 따라야 한다. 슬프도록 아름답던 노을이 사라지자 어둠은 온갖 물상을 순식간에 삼켜버린다. 석병2리 등댓불만 누군가의 안전한 항해를 위해 분주한 저녁을 맞고 있다. 고래마을 길에는 갈매기조차 흔적을 감추었다. 등불을 밝힌 집도 없다. 외롭고 쓸쓸한 길에는 달빛만 길손의 이정표요, 친구가 된다. '다무포간이해수욕장'을 지나자 손전등을 밝혀야 발걸음을 뗄 수 있다. 자갈 해변을 걸을 때는 몇 번이나 돌부리에 걸려 넘어질 뻔했다. 좀처럼 줄지 않는 거리 탓에 애가 탄다. 눈치 없는 위장은 진작부터 아우성을 친다.

제법 큼지막한 강사2리 마을에 들어선다. 뜻밖에 불을 밝힌 집이 많다. 식당 하나쯤은 있을 것 같은 분위기다. 그런데 기대와는 달리 동네를 다 지날 때까지 식당은 고사하고 편의점 하나 없다. 여행객이 사라진 마을에는 싸늘한 바닷바람뿐이다. 드문드문 서 있는 가로등만 마을임을 알려준다.

관암일출길 끝에서 ○○모텔을 만난다. 숙소는 적막에 싸였고, 투숙객은 나뿐이다. 여장을 풀고, 발바닥에 새롭게 잡힌 물집을 터뜨린다. 비상용 빵 하나로 저녁을 대신한다. 숲속에서 들려 오는 밤바람이 세차다. 창으로 스며드는 달빛은 음산하다. 목청을 높이는 파도 소리에 소름이 돋는다. 덜컹거리는 창문을 열어보니 외딴 숲속의 성 같은 곳이다. 복도를 걸을 때면 메아리 되어 돌아오는 내 발걸음 소리에 소스라치게 놀란다. 이불을 뒤집어쓰고 숨을 죽여야 이 밤을 무사히 넘길 수 있을 듯하다.

찬란한 아침 해는 어디에서 오는 것일까. 어젯밤에 걸었던 길이 이렇게 예쁜 길인지 미처 알지 못했다. 여기저기 미소 띤 얼굴로 인사하는 해국에 기분이 좋아진다. 강사2리와 대보1리를 이어주는 해안도로를 따라 갖가지 형상의 갯바위가 송림과 어우러져 절경을 만든 덕분이다. 11월 하순의 해바라기에 놀라고 또 놀란다.

댕댕이

풀 섶에서 노란 강아지 한 마리가 꼬리를 흔들며 뛰쳐나온다. 온몸에 풀이 아무렇게나 묻어 있다. 반려견은 아닌 듯하다. 안쓰러운 마음에 머리를 두어 번 쓰다듬으니 사랑을 나누어달라고 벌렁 드러누우며 애교를 떤다. 아예 찰떡처럼 올라붙는다.

시간을 더 지체할 수 없다. 해안도로를 따라 바삐 발걸음을 옮긴다. 눈치 없는 녀석이 동행을 자처하고 나선다. 앞서거니 뒤따르거니 하면서 해맑은 얼굴을 들이민다. 도무지 미워할 수 없는 녀석이다. 주인 없는 강아지라면 집으로 데리고 갈 수 있겠다 싶다가도 길손의 처지를 생각하면 잠시도 함께 다닐 형편이 되지 못한다. 정이 들기 전에 떼어놓은 것이 상책이란 생각에 강아지를 돌려세운다. 겁을 주는 시늉을 하고, 힘껏 달려도 보았으나 거머리 같은 녀석을 떼놓을 수 없다. 몸집이 크고, 사나운 개가 앞을 막고 섰을 때도, 설거지하던 아주머니가 맛있는 먹이로 꼬드길 때도 잠시 멈칫하는 것이 전부다.

상생의 손

이내 '걸음아, 날 살려라.' 하는 듯이 나에게 매달린다. 오로지 나만 따를 속셈이다.

저 멀리, 호랑이 꼬랑지인 호미곶에 하얀 등대가 높다랗게 솟아 있다. 물 빠진 해변에 상생의 손도 보인다. 문제는 강아지다. 광장에 도착했는데도 도무지 떨어질 줄 모른다.

'그래, 이거야!'

여행객 이삼십여 명이 상생의 손을 배경으로 사진을 찍고 있다. 얼른 강아지와 함께 그들 사이에 끼어든다. 아무것도 눈치채지 못한 아주머니 여럿이 강아지를 쓰다듬고 함께 사진을 찍는다. 녀석도 기분이 좋은지 잠시 나의 존재를 잊은 듯하다. 그 짧은 틈을 이용하여 재빠르게 바닷가로 내려선다. 바다로 이어진 덱을 따라 전망대로 가서 숨는다.

한참을 재롱떨던 녀석이 움직임을 멈춘다. 두리번거리다 당황하는 기색이 역력하다. 멀리서나마 그런 강아지의 모습을 바라보니 애처롭다. 사랑에 목마른 강아지를 버렸다는 생각에 마음이 우울해진다. 사람들 무리에 섞여 새천년기념관으로 사라지는 댕댕이의 뒷모습을 한참이나 바라보았다.

호미곶의 상징물은 누가 뭐래도 상생의 손이다. 영남대학교에 재직 중이던 김승국 교수가 황동으로 만든 것이라 한다. 그의 설명은 어렵지 않다.

"동쪽 바다에 돌출된 오른손은 햇살의 이미지를 양식적인 방법으로 상징화했다. 광장에 누인 왼손은 햇살을 받아 포용하고 어우러지면서 오른손과 화합하는 새천년의 이미지를 형상화했다."

남과 북, 흑과 백, 남과 여, 젊은이와 늙은이, 진보와 보수, 낡음과 새것, 어린이와 어른, 선생님과 학생이 조화를 이루었으면 좋겠다. 만물을 창조하고 기르는 대자연의 이치처럼.

"파도 소리 긁어모으는" 호미반도길

 15코스 호미곶 – 흥환보건소

11월의 바다에 꽃이 피었다. 인당수에 던져졌던 심청이가 연꽃 봉우리 속에서 나타나듯 한 무리의 해녀가 크고 작은 파도를 타며 꽃송이 되어 오르내린다. 고통을 희망으로 바꾸는 강인한 여성의 표상이자 모든 어머니의 모습이다.

등대의 의미

품질 좋은 돌문어 산지로 소문난 대보항이 호미곶항으로 이름을 바꾸었다. 말끔하게 단장까지 마쳤다. 호미곶항 방파제에 올라서면 평면 그림을 입체적으로 보이게 하는 트릭 아트가 눈길을 끈다. 많은 사람이 그림을 밟고 사진을 찍은 탓에 곳곳마다 페인트가 벗겨졌다. 화가 세 명이 보수에 여념이 없으나 쉬 끝날 것 같지 않다. 바다로 들어가는 듯한 트릭 아트를 배경으로 사진 한 장 남기지 못한 것이 못내 아쉽다.

돌문어를 형상화한 듯한 빨간 등대와 하얀 등대가 애처롭다. 수시로 드나드는 선박이 방해꾼 되니 긴긴밤 외로움에 몸부림친다.

호미곶항

호미반도길

밤하늘을 건널 수 있는 오작교 없어 그리움에 사무치는 견우와 직녀가 된다.

　등대의 옷은 아무렇게나 입히지 않는다. 옷 하나에도 중요한 의미를 담는다. 항에서 바라보아 오른쪽은 하얀색, 왼쪽은 빨간색의 등대를 세운다. 파란 바다와 대비시키는 시각적인 효과를 고려한 것도 있겠으나 도시의 교통신호등처럼 색깔로 배들의 항로를 유도하기 위함이다. 붉은색 등대는 바다에서 항구로 들어오는 배가 이용하는 뱃길이고, 하얀 등대는 항에서 바다로 나가는 배가 이용하는 뱃길이다. 더 정확하게 말하면 "붉은색 등대는 우측에 장애물이 있으니 좌측으로 통행하라는 의미고, 흰색 등대는 좌측에 장애물이 있으므로 우측으로 통행하라는 신호"다. 밤이 되면 "붉은색 불빛으로 좌측통행을 유도하고, 초록색 불빛으로 우측통행을 지시한다. 가끔은 노란색 불빛을 밝히기도 하는데 이것은 위험을 알리는 경고 표시"다. 그러고 보면 주변에 있는 사물 하나하나가 예사로운 것이 없다. 모든 것이 주어진 환경과 조건에 따라 움직여야 한다. 안전을 위한 최선의 방책이다.

동양의 장미, 해당화

　물 빠진 바닷가는 파래가 푸른 초원을 만든다. 언덕배기 풀밭에는 동양의 장미라고 불리는 해당화가 입술보다도 붉은 꽃으로 매혹적인 자태를 뽐내고 있다. 불세출의 가수 이미자는 그의 대표곡 「섬마을 선생님」에서 해당화를 노래했다. "해당화 피고 지는 섬마을에, 철새 따라 찾아온 총각 선생님"이라고.

노랫말에서도 나와 있지만, 해당화는 바닷가 모래땅이나 산기슭에서 잘 자란다. 꽃은 붉은 자주색으로 핀다. 향기가 좋아 향수의 원료로 사용한다. 열매는 반짝이는 광택으로 인해 관상용으로 인기가 높다. 식용이나 약용으로도 쓰이므로 버릴 것이 없다. 옛날 선비들은 해당화 열매로 담근 술을 '매과주'라 하여 귀하게 여겼다. 조그만 열매 한 개에는 비타민 C가 엄청나다. 레몬 17개, 브로콜리 5개, 무 40개에 해당하는 함량이 들었다. 예사로 보아 넘길 식물이 아닌 듯하다.

바다 계단 위에 우뚝 솟은 소맷돌 독수리 바위와 악어 바위는 "자갈이 굳어져 만들어진 역암과 모래가 굳어 만들어진 사암"으로 이루어져 있다. 독수리와 악어의 모습을 갖추기까지의 세월과 과정이 경이롭기만 하다.

아름다운 구룡소길

구만2리를 지나면 아름다운 구룡소길이다. 크고 작은 자갈 위를 걸어야 하는 바닷길이라 여간 불편한 것이 아니다. 풍진 세상과도 멀리 떨어져 있어 좀처럼 사람을 만날 수 없다. 외롭고, 쓸쓸한 길일 수 있으나 바다의 노래만큼은 맘껏 들을 수 있다. 풍광 또한 얼마나 아름다운지 세상 어느 곳과 비교해도 뒤지지 않을 듯하다. 갈매기를 친구 삼노라면 덱으로 만든 산책길과 연결된다. 왼쪽에는 기암괴석, 오른쪽은 망망대해다. 발밑으로는 푸른 물이 하얗게 부서진다. 신선이 바둑 두고, 선녀가 춤추는 곳이다.

대동배2리부터는 바닷길을 버리고 산을 넘어야 한다. 호젓한 산길은 입구부터 섬뜩하다. 여기저기 심하게 파헤쳐 놓은 흔적을 보니 산돼지 무리의 소행으로 보인다. 길은 좁고, 인가는 없다. 머리카락이 곤두선다. 사람이 사는 마을까지 바쁘게 걷는 것만이 상책인 듯싶다.

대동배1리에서 조금 떨어진 곳에는 '동을배봉'이라는 해안절벽이 있다. 가파른 산길을 따라 오르면 기암절벽 아래 용 아홉 마리가 승천했다는 구룡소九龍沼가 모습을 드러낸다. 소에는 맑은 바닷물이 드나들고, 여러 형상의 바위에는 에메랄드빛 맑은 물이 출렁거린다. 전설에 의하면 아홉 마리 용이 승천할 때 뚫어놓았다는 아홉 개의 굴에서 도승들이 수도를 하였다고 전해온다. 파도가 칠 때면 굴에서 흰 물거품이 쏟아져 나왔다. 용의 입에서 연기를 뿜어내는 듯하고, 우렁찬 울림이 천지를 진동시켰다. 아홉 마리의 용이 5리나 되는 굴을 뚫고 살았다는 이야기가 그럴듯해 보인다.

경사가 심한 산길이다. 밧줄을 잡고 올라야 위험지역에서 벗어날 수 있다. 바닷가 자갈길은 걷는 사람이 없다. 적막하다 못해 고독감마저 든다. 힘들게 걸어온 길임에도 발자국이 보이지 않는다. 파도가 들고남에 따라 자갈 부딪치는 소리만 간간이 들릴 뿐이다. 내 삶의 희미한 인생길과 닮은 듯하다.

폐가다. 오랫동안 사용하지 않아 버려진 작업장일 수도 있다. 비바람에 심하게 훼손된 모습이 삶의 마지막을 보는 것 같아 서글퍼진다. 한참을 걸었는데도 잔상이 지워지지 않는다. "넓고 넓은 바닷가에 아버지와 철모르는 딸이 살았다"는 노래 「클레멘타인」의 가사가 생각나면서 마음이 우울해진다.

'이 일을 어쩌나.'

구룡소

대동배1리에서 한 시간을 넘게 걸은 듯한데 저 멀리서 강아지 한 마리가 나를 향해 뛰어오는 것 같이 보인다. 아침에 호미곶해맞이광장에서 떼놓았던 댕댕이와 덩치가 비슷하다. 색깔도 그대로라 가슴이 철렁 내려앉는다. 사진을 찍는 둥 마는 둥 달린다. 모감주나무와 병아리꽃나무 군락지가 있는 발산항까지 뛰느라 주변을 살피지 못했다. 강아지를 두고 왔다는 부담감이 아직도 내 마음을 짓누르고 있다.

그리움이 있는 시의 바다

벽화다. 수시로 사람이 다니는 곳도 아니고, 많은 주민이 사는 마을도 아니다. 그런데도 담벼락에 바닷가의 풍경을 멋지게

구룡소 뒤 등산로   담벼락 벽화

그려놓았다. 기암괴석 위로 오래된 소나무가 겨우겨우 뿌리를 내리고 천년의 세월이 무상한 듯 서 있다. 군데군데 때가 묻기는 했으나 길손의 눈길을 사로잡기에는 부족함이 없는 그림이다.

시를 쓴 사내는 안다. 저 바다의 의미를. 그래서 휘적휘적 시 한 편을 갈겼다.

등대
최해춘

해가 저물 때 즈음이면
뚜벅뚜벅 바다로 나가
파도 소리를 긁어모으는 사내

어둠 깊어지는 방파제 끝자락
하염없이 붙들고 서서

물기 젖은 어둠을 쓸어내는 사내

심술궂은 해풍 툭 차고 가도
미동도 않은 채
밤바다 멀리
그리움의 눈빛 날리는 사내

호미로2490번길에서 호미로 방향으로 90° 꺾으면 곧바로 15코스의 종점인 백년손님 마트다. 맞은편 식당에서 후다닥 점심 한 그릇을 해치우니 눈이 번쩍 뜨인다. 커피 한 잔 마실 여유도 없이 곧바로 길을 나선다. 길은 길에 연이어져 있으므로 종점은 또 다른 시작일 뿐이다.

백년손님 마트

하선대의 선녀와 연오랑세오녀

 16코스 흥환보건소 – 송도해수욕장

누구의 솜씨인고

홍환간이해수욕장을 지나면서부터 시작되는 하선대 선바우길은 선경 속으로 이끈다. 자갈과 바위 사이를 누비는 발걸음이 깃털처럼 가볍다. 덱으로 만든 산책길은 또 다른 분위기를 만들면서 지루할 틈을 주지 않는다. 감탄을 자아내게 하고, 마음을 붕붕 뜨게 만든다.

'물개바위'가 귀엽다. '비문바위'는 신비로운 모습을 보여준다. 검은 바위에 새겨진 기하학무늬와 깨알처럼 박힌 하얀 모래가 영락없이 비문처럼 보이게 하는 까닭이다. 마산리 끄트머리에 자리 잡은 커다란 '먹바우(검둥바위)'는 강아지를 닮았다. 조물주의 오묘한 솜씨로 빚은 작품이다. 관광 안내판에는 연오랑세오녀 설화를 그대로 옮겨 놓았다. '쌍거북바위'를 먹바우로 바꾸어 놓은 것만 다르다.

하선대는 입암리와 마산리 경계 지점인 황옥포에 있는 작은 바위섬이다. 옛날 옛적에 하늘나라 선녀가 내려와서 놀았다고 하여

하선대 선바우길

하선대(하잇돌)

'하선대' 또는 '하잇돌'이라고 부른다. 전해오는 신비스러운 이야기에
귀가 솔깃해진다.

　"동해 용왕이 매년 칠석날이 되면 하늘나라 선녀들을 초청하여 하선
대에서 춤과 노래를 즐겼다. 용왕은 그 선녀 중에서 얼굴이 아름답고, 마
음씨 착한 선녀를 아내로 맞이하고 싶었다. 그러나 옥황상제가 허락하지

않았다. 용왕은 마음이 다급해졌다. 옥황 상제의 환심을 사기 위해 바다를 고요하게 하고 태풍을 없앴다. 인간을 이롭게 하는 일을 계속하자 옥황상제는 선녀와의 혼인을 허락했다. 용왕과 선녀는 하선대에서 행복한 시간을 보냈다."

깊어가는 가을의 '하선대'에는 용왕의 노래를 들을 수 없고, 선녀의 춤도 볼 수 없다. 갈매기가 점령군이 되어 선녀가 놀던 바위를 하얀 똥으로 도배했다. 신비스러운 이야기가 한바탕 헛된 꿈이요, 덧없는 이야기로 변하고 만다. 이번에는 크고, 하얀 바위를 일컫는 '힌디기'다. 여기에도 전해오는 이야기가 있다.

"노 씨라는 사람이 흰 바위가 있는 곳에 정착했다. 마을이 흥하길 바라면서 '흥덕興德'이라 이름 지었다. 시간이 지남에 따라 '힌덕'으로 바뀌었다가 '힌디기'가 되었다."

지질학자들의 이야기는 다르다. 호미 반도는 화산활동으로 발생한 지형이라 화산 성분의 백토로 형성된 흰 바위가 많다고 한다. '힌디기'도 흰 언덕이란 뜻의 '흰덕'으로 불렸다가 점차 '힌디기'로 변화된 것이라 주장한다. 듣고 보니 둘 다 맞는 말인 듯하다. 무심한 바위 하나에도 사연이 있고, 전설이 서려 있다. 무엇 하나도 버릴 수 없는 소중한 유산이다. 선바우는 입암2리 옆 해안에 있다. 높이 6m가량으로 상당한 덩치를 가지고 있는 바위다. 평택 임씨가 바닷가에 커다란 바위를 보고 입암立岩이라 이름 지었다. 이것을 한글로 표기하면서 선바우가 되었다. 지금은 벼락을 맞아 생긴 모양이 바뀌었고, 크기도 작아졌다.

'연오'와 '세오'

꿈길 같은 호미반도 해안 둘레길에서는 연오랑세오녀 테마공원이 으뜸이다. 연오와 세오를 주제로 삼은 공원은 어린이들이 좋아할 교육의 장이다. 광장에는 젊은 부부가 거리 공연에 한창이다. 언뜻 들으니 아는 노래다. 구경꾼은 없고, 이탈리아의 칸초네만 호미반도에 흥겹게 흐르는지라 그들 부부의 코앞에 앉아 즐거운 한때를 보낸다. 앙코르를 외치며 손뼉을 친다. 연거푸 서너 곡을 듣는데 갑자기 정신이 번쩍 든다. 마치 죽비소리에 놀란 듯이.

재미있는 연오랑세오녀 설화는 어렸을 때부터 동화로 읽은 적이 있다. 어린이의 호기심을 자극하고, 상상력을 키우는 이야기는 고대 태양신화의 원형에서 출발한다. 해와 달을 한 쌍으로 묶고, 연오와 세오를 등장시켜 신비스러운 설화를 만든 것이다. 애니메이션, VR, 미디어 등 다양한 기법으로 연오랑세오녀를 만나볼 수 있다고 하는 '귀비고'는 어린이의 눈과 귀를 즐겁게 하지 싶다. 사방을 둘러볼 수 있도록 만든 일월대는 친구들과 둘러앉아 도란도란 세상 이야기를 나누기에 좋을 듯하다. 차를 마시며 풍류를 즐기기에도 안성맞춤인 공간이다. 연오와 세오가 살던 초가와 마을 풍경은 내가 어렸을 때 살던 동네와 비슷하다. 볏짚으로 지붕을 올리던 그 시절이 손에 잡힐 듯 가까운데 어느새 역사극이나 공원, 전통 마을에서나 볼 수 있게 되었다. 쌍거북바위는 특히 눈길을 끈다. 연오랑세오녀를 일본으로

연오랑세오녀 테마공원

쌍거북바위

데려다준 신화 속의 동물이다.

연오랑세오녀 설화 속으로 들어가 보자. 그러니까 서기 157년이다. 신라 제8대 아달라왕 즉위 4년이니 까마득한 옛날이다.

"동해 바닷가에 나타난 거북바위는 해초를 뜯던 연오를 일본으로 데려간다. 일본 사람들은 바위를 타고 온 연오를 비상한 사람이라 여겨 왕으로 추대한다.

신라에 홀로 남겨진 세오는 몇 날 며칠 남편을 그리워하며 눈물로 밤

을 지새운다. 연오도 아내 걱정에 시름시름 앓는다. 생이별하게 된 연오
랑세오녀 부부가 서로를 애타게 그리워하며 슬퍼하니 또 다른 거북바위
가 안타깝게 여겨 세오를 연오에게 데려다준다. 다시 만난 두 사람은 '다
시는 떨어지지 말고, 평생 함께 살자'라고 약속한다. 타고 온 두 거북바
위를 합쳐 쌍거북바위로 만든다.

연오랑세오녀 부부가 떠난 후, 신라에는 해와 달이 사라지는 기이한
일이 일어난다. 아달라왕은 부부에게 돌아와 달라 청하지만 이미 일본
마을의 왕이 된 부부는 돌아갈 수 없다. 대신 쌍거북바위에게 세오가 짠
비단을 실어 보내며 하늘에 제사를 지내라 한다. 아달라왕은 그의 말대
로 제사를 지내니 신라에는 사라진 해와 달이 돌아와 빛을 되찾는다."

사람들은 비단을 싣고 온 쌍거북바위가 연오와 세오의 정기를
품었다고 귀하게 여겼다.

연오랑세오녀처럼 부귀를 얻고, 자손이 번성하기를 기원하며
소원을 빌었다. 공원에 설치된 쌍거북바위는 몸길이 5.2m, 너비 4m,
무게가 65t에 달한다. 오매—, 무거운 거.

부고訃告

해 질 무렵에서야 임곡항에 도착한다. 계속해서 포스코 포항
제철소와 형산강을 지나야 종착지인 송도해수욕장에 도착할 수
있다. 곧 해가 떨어질 텐데 걱정이다. 체력도 체력이지만, 얼마나
더 걸어야 할지 감이 잡히지 않는다. 스마트폰이 울린다. 아내가
전하는 부고를 받고 보니 걷는 것이 무슨 의미가 있나 싶다. 사는

것이 무엇이며, 죽음 또한 무엇인가. 무엇을 구하기 위해 길을 걷고 있는 것인가. 사는 것이 이렇듯 허망한 것이라면 아등바등 살아야 할 이유가 없지 않은가. 고해의 바다에서 헤맬 까닭도 없다. 허무한 생각이 끝없이 떠오른다.

장례식장이 부산이란다. 하필이면 입고 있는 옷이 등산복이다. 그것도 주황색이니 엄숙함과는 거리가 멀다. 종일 걸었던 탓에 몸에서는 땀 냄새가 풀풀 풍긴다. 그래도 반드시 참석해야 하는 자리인지라 먼저 집으로 가야 한다. 길을 몰라 주변을 살펴보는데 정보를 구할만한 곳이 없다. 마실 나온 사람도 보이지 않는다. 혼자 이 상황을 해결해야 하는 처지다. 급히 스마트폰에 '포항버스' 앱을 설치하고, 지도를 검색한다. 시내버스가 다니는 일월로에 서니 저절로 안도의 한숨이 나온다. 서너 번의 환승 끝에 문상을 마칠 수 있었다.

*2018년까지 포항 구간을 모두 마칠 생각이었다. 그러나 부고를 받은 11월 21일(수) 도구해수욕장에서 걷기를 중단한다. 집이 멀어 교통이 불편하고, 북풍한설 속을 혼자서 걷는다는 것이 쉽지 않을 것 같아서다. 무엇보다 산속이나 해안에서 다치기라도 한다면 낭패를 당할 수 있다. 따뜻한 봄날을 기약한다.

민족시인 이육사

2019년, 2월도 막바지에 이르렀다. 동해의 푸른 기상, 손에 잡힐 듯한 봄기운을 내 안에 가득 담는다. 작년에 걷기를 중단했던 도구해수욕장에서 새롭게 출발한다.

동해안로 해군6전단 항공역사관 앞을 지나면서 뜻밖에 이육사의 「청포도」 시비를 만난다. 그의 대표작 「광야」와 더불어 중학교 때부터 암송하던 작품이다. 육사는 1904년 안동에서 태어났다. 1925년,

혈기 왕성한 청년이 된 그는 독립운동단체인 의열단에 가입했다. 1927년에는 독립운동가 장진홍이 일으킨 조선은행 대구지점 폭파사건에 연루되어 대구형무소에서 3년간이나 옥고를 치렀다. 그의 호 육사는 수인번호 264에서 가져온 것이다. 1933년부터는 문학활동에 전념했다. 그러다 폐결핵으로 몸이 지치고 쇠약해지자 물 맑고 공기 좋은 포항에서 요양하게 된다. 그때가 1937년이다.

송도해변을 거닐며 시상을 다듬었고, 도구 언덕에 있던 포도원에서 시 「청포도」를 착상했다. 그리고 1939년 8월호 『문장』을 통해 발표했다. 이런 까닭에 당시 포도원이 있던 도구에서 반가운 육사의 시비를 만나게 된 것이다. 육사는 치욕스러운 일제강점기의 한복판에서 「청포도」를 통해 나라 잃은 안타까운 마음과 고향에 대한 향수를 그렸다. 암담하고 침울한 현실 속에서도 좌절하지 않고, 찬란한 미래를 향한 염원을 노래했다. 1943년 6월, 동대문경찰서 형사에게 체포되어 베이징 감옥으로 이송되었다. 해방을 1년 앞둔 1944년에 한 많은 이 세상을 하직했다.

청포도
이육사

내 고장 칠월은
청포도가 익어 가는 시절

이 마을 전설이 주저리주저리 열리고
먼 데 하늘이 꿈꾸며 알알이 들어와 박혀

하늘 밑 푸른 바다가 가슴을 열고
흰 돛단배가 곱게 밀려서 오면,

내가 바라는 손님은 고달픈 몸으로
청포를 입고 찾아온다고 했으니

내 그를 맞아 이 포도를 따 먹으면
두 손은 함뿍 적셔도 좋으련

아이야, 우리 식탁엔 은쟁반에
하이얀 모시 수건을 마련해 두렴

'형산큰다리'에 도착했다. 시내에 들어섰다는 생각에 마음이 놓인다. 광고풍선처럼 가벼워진다. 지친 몸을 눕힐 수 있는 숙소가 있고, 배고플 때면 음식을 먹을 식당이 있어서다. 아프면 병원에 갈 수 있고, 대중교통을 이용하면 어디든지 갈 수 있다. 길손이 되고 보니 참으로 소중한 삶의 터전이라는 생각이 든다. 편리한 시설들에 대한 고마움을 잠시나마 잊은 듯하다. 매일 마시는 공기가 그렇고, 물이 그렇고, 사랑하는 가족이 그렇다. 내 가까이에 있는 것이 더욱 소중하다는 사실을 잊고 살았다.

형산강 둑에 봄이 뭉실뭉실 피어오른다. 화사한 봄빛에 파릇파릇 새잎이 돋아나고, 성급한 벚나무는 분홍빛 꽃을 피웠다. 체육공원에는 파크 골프를 치는 남녀의 손놀림이 바쁘다.

'포항운하관'은 그럴듯해 보이는 건물과는 달리 큰 감흥을 받지
못한 곳이다. 형산강출장소를 조금 지나면 백열등을 닮은 워터
폴리를 만난다. 유리로 만든 외벽이 신기하여 입장하고 보니 실상은
작은 전망대에 불과하다. 송도해수욕장에는 빨간 추억의 우체통이
있다. 내 키보다도 훨씬 크다. 다정한 친구에게 봄소식이 담긴 엽서
한 장 보내고 싶다. 월계수 가지를 든 여신상 뒤로 행글라이더가 바
람을 가르고 있다. 바야흐로 봄이 오는 소리가 들리는 듯하다.

송도해수욕장의 여신상

청포도 시비

삶이 꿈틀거리는 죽도시장

 17코스 송도해수욕장 – 칠포해수욕장

　동빈큰다리 위다. 다리 양쪽으로 정박한 크고 작은 배들이 긴장감 잃은 눈동자를 놀라게 한다. 영일만 깊숙한 곳에 자리한 포항항은 1962년에 국제항으로 개항했다. 울릉도와 영남 내륙지방을 연결하는 관문 역할을 맡았다. 포항제철과 공업단지의 지원을 담당하는 신항이 생기면서 쇠퇴의 길을 걷는다. 그래도 항은 여전히 아름답다. 정박 중인 요트들은 이국적인 풍경을 연출한다. 가던 길을 멈추고 한참이나 바라본다.

　걸어야 할 길과 반대 방향으로 들어선다. 운하를 따르노라면 동빈내항 못 미친 곳에 죽도시장이 있다. 몇 년 전, 가족들과 함께 물회 한 그릇을 나누었던 재래시장이다. 포항의 중심 상권을 형성하고 있으며 점포만 2,500여 개에 달한다. 시장에 들어서면 싱싱한 해산물과 생선이 눈길을 사로잡는다. 과메기와 대게, 물회, 고래 고기 등은 죽도시장의 명물이다. 신선한 농산물, 식료품, 과실과 채소, 의류, 이불에 이르기까지 없는 것 빼고 다 있다. 정작 마음을 빼앗는 것은 건어물이다. 가자미 서너 마리를 양념간장에 졸이면 밥도둑이 따로 없을 것 같아서다.

누군가 옆에서 말을 건다. 대게를 먹어보라고 꼬드기고, 물회를 먹어야 한다면서 다그친다. 사르르 녹는 게살과 함께라면 내 마음에도 봄이 깃들지 싶다. 뿌리치기 힘든 유혹이다.

해동로를 따라 동빈큰다리 사거리를 지나면 바다공원이다. 여러 가지 형상을 한 동상이 눈길을 끄나 몇 장의 사진으로 관람을 대신한다. 영일만 크루즈는 바다에 대한 호기심을 자극한다. 포항여객선터미널을 돌아 나가면 영일대해수욕장이다. 포스코와 영일만을 환하게 볼 수 있는 곳이다. 도시 한가운데 이렇게 멋진 해변이 있다는 사실이 믿기지 않는다. 늘어선 카페와 레스토랑에서 뿜어내는 오라aura가 부산의 광안리나 해운대와 닮았다. 젊음의 열기가 불가마처럼 뜨겁게 타오를 날도 멀지 않은 듯하다. 해변이 끝날 때쯤, 우리나라 최초의 해상누각인 영일대 전망대가 고즈넉한 분위기를 풍기며 섰다. 하늘이 바다에 잠겨 드는 감격스러운 광경을 만날 수 있고, 지친 마음을 위로받을 수 있는 곳이다.

여남항에서 해안로511번길로 접어들면 좁다란 골목길이 펼쳐진다. 호젓한 산길로 접어드는 입구에는 쓰레기가 지천이다. 이불이 되어 산언덕을 뒤덮고 있다. 플라스틱을 비롯하여 집안에서 사용하던 부서진 가구, 가전제품이 아무렇게나 나뒹군다. 바람이 불 때마다 폐지 조각이 어지럽게 날린다. 마을 주민 눈에만 보이지 않는 낯부끄러운 현장이다. 언덕에 올라서면 곱게 핀 백매화, 홍매화가 반긴다. 부끄러운 듯이 떨고 있는 모습을 보자 괜히 가슴이 두근거린다. 교단에서 처음으로 여고생들을 맞이하던 그때의 심정과

동빈 큰다리에서 바라본 구항 전경

영일대 전망대

다름없다. 어렴풋한 기억을 안고 좁다란 골짜기를 따라 내려오면 한적한 여남동 해변이다.

 죽천리와 우목리, 용한리를 거쳐 '영일만항로'로 들어선다. 공사가 한창인 '영일만3일반산업단지' 부근은 걷기에 적합하지 않은 길이다. 곳곳에 건축자재가 길을 막아섰고, 한국로봇융합연구원 앞에서는 축대를 타고 해변으로 내려서야 한다. 용한1리 해변은 모래가 두텁고, 부드러워 발이 쑥쑥 빠진다. 무시로 등산화 속으로 파고드는 모래 탓에 한 발짝 떼기가 쉽지 않다. 자꾸만 발걸음을 멈추게 된다. 오른쪽에는 시퍼런 바닷물이 하얀 파도를 일으키고, 왼쪽으로는 해송이 짙은 숲을 만든다. 을씨년스러운 분위기에 발걸음을 재촉한다.

대구교육해양수련원 뒤쪽에서는 쥐 죽은 듯이 조용하다. 바다와 만나는 곡강천 하류 부근의 분위기가 꺼림직하다. 귤 하나로 갈증과 허기를 달래니 푸르른 보리밭이 주변을 환하게 만든다. 내가 어렸을 때도 철길을 따라 보리밭이 늘어서 있었다. 매는 싱그러운 하늘 위를 날며 보리밭에 몸을 숨긴 사냥감을 물색했다. 보리밥에 보글보글 끓인 강된장 한 숟가락이면 처연한 봄날도 아무렇지 않다는 듯이 흘러갔다. 새삼, 그 시절이 그리운 것은 아픔마저도 아름다운 추억으로 승화되었기 때문이리라.

곡강천을 가로지르는 좁다란 다리를 건넌다. 아픔마저도 아름다운 봄날이 칠포해수욕장에 저문다.

인간 이기심에 대한 방석리 방파제 벽화의 물음

 18코스 칠포해수욕장 - 화진해수욕장

난감하네

스마트폰이 고래고래 소리를 지른다. 친구 강 선생의 전화다. 누구보다 아이들을 사랑하는 그가 칠포를 지나게 되면 암각화를 보고 오란다. 위치까지 자세하게 알려준다. 갈 수도 없고, 안 갈 수도 없다.

난감하네─ ♪, 난감하네─ ♪.

곤륜산 자락의 산책길로 올라서면 기암괴석과 노송이 멋진 풍광을 연출한다. 아득히 넓은 칠포의 백사장은 호방한 느낌을 준다. 걸어왔던 길이 까마득하다. 언제 이렇게 먼 길을 걸었나 싶다. 한 걸음, 또 한 걸음이 모이더니 기나긴 삶이 되었다.

아담한 칠포항에는 어선이 많지 않다. 어구를 손질하느라 바쁘게 손을 놀리는 늙은 어부 몇 사람이 전부다. 삶에 찌들고, 노동의 고단함 탓인지 얼굴에 주름이 깊다. 빨래판에 새겨진 골을 닮았다.

칠포 해안길

칠포 해변

이가리 해변의 작은
돌탑. 마치 새 한 마리가
앉아 있는 것 같았다.

칠포 해오름 전망대에서
내려다 보이는 앞바다

'해오름전망대'는 오도1리로 가는 동해 바닷가 높은 언덕에 있다. 삼면이 탁 트인 까닭에 가슴이 후련하다. 이대로 망부석이 될지라도 후회하지 않을 듯싶다. 깨알처럼 조그맣던 화물선이 수평선을 넘어오면서 덩치를 키워간다. 폭풍우가 휘몰아치는 날이면 저 바다에서 호국용이 승천하지 싶다.

오도리 간이해수욕장의 두 얼굴

간이해수욕장이란 말은 동해안을 걸으면서 알게 된 사실이다. 일반 해수욕장보다 규모가 작고, 안전요원의 배치 유무와 위락시설, 개장 시기 등을 기준으로 정하는 모양이나 오도리 간이해수욕장과는 무관한 정책 같다. 그럴듯한 숙소가 여럿 있고, 생필품을 구매할 수 있는 편의점, 분위기 넘치는 카페와 식당도 있다. 맑은 바람과 깨끗한 물, 고운 백사장까지 있다. 간이라는 말이 어울리지 않는 곳이다.

생활 쓰레기는 너와 나의 문제를 넘어서 지구촌 전체의 문제가 된 지 오래다. 오도리 간이해수욕장에도 관광객과 주민들이 버린 쓰레기가 바람이 불 때마다 이리저리 휩쓸려 다닌다. 해변이 끝나고 언덕이 시작되는 곳에는 최근에 사용하고 버린 듯한 생활 쓰레기와 여성용 위생용품이 눈살을 찌푸리게 한다. 돈의 많고 적음으로 성공의 잣대로 삼는 금권만능주의와 자신만의 편의, 이기적인 생각으로 주변 환경을 어지럽히고 있다. 나와 내 가족, 내 집안만 아니라면 아무렇지 않다는 듯이 함부로 행동하는 것이 문제다. 바른생활과 도덕관을 지난날의 낡은 철학, 케케묵은 이야기로 취급한 탓이다.

해안로1774번길로 들어선다. 바닷가 마을에는 고향을 등진 폐가가 여럿이다. 텃밭에는 혹독한 추위를 이긴 연녹색의 채소들이 봄맞이에 한창이다. 풍성한 식탁을 만들기 위해 애쓰는 어린 녀석들이 대견하다. 새파랗던 바다가 풋풋한 파스텔 색채의 하늘과 하나가 된다. 둘이면서 하나고, 하나가 또 둘이다. 조용한 바닷가에 헤아릴 수 없을 만큼 많은 갈매기만 하늘을 날고 있다.

생각이 미치는 곳

'이가리'를 '아가리'로 잘못 읽었다. 두 눈을 크게 뜨고도 물고기의 입을 속되게 일컫는 '아가리'로 읽는 것을 보면 마음이 삐뚠 탓이지 싶다. 짓궂은 마음이 그렇게 읽도록 강요한 것인지도 모른다. 앗, 이번에는 용두마을이다. 문과의 장원 급제를 일컫는 용두도 있고, 용두레, 용두사미, 용두산 등도 있는데 하필이면 용두질이 생각날 게 뭐람. 지그문트 프로이트는 성 본능 또는 성 충동을 나타내는 리비도^{Libido}가 사춘기에 갑자기 나타나는 것이 아니라 태어나면서부터 서서히 발달하는 것이라 했다. 그런데 나에게는 시도 때도 없이 나타나는 현상이다. 마을 이름 하나에도 성에 대한 본능이 꿈틀거리는 것을 보면 아직도 가슴에 청춘의 피가 끓고 있다는 증거다. 600시간 넘게 투자한 철학과 심리학 공부도 감정 앞에서는 힘을 쓰지 못한다.

이런, 벌써 점심때다. 해파랑길을 걸으면서 난감한 경우가 이 시간이다. 집을 나서기 전까지만 해도 바닷가라면 맛집이 줄지어 있을 줄 알았다. 사시사철 사람들이 북적이리라 생각했다. 그런데

3월 초순의 동쪽 바닷가에서는 좀처럼 문을 연 식당을 만날 수 없다. 겨울이 쉬 물러가지 않고, 봄이 더디게 오는 까닭이다. 월포해수욕장을 거느린 월포리에는 식당이 많다. 허름한 백반집의 문을 열고 들어서니 늙수그레한 노인 여럿이 점심을 먹다가 나를 힐끔 쳐다본다. 그러고는 어디서 오느냐고 묻는다.

"부산 오륙도 해맞이공원에서 걸어옵니다."

"반나절이면 오요?"

"여러 날 걸어왔습니다."

차를 타면 편하게 올 수 있을 텐데 굳이 힘들게 걷느냐며 혀를 찬다. 맞다. 노인의 말씀처럼 승용차를 타면 내가 원하는 목적지까지 빠르게 갈 수 있고, 올 수도 있다. 힘을 들이지 않아도 되고, 시간 낭비도 없다. 아까운 돈을 날리지 않아도 된다. 그러나 삶은 내가 원한다고 해서 이루어지거나 혹은 원하는 곳으로만 나아가지 않는다. 그렇게 살 수도 없다. 운명의 여신은 수레바퀴를 엉뚱한 방향으로 굴리며 질곡 속으로 밀어 넣기 일쑤다. 헤어나기 위해 몸부림을 치게 만들고, 주어진 운명에 순응하게 한다.

삶은 결과도 중요하지만, 그에 못지않게 과정도 중요하다. 그렇다고 본다면 빠르게 목적지에 도착하는 것보다 천천히 걸을지라도 동해의 선경과 지형을 가슴에 담을 수 있어야 한다. 길을 통해 사람 사는 냄새를 가까이서 맡아보는 것이 더 중요할 수 있다는 말이다. 맵고, 짜고, 뜨겁고, 차가운 삶을 느껴보고자 나선 걸음이니 승용차를 탈 까닭이 무어 있겠는가. 고달픈 인생길이라 불평할 이유도 없다.

혀가 얼얼하도록 맵고 짠 육개장을 한 그릇 비우고 나니 식곤증이 불청객 되어 찾아온다. 도무지 눈치라고는 없는 녀석은 소리 없이 다가와 무자비하게 눈꺼풀을 끌어내린다. 때와 장소를 가리지 않는다. '청하천'을 건널 무렵에는 걷는 도중인데도 잠이 쏟아진다. 무의식 상태로 걷는 것 같다. 행군 중에 자면서 걸었다는 친구의 말이 비몽사몽간에 떠오른다.

방석항 방파제에 그려진 물고기 그림이 예쁘다. 무심코 지나 쳤다면 만나지 못할 벽화다. 멸종위기에 처한 황제펭귄, 붉은 바다거북, 북극곰, 명태, 상어, 듀공, 고래상어, 흰돌고래, 범고래, 흰수염고래들을 예쁘게 그려놓았다. 무분별한 남획과 인간 활동에 대한 경고의 메시지요, 자연과 환경을 잘 보존하자는 의미라고 한다.

앗, 5인의 해병 순직비다.

"해병 제1상륙사단 제1연대 상륙단의 해룡작전 훈련 기간 중 1965년 12월 13일 밤 상륙해안 정찰의 중임을 수행하던 수색대원은 격심한 돌풍과 거센 파도와 싸우면서 임무를 완수하고 숭고한 해병 정신을 발휘하여 이곳에 몸을 바쳤다."

왈칵, 눈시울이 뜨거워진다.

화진리의 앉은 줄다리기

화진리의 벽화가 눈을 즐겁게 한다. 그림은 호화롭거나 대단한 기교를 발휘한 것이 아니다. 덕분에 편안한 마음으로 감상할 수 있다.

바다와 더불어 사는 어민의 삶을 그린 것이어서 이해하기 쉽다. 한 번만 보아도 친근감이 든다.

구진마을의 앉은 줄다리기는 향토 문화유산으로 지정되어 있다. "음력 정월 대보름 오전에 행해진다. 앉아서 줄을 당긴다고 하여 '앉은 줄당기기', 좌우 다리가 4개인 게를 닮았다고 하여 '기(게의 방언) 줄당기기'라고도 한다. 게의 붉은색과 날카로운 발은 요사스러운 귀신을 물리치는 색과 형상을 의미한다. 알은 다산의 상징이다. 자손의 번창과 풍요를 기원하는 마음"이 담긴 행사다. 일제강점기부터 지금까지 전해오고 있다. 전국에서 유일한 민간의식이자 놀이라고 주민들의 자부심도 대단하다. 본받아야 할 정신이다.

18코스 종점인 화진해수욕장이다. 지금까지 걸어온 길들이 주마등처럼 지나간다. 화려한 꽃길도 있었지만, 외롭고 쓸쓸한 길도 있었다. 인생길 또한 고통스럽고 걷기 힘든 가시밭길일지 모른다. 설사 그렇더라도 흔들리지 않아야 젊은이다. 높은 자리로 유혹할지라도 정의롭지 못한 것이라면 물리칠 수 있어야 자신에게 당당해진다. 억만금의 재물도 정당하지 못하다면 받지 않아야 자식 앞에 떳떳한 부모가 된다. 때로는 열사의 모래밭이나 자갈길도 마다하지 않아야 할 때도 있다. 구정물에 손을 담글 수밖에 없는 다급한 경우도 생길 수 있으나 몸에 악취가 배지 않도록 늘 경계해야 한다.

삶은 갈림길에서 고민하고 흔들린다. 그러나 어떻게 살아야 멋진 인생길을 걸었다고 할 것이며, 부끄럽지 않은 삶을 살았다고 이야기할 수 있겠는가. 선택은 자신의 몫이다. 애를 끊는 듯한 고통이라도 지나고 보면 추억이듯이 내 삶의 저 끝에서 삶의 과정을 되돌아본다면 내가 앉아 있는 이 자리가 꽃자리다. 걷고 있는 이 길이 꽃으로 장식한 길이다. 이 길을 따라 꽃향기 맡고, 기암괴석이 어우러진 대자연의 광경을 가슴에 담을 수 있다.

행복은 멀리 있는 것이 아니다. 등 뒤에서 조용히 나를 따르고 있다.

화진리 마을 벽화

충신의 길

희생의 길

19코스 화진해수욕장 – 강구항

포근한 3월 초순이다. 중국에서 날아온 미세먼지 탓에 온 나라가 떠들썩하다. 기상관측이 시작된 이래, 최고로 높은 농도라며 호들갑을 떤다.

삶은 괴로움의 바다

동해대로를 따라 지경항이 있는 바닷가로 내려선다. 혼자 걸어도 좋고, 둘이 걸어도 지루하지 않을 길이다. 부경길에서는 발바닥이 화끈거리면서 장딴지가 저려온다. 한 걸음 떼기가 고역이다. 땀범벅인 몸에서는 불쾌한 냄새가 진동하는 것 같다. 손바닥만큼이나 작은 담벼락 그늘에 몸을 구겨 넣어 볼 요량으로 짊어진 배낭을 내려놓는다. 무거운 등산화와 땀에 젖은 양말을 벗어 재끼니 고린내가 동해의 청정한 공기를 기겁하게 만든다. 한숨 늘어지게 잘 수 있다면 더 바랄 것이 없을 것 같다.

해파랑길을 걷는다고 집을 나설 때, 아내는 던지듯이 말했다. 그렇게 힘든 길을 왜 청승스럽게 걷느냐고. 아무도 알아주지 않고,

고생만 할 것이 분명하거늘 돈과 시간을 낭비하며 걷는 이유를 알 수 없다며 혼잣말처럼 나무랐다. 조금도 그른 말이 아닌지라 변변한 변명거리를 내어놓지 못했다. 분명한 것은 지금의 이 현실에서 벗어나고 싶었다. 빡빡한 일상으로부터의 탈출만이 진정한 나를 찾을 수 있을 것 같았다. 지금까지 경험하지 못했던 넓은 세상을 남의 눈이 아니라 내 눈으로 확인하고, 타인의 생각이 아닌 내 가슴으로 느껴보고 싶은 마음뿐이었다. 직장에서의 고달픔도 해파랑길을 통해 내려놓아야 비참하고 비굴한 삶의 굴레로부터 진정한 해방을 맛볼 수 있을 것 같았다. 아무에게도 간섭받지 않고, 누구의 눈치도 보지 않고, 한순간만이라도 내가 하고 싶은 대로 해보고 싶은 마음이 간절했다. 그것을 위해서는 혼자서 걷는 것만이 제일 좋은 방법이라고 생각한 것이다.

힘들지 않은 삶이 어디에 있을까마는 고약한 상사를 만난 탓에 30년이 넘는 직장생활을 살얼음판 위를 걷는 심정으로 생활했다. 교실로 들어설 때면 아이들로 인해 긴장을 풀 수 없었다. 시대에 뒤떨어지지 않는 교사가 되기 위해 발을 동동 굴렀던 적이 한두 번이 아니었다. 관리자가 되면 모든 것이 달라지리라 생각했는데 교내 순시하는 것 하나에도 눈치를 살펴야 했다. 마침내, 퇴직과 함께 모든 것 홀홀 던져 버리면 안식의 날만 계속될 줄 알았다. 또 다른 삶이 다른 방식으로 옭아맬 줄을 그때는 미처 알지 못했다.

장사상륙작전이 남긴 희생

저 멀리, 커다란 배 한 척이 모래사장에 정박해 있다. 물자를 실어

나르는 화물선 같기도 하고, 어찌 보면 진짜 배가 아닌 것 같기도 하다. 샛별같이 반짝이는 눈동자를 가지지 못한 탓에 멀리서 애만 태운다.

어이쿠, 장사상륙작전에 동원되었던 문산호의 모형이다. 영화 「장사리 : 잊혀진 영웅들」의 주인공인 장사상륙작전 전몰 용사의 영령을 위로하기 위해 '장사상륙작전전승기념공원'에 설치된 '장사상륙작전전승기념관'이다. 감명 깊게 보았던 다큐멘터리가 떠오른다.

"1950년 6월 25일, 북한군의 기습 남침으로 인해 국군과 연합군이 낙동강을 최후 방어선으로 적과 치열한 공방전을 계속하고 있을 때다. UN군 총사령관 맥아더 장군은 인천상륙작전을 결심하고, 적의 후방인 동해안의 장사마을에 거짓 상륙작전을 하달한다.

학도병 800여 명은 육군본부의 유격대원과 함께 문산호를 타고 장사동 해안에 상륙하여 북한 정규군과 전투를 벌인다. 90%가 학생들로 편성된 대원들이지만 8일간이나 식량 보급 없이 구국일념으로 전투에 임했다. 적 후방 교란과 보급로 차단, 퇴각로를 봉쇄하고 전의를 상실케 하였으니 인천상륙작전을 성공시키는데 공헌한 작전이다."

학도병들의 주검에 가슴이 먹먹해진다. 군사훈련, 계급장도 없이 작전에 투입된 어린 넋을 생각하니 눈물이 핑 돈다. 무시무시한 태풍과 사방을 분간하기 힘든 어둠, 쏟아지는 포탄과 총알 속에서 두려움에 몸부림쳤을 학도병들의 모습이 그려지면서 '전몰

구계항

장사상륙작전 전몰용사
위령탑

장사상륙작전 전승기념 조형물과 기념관

부흥 1리 마을 벽화

용사위령탑' 앞을 차마 떠날 수 없다. 그 어떤 단어나 말로서도 그날의 참상을 나타낼 수 없을 듯하다.

도대체 이념이 무엇이란 말인가. 사상이라는 것은 또 무엇인가. 누구를 위해, 무엇을 위해 파란 바다를 붉은 피로 물들이고, 주검이 산을 이루게 한 것일까. 같은 겨레이거늘 정녕 한 하늘을 이고 살 수는 없는 것이었을까. 왜? 왜? 왜?

고맙노라, 정말 장하노라 외치고 싶다. 목 놓아 울고도 싶다. 그 외롭고 서러운 길을 어떻게 가셨느냐 묻고도 싶다. 그러나 태풍 케지아로 말미암아 좌초된 문산호의 눈물과 그날의 처참했던 현장을 뒤로 하고 나는 숙명처럼 걸어야 한다.

장사천과 바다가 만나는 곳에 부흥1리가 있다. 멀리서 바라보는 마을은 햇빛을 받아서인지 낯선 도시를 보는 듯하다. 하얀 벽, 주황색 지붕이 이국적인 풍경을 자아낸다. 골목길을 따르면 예쁜 벽화가 줄지어 반긴다. 바닷가에 선 기암괴석도 저 잘난 맛에 우쭐댄다. 한 번쯤은 살아볼 만한 마을인 듯하다.

트릭스터 방학 중

모래 알갱이가 허락도 없이 등산화 속을 파고든다. 몇 번이나 털어냈지만, 나를 괴롭히겠다는 집념은 끝이 없다. 심보가 고약한 놈이다. 내 삶의 길에도 이런 부류의 사람이 여럿 있었다. 여우처럼 의심 많고, 하이에나처럼 썩거나 죽은 짐승의 고기를 탐하는 사람일수록 처세에 능하다. 듣기 좋은 말, 듣고 싶은 이야기만 골라서 쏟아낸다. 구린내가 진동해도 개의치 않는다. 도덕과 윤리는 일찌감치 쓰레기통에 처박았으니 권력도 그들의 손아귀에서 놀아난다. 이상한 세상이다.

삼사해상공원을 얼마 남겨두지 않은 동해대로에 '방학중'을 소개하는 표지판이 서 있다.

'방학 중?'

아직 3월도 지나지 않았건만 벌써 방학을 입에 올린단 말인가. 의아한 마음을 안고 표지판에 다가서니 그게 아니다. 방학중은 조선 후기의 실존 인물로 강구면 하저리 사람이다. 해학과 문장이 능해 전국 팔도를 떠돌아다니며 사람들을 골렸다. 부패한 권력에 저항하고, 돈 많은 졸부에게 멋진 시 한 수로 본때를 보여 준 방랑시인 김삿갓이나 소설 『신단공안』에 등장하는 봉이 김선달과는 달리 물을 건너려고 조심하는 사람의 마음을 짓밟았다. 널리 알려진 〈하던 방석〉 이야기에서는 정숙한 여인을 희롱했다. 자신에게 아무런 해를 입히지 않은 불쌍한 사람에게까지 손해를 입히거나 심지어는 대신 죽게 만드는 나쁜 놈이었다. 옛날부터 영덕 지방에서는 말썽을 피우거나 곁말 잘하는 사람에게 '이 방학중이 같은 놈아'라고 할 만큼 사람들의 입에 자주 오르내렸다. 그런데 오늘날에도 이와 같은 놈이 버젓이 큰소리치며 산다.

'에이, 똥 밟아도 싼 놈'

'퉤!'

세 번 생각하다, 삼사

구계항의 빨간 등대가 길손을 반긴다. 항은 아무렇게나 어질

삼사 해양공원

러놓은 어구로 인해 어수선하다. 비릿한 바닷바람과 죽은 생선 탓에
고약한 냄새를 풍긴다. 부패한 정치인 같고, 재물과 권력을 탐하다
죽은 못난 사람을 보는 듯하다. 미물이라 여기는 물고기의 주검을
보며 어떻게 살아야 하는지를 깨우친 셈이다.

　삼사해상공원이다. 전해오는 이야기에 의하면 "한 집안에서
세 사람의 시랑이 나왔다고 하여 삼시랑이라 불렸다." 나중에 삼
사랑으로 바뀌었다가 삼사로 굳어졌다. 세 번 생각한다는 '삼사三思'
의 의미도 있다. "들어오면서 생각하고, 살면서 생각하고, 떠나면서
생각한다"라고 하여 붙여진 이름이다.

공원 내에 있는 영덕어촌민속전시관에는 너무 일찍 도착한 나머지 입장할 수 없다. 경북대종은 경상북도를 연지 100주년을 맞이하여 만든 것이다. "도민의 단결을 도모하고, 조국 통일과 민족화합을 염원하며, 환태평양시대의 번영을 축원하는 큰 뜻을 담았다."라고 하지만 종 하나로 그 뜻이 이루어지는 것은 아니다. 위 사람이 모범을 보여야 가능한 일이다. 나쁜 것을 멀리하고, 선을 행하면 저절로 원하는 것이 이루어진다. 좌우의 진영을 만들어 서로 반목하게 만들고, 국론을 분열시키는 지도자라면 대종 소리에 실어 멀리멀리 날려 보내고 싶다. 말보다, 글보다, 행동으로 실천하는 지도자가 되었으면 좋겠다. 꿈과 희망을 담은 종소리를 들을 수 없으니 그것이 아쉬울 따름이다.

배보다 게가 많다는 강구항이다. 입안에서 사르르 녹는다는 대게와 홍게, 러시아에서 수입했다는 킹크랩까지 수족관을 가득 채웠다. 저 수족관의 게는 자신의 운명을 알까. 나 또한 하느님의 수족관에서 몸부림치는 게와 다름없는 것은 아닐까. 눈뜨기가 두렵고, 말하는 것도 두렵다.

충신의 길을 더듬어 걷다

 20코스 강구항 – 영덕해맞이공원

첫발을 떼기도 전에 고민이다. 아침부터 부슬부슬 내리는 비가 마음을 무겁게 한다. 중국에서 날아온 미세먼지가 전국을 강타한다고 야단이다. 동해안 지역이 특히 심할 것이라는 아나운서의 들뜬 음성에 몹시 혼란스럽다. 마음도 칙칙한 회색빛으로 물들어간다.

충신의 길

산행은 시작이 고비다. 처음 오르막만 잘 치고 나가면 아무리 높은 산이라도 무난히 오를 수 있다. 시간은 나중의 문제다. 고산 윤선도와 목은 이색이 올랐다는 고불봉을 1차 목표지점으로 잡고, 해발 141m에 불과한 봉화산을 향해 발걸음을 옮긴다. 갑자기 몸이 흐느적거린다. 자꾸만 발이 꼬여 움직임이 자연스럽지 못하다. 산행에 적응하지 못한 몸 탓이다.

산등성이 사이로 보이는 강구항이 까마득히 멀다. 벌써 많이 걸은 듯싶다. 아쉬운 점이 있다면 미세먼지 탓에 사방이 흐리다는 것이다.

고불봉

강구 해파랑 공원

고불봉 표지석과 시비

전망이 좋다는 봉우리에 섰는데도 하늘과 바다가 쉽게 구별되지 않는다. 하늘도, 바다도, 멀리 보이는 산봉우리조차 회색이다. 모든 사물이 뿌옇게 보인다.

갑자기 산 아래쪽이 소란스럽다. 자동차와 오토바이 달리는 소리가 요란하다. 스피커에서 외치는 음성이 트럭에 물건을 싣고 다니며 판매하는 장사꾼이 틀림없다. 여기가 어디쯤일까. 낯선 소리가 하도 궁금하여 산 아래를 내려다보니 영덕읍이다. 넓은 들에는 아파트며, 집들이 빽빽하게 들어 서 있다. 지금까지 깊은 산속을 걸었다고 여겼건만 실상은 해발 235m의 고불봉高不峰을 눈앞에 둔 영덕읍 뒷산에 불과하다. 맥이 탁 풀린다.

고불봉은 화림산과 무둔산 줄기가 뻗어내려 형성된 봉우리다. '새벽 구름에 휩싸여 있는 고불봉의 모습'이라는 뜻의 '불봉조운佛峰朝雲'에서 이름을 가져왔다. 윤선도가 지었다는 시 「고불봉」이 산의 운치를 더한다.

고불봉

윤선도

봉우리 이름이 높은데 높지 않다고 말하네
늘어선 봉우리 중 가장 높고 특출하다네
어디에 쓰이려고 구름 위 뜬 달을 쫓아 솟구쳤나
때가 되면 홀로 하늘을 떠받치는 기둥이 될 것이라네

시 한 수를 다 읊어도 흥이 오르지 않는다. 1638년, 영덕으로 유배 왔던 윤선도가 새벽 구름에 휩싸여 있는 고불봉에 올라 자신의 신세를 한탄하며 썼다. 치열한 당쟁으로 인해 20여 년의 유배 생활과 19년 동안 은거한 그가 스스로 하늘 받들 기둥이 될 것이라 했다. 기상이 장하다고 해야 할지, 서인과 맞서다 조정에서 멀어진 가슴 아픈 심정을 위로해야 할 것인지는 알 수 없다. 그렇지만 씩씩하고 꿋꿋한 절개만은 본받고 싶다. 내 작은 가슴으로 받아들이기 쉽지 않은 장한 기상 말이다.

고불봉 주변은 고려 시대의 마지막 충신인 목은 이색의 사색길이다. 중학교 때 배웠던 시조, 「백설이 잦아진 골에」의 주인공이다. 국어 선생님으로부터 백설과 구름, 매화, 석양 등의 숨겨진 의미를 배웠으나 생각의 폭이 좁고, 깊지 못하던 때라 막연하게 이해했던 것 같다. 오늘, "석양에 홀로 서서 갈 곳 몰라 하노라"고 부르짖은 충신의 장탄식을 생각하니 정신이 번쩍 든다. 나랏일을 근심하고 염려하는 마음이 한 폭의 그림을 보는 듯이 선명하게 와 닿는다.

이색이 걸었던 백설이 잦아진 골짜기에는 고결한 마음을 지닌

매화가 보이지 않는다. 두견화만 수줍은 얼굴을 붉히며 살포시 꽃송이를 열었다. 지난겨울, 모진 추위를 견디며 사랑의 기쁨을 노래하고 있다. 앙상한 가지에 맺힌 분홍빛 꽃잎이 사랑스럽다. 두견화만큼 수수하고, 순수한 꽃도 흔하지 않다.

풍력발전단지 가는 길

강구항에서부터 8.4km의 산길을 걸었다. 창포말등대가 있는 영덕해맞이공원까지 가려면 부지런히 발걸음을 옮기는 것 말고는 방법이 없다. 좁다란 산길은 많은 사람이 오가며 선명한 발자국을 남겨 놓은 까닭에 외롭지 않다. 고불봉에서 급경사를 내려서니 갑자기 앞이 환해진다. 여태까지 걸었던 오솔길이 비포장도로였다면 눈앞에 펼쳐진 넓은 임도는 고속도로다. 편하게 걸을 수 있는 대신 가로수가 없어 따가운 햇볕을 남김없이 받아야 하는 단점도 있다. 창 큰 모자와 마스크를 방패 삼아 하저길로 내려서면 고불봉 산행이 끝난다. '야성종합폐차장' 앞에서는 해발 150m의 봉우리를 치고 오른다. 영덕풍력단지가 산길의 종착지다.

급경사를 오르다 보니 다리가 후들거린다. 위장이 아우성친다. 어느새 점심시간이 훌쩍 지난 모양이다. 김밥 한 줄, 사과 하나가 점심이다. 마음에 점을 찍는 것과는 비교할 바 아니다. 이를 어쩌나. 준비한 생수가 떨어졌다. 침이 입안에서 진득거리건만 산등성이 어디에서 물을 구하겠는가. 일찌감치 단념하고 김밥 두어 개를 다시 입에 넣으니 '컥'하고 목이 멘다. 입 안이 답답하다 못해 말문이 막힌다.

영덕 해맞이 공원 풍력발전기

창포말 등대

굽이굽이 휘돌아 나가는 산길에
눈이 즐겁다. 자작나무 숲이 하얗
게 인사하며 말을 걸어온다. 가도
가도 끝없는 산길이라는 것만 제외
하면 종일 걸어도 좋을 길이다. 풍
력발전단지가 가까운 모양이다.
발전기가 돌아가며 내는 소리가
섬뜩하다. 멀리서 바라보았을 때
는 키다리 풍력발전기 정도로 여겼다. 가까이서 보니 그 크기와
높이에 벌어진 입을 다물 수 없다. 날개 하나만 해도 수십 미터가
넘어 보인다. 금방이라도 프로펠러가 내 앞으로 달려올 것 같아
뒤뚱거리는 오리걸음으로 줄행랑을 친다.

해맞이공원의 창포말등대

'산림생태문화체험공원휴게소'에서 목을 적실 참이다. 갈증 해소에는 생수나 이온 음료를 마시는 것이 좋다고 하나 탄산음료에 먼저 손이 간다. 톡 쏘며 입안에서 퍼지는 느낌이 좋고, 목구멍으로 넘어가는 달콤함이 좋다. 당분이 많아 부족한 에너지도 보충할 수 있을 것 같다.

널찍한 해맞이길이 만만찮다. 내리막길인데도 다리가 휘청거린다. 발바닥이 얼얼하다. 물먹은 솜같이 늘어진 몸이라 중심 잡기가 쉽지 않다. 땀을 너무 많이 흘린 탓에 그늘을 찾아 피할 기운 조차 남지 않았다.

'높은재'를 지나자, 드디어 대게 집게다리를 형상화한 창포말등대다. 거대한 집게발이 24m에 이르는 등탑을 감싸고 있다. 등대 자체의 모양도 특이하고 재미있다. 어찌나 반가운지 피곤함을 뒤로하고 사진부터 찍는다. 이 등대 하나를 보려고 그렇게 먼 길을 걸었나 싶다. 등대 위에서 바라보는 일출은 단연 최고라고 한다. 시간을 되돌릴 수 없으니 안타까울 뿐이다.

전망대에서 끝없이 펼쳐진 바다를 바라본다. 넋 놓고 물멍에 빠져들면 온갖 잡다한 생각을 떨쳐 버릴 수 있다. 피로와 스트레스가 봄바람을 타고 날아가 버리는 듯하다. 행위 그 자체로 진정한 휴식을 얻을 수 있으니 힐링의 도구로 안성맞춤이다.

해맞이공원 일대는 '동해안지질공원'으로 지정되어 있다. 수려한 해안 절경과 무인 등대를 활용하여 만든 공원이다. 오래전에 산불로 황폐해진 곳이었으나 산책로를 조성하고, 꽃과 나무를 심어

화원으로 만들었다. 사람 손이 마술사다. 수선화가 노란 꽃잎을
터뜨렸다. 언덕배기를 물들인 마법의 꽃길 속으로 발을 들여놓는다.
내 마음도 함께 따른다.

영덕 산림생태공원 가는 길

예쁜 바닷길, 블루로드

 21코스 영덕해맞이공원 – 축산항

석동마을 가는 길

온통 바위투성이 길이다. 조금이라도 발을 잘못 디디기라도 한다면 발목을 접질릴 수 있다. 지나온 삶도 이와 다르지 않은 길이었다.

한없이 초라한 '대탄항'을 지난다. 항이라 부르기에는 그 규모가 턱없이 작다. 물 밖에 나와 있는 낡은 목선 두 척이 전부다. 근처에 마을이 없어 쓸쓸함을 더한다.

매정길을 따라 영덕읍으로 갈 수 있는 '오보삼거리'를 지나면 '노물오거리'다. 영덕대게로를 버리고 노물항을 따라 바닷길로 들어서면 한동안 덱으로 만든 산책로다. 걷기에 편한 것도 잠시뿐이다. 곧 기암괴석과 자갈이 뒤섞인 해안 길이 펼쳐진다. 해송이 우거진 바닷길에는 사람의 발자취조차 드물다. 으스스한 기분에 오싹 소름이 돋는다.

추억이 깃든 석동마을

석동마을 가는 오르막이다. 차량의 왕래가 뜸한 도로는 경사가 제법 가팔라 체력을 급속히 떨어뜨린다. 오른쪽으로 난 석동길로 접어들면 얼마 지나지 않아 석동방파제와 만난다. 지금부터는 해송으로 뒤덮힌 산책로다. 한없이 아름답고 조용한 길은 외롭고, 쓸쓸한 느낌을 준다. 기암괴석과 철썩이는 바닷물 소리를 친구 삼는다. 해는 뉘엿뉘엿 서산을 향한다.

어둠이 내린 바닷길을 혼자 걸을 수 없다. 승용차를 세워둔 강구시장까지 가려면 걸음을 빨리하여 경정3리에서 군내버스를 타거나 당장이라도 발길을 되돌려야 한다. 석동마을은 승용차는 물론이고 군내버스조차 쉽사리 만날 수 없는 곳이다. 편의점이나 식당, 카페, 모텔 등이 없는 오지 중의 오지 마을이다. 시간 표대로라면 2시간 정도 기다리면 막차가 오겠지만 관광객이 없는 계절에는 장담할 수 없다. 그렇다고 무작정 주저앉아 기다릴 수도 없는 노릇이다.

오래전이다. 블루로드를 개통했다는 기사를 읽고 무턱대고 달려온 적이 있다. 강구에서 걷기를 시작했음에도 불구하고 석동마을에서 발이 묶이고 말았다. 동해를 만끽하느라 늑장을 부린 탓이다. 군내버스는 진작에 끊어졌고, 태워달라고 부탁할 만한 승용차도 없었다. 지나가는 트럭도 드물었다. 어찌할 방도를 몰라 발만 동동 구르고 있을 때, 그곳을 지나던 군용트럭이 내 처지를 눈치챘는지 축산항까지 태워주었다. 그 덕분에 무사히 집으로 돌아올 수 있었다. 오늘, 같은 장소에서 연거푸 낭패를 당하고 보니 석동마을과는 알지 못하는 묘한 인연이 있는 듯싶다.

산 그림자가 길게 누웠다. 바다는 푸르다 못해 검은색으로 변해간다. 묵언수행 중인 바위는 말이 없다. 귓가로 스치는 서늘한

대탄 해안. 멀리 대탄항이 보인다.

석리(석동 마을)

축산항

3월의 바닷바람만 답답한 마음을 달래준다. 하얗게 부서지는 파도는 철썩철썩 말을 걸어온다. 체력이 고갈된 터라 걷는 것에만 정신을 쏟는다.

경정3리까지 걸었으니 축산항까지는 3km가 채 남지 않았다. 마음 같아서는 한달음에 달려가고 싶으나 계속해서 바위투성이 길인지라 걷기를 중단할 수밖에 없다. 더군다나 곧 어둠이 덮칠 시간이다. 내일을 기약하며 군내버스 정류소가 있는 경정마을 오거리에 선다. 여차하면 승용차라도 얻어 탈 참이다.

30여 분을 기다려 영덕행 군내버스를 탄다. 이런, 막차의 주인공이 되는 영광을 안았다. 버스는 수십여 개의 정류소를 그냥 지나친다. 1시간 가까이 전세버스를 타고 있는 셈이다. 농어촌의 인구 문제가 심각하다고 해도 이렇게까지 절박할 줄 몰랐다. 버스 기사가 덧붙여 말한다. 어촌마을에서 젊은 사람을 만날 수 있는 시기는 휴가철이나 방학 때가 전부란다. 고기를 잡는 주민조차 도시에서 생활하고 있는 경우가 많다고 한다. 노인들은 거동이 자유롭지 못해 저녁이

죽도산 전망대

되면 외출을 꺼리는 것도 하나의 이유가 된다. 이래저래 풀기 힘든 농어촌의 현실인 듯하다.

경정마을 가는 길

일주일만이다. 벌써 3월 중순으로 접어들었다. 날씨가 맑다고 하더니만 바람의 기운이 예사롭지 않다. 무엇이든 날려 버릴 듯이 기세등등하다. 그렇다고 주저앉을 수도 없는 노릇이다. 지난번에 걷지 못한 경정에서 축산까지 21코스의 일부분을 거꾸로 걸으며 마무리할 참이다.

축산항을 돌아 나가면 죽도산이다. 조선 시대까지만 해도 육지와 동떨어져 있던 섬이었다. 해발 87m에 불과하나 바닷가에서 갑자기 솟은 까닭에 실제보다 훨씬 높게 보인다. 대나무가 많아 죽도라 불리는 산 정상에는 샛별같이 빛나는 마음을 간직한 등대가 있다. 고기잡이하는 배가 망망대해에서 헤매지 않도록 희망의 등불, 믿음의 등불이 되어준다. 전망대에서 바라보는 시가지의 광경은 가슴을 후련하게 만든다. 삶의 고달픔으로 인해 생겨난 마음의 찌꺼기를 말끔히 씻어 가니 한 마리 새가 되어 바다 위를 맘껏 나는 듯 가벼워진다.

해변을 가로지르는 블루로드 다리는 또 다른 재미를 안겨준다. 백사장은 바쁜 발걸음을 더디게 한다. 여러 가지 모양을 한 바위와 소나무 숲이 바닷길을 돋보이게 만든다. 바다가 들려주는 파도 소리는 드높아 간다. 노래가 절로 나오고 발걸음이 가볍다.

새빨간 지붕이 있는 경정마을에는 할머니 한 분이 나지막한 담장을 깔고 앉았다. 봄볕을 받으며 골목길을 뚫어지게 바라본다. 오가는 사람 없는 길에서 누구를 기다리는 것일까. 세월은 저만치서 바쁘게 달려가는데 낡은 지팡이 하나가 친구일 뿐이다.

해맞이 공원 바닷길

목은을 찾아서

 22코스 축산항 – 고래불해변

와우산의 남씨 발상지

소가 누워있는 모습을 하고 있다는 와우산 남씨 발상지에서 '남영의공유허비'를 만난다. 중국 동포신문에 의하면 "신라 경덕왕 14년, 중국 여남 출신의 김충이란 사람이 현종의 명을 받아 안렴사로 일본에 건너갔다. 돌아오는 길에 태풍을 만나 신라 땅에 표착했다. 공이 신라 땅에서 지내다 보니 정착하고 싶은 마음이 생겼다. 이에 경덕왕이 이 사실을 당 현종에게 알리니 "십생구사지신十生九死之臣을 신례臣禮로 부를 수 없으니 소원대로 해라"라는 조서가 왔다. 경덕왕은 여남 땅에서 온 사람이라 하여 남씨 성을 하사하고, 영의공으로 봉했다." 공은 영양 땅에서 이름을 '민敏'으로 바꾸니 그때부터 신라 사람이 된다. 우리나라 남씨의 시원이다. TV 프로그램 「백년손님」에서 후포리 남서방으로 열연한 의사 남재현도 남민의 후손이다.

와우산 정상으로 가는 길은 호젓하다. 경사가 완만하고, 높지 않다. 무엇보다 흙길이라 걷기에 편하다. 일광대는 그 옛날 선비들이 파란 하늘과 축산의 바다를 맘껏 즐기던 곳이지 싶다.

목은의 사색길

해발 285.8m의 대소산 봉수대를 향해 치고 올라야 한다. 꽤 알려진 등산코스인지 산길 초입부터 사람이 다녀간 흔적이 많다. 길옆에는 진달래가 고운 미소로 반긴다. 정겨운 산행이 될 것 같다. 봉수대가 가까워지자 길을 다듬고, 목침으로 계단을 만들어 놓았다. 오르기 편하고, 보기에 좋으나 단조로운 길이 되고 말았다. 정상에 자리 잡은 돈대墩臺는 보존 상태가 좋다. 조선 초기에 만들어졌다는 사실이 믿기지 않을 정도다. 봉수대는 경상북도 기념물 제37호다. 영덕 축산포 부근의 동태를 서울 남산까지 알리던 통신시설이다.

팔각정 앞에서 등산로를 따르노라면 곧 해발 225.5m의 망월봉이다. 주변의 산보다 우뚝하게 솟은 봉우리가 아닌 탓에 바다도, 산도 보이지 않는다. 키 큰 소나무에 가려져 있어 머리 위로 뻥 뚫린 하늘만 보인다. 마치 "내가 그의 이름을 불러주기 전에는" 망월봉이 아니었던 것처럼 말이다.

사람이나 동식물, 바위나 물, 흙 등과 같은 사물들이 진정한 생명을 갖게 되는 것은 이름을 가지고 나서다. 그전에는 '이것'으로 불리거나 '저것'에 지나지 않았을 것이다. "내가 그의 이름을 불러 주었을 때 그는 내게로 와서 꽃이 되었다"라고 노래한 김춘수의 시 「꽃」처럼 망월봉도 프린터로 출력해 걸어놓은 종이 한 장이 아니었더라면 망월봉이라는 사실을 알지 못했다. 발길에 차이는 돌멩이 되고, 부러진 나무 조각처럼 수많은 등산객이 아무런 생각

대소산 봉수대

괴시 마을

없이 짓밟고 가는 이름 없는 산길에 불과했을 것이다. 이름이란 그런
것이다.

　'괴시사진길'이 산허리를 잘랐다. '시너리재' 구름다리를 지나면
'관어대탐방로'가 시작된다. 황성개비산과 재구남봉, 망일봉, 이색기
념관을 거쳐 괴시마을로 가는 길이다. 고려의 마지막 충신이었던
목은의 사색 길이기도 하다. 그는 이 길을 걸으면서 무슨 생각을 하
고, 어떤 꿈을 꾸었는지 궁금하다. 망해가는 고려의 신하로서 어떻게

할 수 없었던 현실을 마주하고 한탄하지는 않았을까. 거센 정치의
소용돌이 속에서 고뇌에 찬 나날을 보냈으리라 짐작할 뿐이다.

주세붕의 망일봉

　영해면 괴시리와 사진리 경계에 솟아 있는 망일봉은 예부터 많은
선비가 동해의 일출을 보기 위해 즐겨 찾던 곳이라 한다. 그러나
아무리 둘러보아도 일출 명소 같지는 않다. 해발 152.1m에 불과한
봉우리인 탓이다. 정상에는 조선 중기의 문신이자 학자로 이름 높은
신재 주세붕이 「망일봉」이란 시를 남겼다. 주세붕이 어렸을 때의
이야기다.

　주세붕의 아버지가 지역 세도가의 모함을 받고 감옥에 갇혔다.
무고를 주장했지만, 소용없었다. 아버지의 억울함을 풀어줄 수
있는 사람은 경상도 관찰사뿐이란 사실을 인지한 세붕은 감영이
있는 상주로 길을 떠났다. 칠원에서 상주까지는 무척 먼 거리였다.
길에서 잠을 청하고 남의 집 처마에서 비를 피했다. 밥을 얻어먹는
날도 있었지만, 며칠씩 굶기도 했다. 그래도 포기하지 않고 감영에
도착했으나 관찰사는 지역 순시를 떠나고 없었다.

　세붕은 포기하지 않았다. 그길로 관찰사를 찾아 나섰다가
관찰사 일행이 망일봉에 오른다는 사실을 알아냈다. 상쾌한 새벽,
주세붕은 망일봉에 올라 관찰사를 기다렸다. 이윽고 바다에서 붉은
기운과 함께 일출이 시작되었다. 세붕은 해를 바라보고 있는 관찰사
앞에 엎드렸다. 그리고 아버지의 억울한 사연에 대해 자초지종
고했다. 관찰사는 어린 세붕의 효심에 감복한 나머지 과제를 냈다.

"내가 띄우는 운 자에 맞춰 시를 짓는다면 부친의 무고함을 밝혀주겠다."

처음 띄운 운은 어지러울 '분紛'이었다. 세붕은 망설이지 않고 관찰사가 부르는 운에 맞추어 시를 써 내려갔다.

망일봉
주세붕

고향에는 낙엽이 쓸쓸히 뒹굴겠지만
높은 봉우리에 한 번 올라 해돋이를 바라보네
금빛 햇무리는 하늘과 이어졌고
수레바퀴처럼 밀려오는 파도는 지축을 가르는 것 같네
상국의 큰 도량은 산과 바다를 삼킬 듯 넓지만
서생의 크게 뜬 눈에는 천지가 작아 보이네
만약 겨드랑이에 바람을 일으키는 날개가 있다면
아득히 먼 만장 구름 위로 한 번 날아 보려네

가슴에 품은 뜻이 참으로 크고 넓다. 봉황이 되어 구만리 하늘을 뒤덮는 기상이다. 아버지의 무고함도 밝혀졌다.

목은과 괴시마을

발걸음을 옮길 새도 없이 이색의 시 「영해 동녘 바다 해돋이를 보다」가 눈길을 끈다. 어머니의 고향이요, 목은의 고향인 영해(영덕)를 그리워하며 남긴 시다.

영해 동녘 바다 해돋이

이색

외가댁은 적막한 바닷가 마을에 있는데
풍경은 예로부터 사람들 입에 올랐었네
해돋이를 보려고 동녘 하늘을 바라볼 제
감격스러운 장관이여! 눈시울이 젖어 오네

황량한 마을에서 하룻밤 단란이 묵으면서
젊은 시절 회포를 자세히 논해보지 못하였는데
회상컨대 몇 년 사이 선배들은 다 떠났고
아침 까치 지저귀더니 어느덧 또 황혼일세

충신이 걸었던 사색길이 끝나자 고려말의 정치가이자 대문호였던 목은의 유적지다. 괴시마을에서 보면 마을의 맨 뒤편인 산언덕에 생가터와 기념관이 있다. 기념관 왼쪽에는 하얀색의 목은 석상이 자리 잡았다. 기념관 안으로 발을 들여놓으면 그의 사상과 생애, 교육에 대한 생각, 목은집 등을 둘러볼 수 있다.

목은은 1328년 영덕군 영해면 괴시리 무가정無價亭에서 태어났다. 서쪽으로는 넓은 평야가 자리하고, 동쪽으로는 그 끝을 짐작할 수 없는 동해가 펼쳐져 있는 곳이다.

20세 때, 원나라에 유학하여 문장으로 이름을 떨쳤다. 귀국한 후 26세에 과거에 급제하였고, 공민왕 16년에 성균관의 대사성이 되었다. 이후, 판문하부사, 예문춘추관사 등의 중임을 맡았다. 65세 때에는 이성계가 조선을 개국하였으나 고려조정에 충성을 다한다는 구실로 조선 조정에 출사하지 않았다. 69세에 이르러 여강(여주의 남한강)의 '청심루' 아래 '연자탄'에서 세상을 떠났다. 그는 「관어대소부」, 「유사정기」 외 6,000여 수나 되는 엄청난 시문을 남겼다. 우리가 잘 아는 정몽주, 정도전, 권근, 이숭인 등 고려 말의 대표적 성리학자들이 대부분 그의 문하에서 배출된 인재들이다. 그가 살아온 발자취를 보면서 고려의 흥망성쇠를 짐작해 본다. 내리막길에서 만난 백매와 홍매에서 절개를 생각한다.

괴시마을은 처음 듣는 이름이다. 옛날에는 마을 주변에 늪이 많고, 북쪽에 호지澤池가 있어 '호지촌'이라 불렸다. 그런데 목은이 중국 괴시마을과 호지촌의 아름다운 풍경이 비슷하다고 하여 괴시라고 고쳐 지었다. 글깨나 읽고, 이름 높은 학자였던 그조차도 멀쩡한 이름을 두고 대국으로 섬겼던 중국을 끌어들이고 있으니 사대하는 마음은 지위의 높고 낮음, 과거와 현재를 막론하고 다르지 않다.

마을은 영양남씨 집성촌이다. 현재까지 30여 호의 고택들이 잘 보존되어 있다. 특이하게도 초가는 없고, 모두 기와집만 눈에 들어온다. 특히, 영양남씨 괴시파 종택은 17세기에 남붕익이 창건했다. 지금은 민속자료 제75호로 지정되어 있다. 가옥은 □ 형태의 몸채 방과 사당으로 구성되어 있다. 몸채 방은 정면 8칸, 측면 5칸 반으로 사랑채에 대청이 돌출된 특이한 구조다. 조선 후기 주택의 높은 격조가 잘 나타나 있으며 괴시마을 공간구성의 핵심적인 가옥이다. 이 외에도 대남댁, 물소와 고택, 해촌고택, 천전댁, 주곡댁,

목은 기념관

목은 석상

경주댁, 구계댁, 영은고택, 영감댁, 사곡댁, 백회제 고택, 입천정, 괴정, 물소와 서당 등이 문화재청의 문화재자료로 지정되어 있다.

관어대와 고래가 춤추는 고래불해수욕장

관어대 방향으로 길을 잡는다. 담장 너머에 핀 노란 생강나무 꽃과 아쉬운 작별 인사를 나누면 괴시마을이 점점 멀어진다. 관어대가 있는 상대산까지는 빤한 거리다. 등산로 입구에 도착하고 보니 관어대로 오르는 길이 가파르다. 숨을 헐떡이고 온몸이 땀으로 범벅이 되어서야 관어대가 모습을 보여준다.

관어대는 원래 "상대산의 서쪽 절벽"을 이르는 말이다. 그러다가 파란 동해와 넓은 영해평야를 바라볼 수 있는 산 정상에 바닷고기가 노니는 모습을 볼 수 있는 누각이 들어서면서 지금의 관어대로 대상이 바뀌게 된다. 빛바랜 관어대에 올라서면 광활한 풍경이 고단함을 잊게 한다. 목은도 어려서부터 수시로 상대산에 올라 바다를 바라보면서 호연지기를 길렀다. 고래들이 바다와 해변 가까이 오가면서 노니는 모습을 보고 고래불해수욕장이라 이름 붙였다. 고래의 놀이터요, 고향이었을 것이라 짐작되는 부분이다.

고래불? 괴시마을만큼이나 생소한 이름이다. 고래불에서 '불'은 '개흙'의 옛말이다. '고래들이 노니는 뻘(펄)'이 변해 오늘날 고래불이 된 것이다. 목은이 지은 「관어대소부」에는 고래들이 떼지어 노는 장면이 묘사되어 오늘날까지 전하고 있다.

관어대소부

이색

관어대는 영해부에 있는데
동해를 내려다보고 있다.
암석의 낭떠러지 밑에 유영하는 고기들을 셀 수가 있으므로
관어대라 이름 지은 것이다.

- 중략 -

물결이 움직이면 산이 무너지는 듯하고
물결이 잠잠하면 닦아 놓은 거울 같다.
바람 귀신이 풀무로 삼는 곳이요
바다귀신이 집으로 삼은 곳이다.
고래들이 떼지어 놀면 기세가 창공을 뒤흔들고
사나운 새 외로이 날면 그림자 저녁놀에 잇닿는다.

관어대가 굽어보고 있으니

눈에는 땅이 보이지 않는구나.

– 하략 –

거센 바람, 겸손해지는 마음

　대진항이다. 대진해수욕장까지 1.5km 남겨둔 지점이다. 아침부터 불던 바람이 거센 폭풍으로 바뀐다. 조금도 꺼리거나 삼가는 태도가 없이 무례하고 건방지게 불어 재낀다. 온몸으로 맞바람을 맞으며 걷는데 생각보다 쉽지 않다. 고래불대교를 지날 때는 두 걸음 내디딜 때마다 한 걸음은 뒷걸음질이다. 모자를 쓸 수 없어 진즉에 손으로 잡았다. 볼은 얼음장같이 차게 변했고, 귓불이 따끔거린다. 조금이라도 바람을 적게 맞으려면 잔뜩 웅크리고 걸을 수밖에 없다. 몸도, 마음도 저절로 겸손해진다.

　직선에 가까운 고래불로는 쉽게 지치게 만든다. 왼쪽은 들판이고, 오른쪽은 송림이다. 변화가 없는 길이라 한결 피로가 빨리 온다. 숲에는 최근에 지은 듯한 '봉송정'이 눈길을 끈다. 고려 시대에 봉씨 성을 가진 영해 부사가 해풍을 막기 위해 조성했다는 '만송숲'을 기념하기 위해 세운 정자란다.

　바람은 여전히 거세다. 파도 소리는 우레 같다. 푸른 바다에 이는 흰 거품은 안개꽃이 만발한 것 같고, 하얗게 부서지는 파도의 알갱이는 메밀꽃이 흐드러지게 피어난 모습 그대로다. 1시간이 넘도록 온몸으로 맞는 맞바람은 차라리 고통에 가깝다. 아무리 힘을 주고 발걸음을 내디뎌도 쉽게 걸어지지 않는다. 돌부리에 넘어지고,

대진항

봉송정

멀리 돌아가는 길일망정 오늘만은 그런 길을 걷고 싶다.

고래불해수욕장에 도착했다는 기쁨도 잠시다. 날이 저물기 전에 승용차가 있는 축산으로 돌아가야 한다. 그런데 축산으로 가는 버스가 없다. 영해를 거쳐 축산으로 들어가거나 택시를 이용해야 한다. 할 수 없이 병곡파출소 앞에서 부산행 시외버스를 탄다. 영해에서는 간선도로변에 내린 탓에 축산행 버스를 탈 수 있는 정류소까지 걷는다. 이런, 날씨가 잔뜩 흐리더니만 기어코 비가 내린다. 차가운 바람까지 휘몰아치니 걱정이 이만저만한 것이 아니다. 몇 번이나 물어 도착한 시외버스주차장에 직원으로 보이는 젊은 여성이 눈에 띈다. 반가운 마음에 얼른 다가가서 묻는다.

'축산가는 버스는 어디서 타요?

아가씨가 나를 물끄러미 쳐다보더니 무어라고 말하는데 정확하게 알아들을 수가 없다. 그 말이 어찌나 어눌한지 재차 물으니 한심하다는 듯이 구시렁거린다. 그리고 한마디를 덧붙인다.

"그것도 몰라요?"

머리를 흔들며 혀까지 끌끌 찬다. 이거야 원!

큰일이다. 비바람은 수그러들 줄 모른다. 쏜살같이 달려온 어둠이 온갖 물상을 삼켜버린다. 어디에서 밥을 먹고, 잠자리는 어디서 구해야 하나.

역사가 있는 바닷길

고래가 춤추며 놀던 바다, 고래불해변

 23코스 고래불해수욕장 – 후포항 입구

고래의 의미

바람의 횡포가 심상찮다. 날카롭고, 옹골찬 기운을 조금도 누그러뜨릴 기미가 보이지 않는다. 매스컴에서도 거센 바람이 불 것이라고 하니 걱정이다.

커피 한 잔과 빵 한 조각이 아침이다. 휑한 광장에 서니 가오리와 고래가 어울려 헤엄치는 듯한 조형물이 눈길을 사로잡는다. 해수욕장은 송림이 병풍처럼 감싸고 있어 아늑하다. 관리가 잘 되고 있어 가족 피서지로 안성맞춤이다. 백사장은 장장 20리에 이른다. 입이 떡 벌어지는 규모다. 누군가 바닷가에 써 놓은 정호승의 시 「고래를 위하여」 1연이 가슴을 뛰게 한다.

고래를 위하여
정호승

푸른 바다에 고래가 없으면
푸른 바다가 아니지

고래를 상징으로 한 고래불 광장의 조형물

마음속에 푸른 바다와
고래 한 마리 키우지 않으면
청년이 아니지

–하략

그렇다. 비록 삶이 거친 바다와 같다고 할지라도 고래 한 마리
키울 수 없는 가슴이라면 누가 젊었다고 하겠는가. 청년이라면
지금의 현실에 만족하지 않아야 한다. 더욱 멋있고, 가치 있는
세상을 만들어야 하는 의무를 짊어지고 있는 사람이다. 목표를 향해
나아갈 수 있는 꿈이 없다면 청년이 될 수 없다. 젊음은 상이 아니듯,
늙음 또한 벌이 될 수 없다. 젊음과 늙음은 세월로 정하는 것이
아니라, 생각과 행동에 따라 나누어진다. 하얀 분수를 내뿜는 큰 꿈
하나를 가슴에 품고 있다면 늙은이가 아니지만, 꿈이 없고 목표가
없다면 몸은 젊었으되 마음은 이미 늙은이와 다름없다. 별처럼

반짝이는 사랑을 키우고, 꿈을 노래하는 청년으로 사는 것이야말로 진정한 자유로운 삶이다.

후포항을 향해 길을 잡는다. 도로 가장자리에 움푹 파인 웅덩이마다 얼음이 두껍다. 잠깐 사이에도 귓불이 따끔거린다. '흰돌로'로 올라서면 왼쪽은 동해대로다. 오른쪽은 광활한 푸른 바다가 펼쳐진다. 하늘과 바다가 뒤엉켜 운우지정을 나누니 어디가 하늘이고, 어디가 바다인지 구분할 수 없다. 백석리의 버스 정류소가 눈길을 끈다. 노란 버스를 닮은 모양이 앙증맞다. 출입문이 달려 있어 바람이 많이 불거나 귓불을 에는 날에도 맘 놓고 추위를 피할 수 있다. 사람을 먼저 생각하는 마음이 담긴 정류소다.

백석해수욕장과 백석항을 뒤로 하고 유금천을 건넌다. 동해를 언덕 아래에 둔 금곡마을과 금음마을은 떠오르는 해의 정기를 한 줌도 남기지 않고 가슴 가득하게 껴안는다. 음과 양이 합해졌으니 모든 것이 평안하고 태평한 마을이다. 바닷가 바위섬에 하얗게 부서지는 파도는 팝콘처럼 튀어 올라 사방으로 흩날린다. 물 알갱이 하나하나가 박하사탕처럼 희다. 생동감 넘치는 모습이다. 이렇게 멋진 동해를 맘껏 바라보며 걷노라니 끝이 없는 길을 걷는 착각에 빠진다.

왁자지껄한 후포공설시장이다. 들뜬 분위기에 몸이 달아오른다. 자석이 쇠를 당기듯 장꾼의 목소리에 홀린다. 사람 살아가는 모습이 여기에 있다고 생각하니 왠지 기분이 좋다. 좋은 물건을 싸게 사려는 아낙의 눈이 부리부리하다. 생명이 꿈틀거리는 시장은 종일토록 돌아봐도 지루하지 않다. 좌판 가득하게 늘어놓은 싱싱한 물고기를 보니 이것도 사고 싶고, 저것도 사고 싶다. 결국, 가족과 나누어 먹을 요량으로 말린 물가자미 한 꾸러미를 사고 만다. 가족을 위하여, 나의 밥상을 위하여.

후포항이다. 언젠가 아내와 함께 울릉도 관광을 위해 씨플라워호를 탔던 곳이다. 아름다운 울릉도의 경관에 감탄사를 연발했지만, 독도에 도착하고서는 눈시울이 뜨거워졌다. 아직도 우리나라 동쪽의 끝, 굳건한 바위섬 독도와 그를 감싸고 있는 눈부신 바다가 눈에 선하다. 태극기를 맘껏 흔들었던 기억의 시작점이요, 종착점이었던 후포항이다.

어디로 가야 하나. 끝없는 길은 길에 연이어져 있는데.

백암(후포 가는 길)

주렁주렁 이야기가 열린 길

 24코스 후포항 입구 – 기성버스터미널

비단처럼 아름다운 포구, 후포항

　후포의 원래 이름은 '휘라포^{徽羅浦}'였다. 은빛으로 빛나는 후포의 바다를 보니 '비단처럼 아름다운 포구'라는 말이 허언이 아니다.

　항과 맞닿은 등기산에서는 낮에는 흰 깃발, 밤에는 봉홧불을 피워 고기잡이하는 어선이 안전하게 항해할 수 있도록 도왔다. 이런 까닭에 산 이름도 등불 '등^燈' 자와 깃발 '기^旗'를 합하여 등기산이라 붙였다. 예사로 부르는 이름 하나에도 이렇게 깊은 뜻이 숨어 있다.

　봄볕을 받은 공원은 아기자기한 풍경을 자아낸다. 수많은 바람개비와 독일의 브레머하펜 등대, 프랑스의 코르두앙 등대, 이집트의 알렉산드리아 파로스 섬에 세워진 세계 최초의 파로스 등대, 우리나라의 인천 팔미도 등대, 스코틀랜드 해변에서 19km나 떨어져 있으며 죽음의 암초 밭에 세워졌다는 벨록 등대와 같이 세계의 아름다운 등대를 재현하여 미니어처로 만들어 놓았다. 하얀색의 후포 등대는 울릉도와 가장 가까운 등대다. 이리 보면 눈부시고, 저리 보면 사랑스럽다. 1968년 1월에 처음으로 불을 밝혔다. 그동안의

수고로움이 짧지 않은 듯하다. 아쉬운 점이라면 출입문을 잠가놓은
것이다. 철제 담장을 둘러 사람이 접근하지 못하도록 했다. 만져보는
것은 고사하고 바라보는 것으로 만족해야 한다.

망사정에 올라

등대 아래쪽에는 고려말, 조선 초기의 문인들로부터 많은 사랑을
받았다는 망사정이 있다. 『신증동국여지승람』에 의하면 "평해 남쪽에
있었다."라고 전한다. 『울진군지』에는 "조선 시대의 무신 박원종이
강원도 관찰사로 있을 때 창건하였다"라고 적고 있다. 그러나 고려
시대의 문신인 안축이 이미 망사정이란 시를 지어 노래한 것을 보면
낡고, 헌 것을 다시 고쳐 지은 것으로 보인다. 눈앞에 있는 망사정은
2010년에 다시 지은 것이다. 정자에는 안축의 시 「망사정」이 편액으로
걸려 있다.

망사정

망사정

안축

눈 부신 빛 허공에 떠 물에 비쳐 그늘지고
높이 올라 바라보니 궂은 마음 씻기네
비 개이니 푸른 나무에 꾀꼬리 지저귀고
바람 잔잔하니 물결은 백조의 마음이라
팔월에는 신선 뗏목이 은하수로 통하고
오래된 생선가게는 숲 저쪽에 가렸네
높고 넓은 이곳 만고에 아는 이 없더니
하늘이 몰래 아껴두고 오늘을 기다렸네

안축安軸은 그의 저서 『근재집』 권2에 실린 관동별곡關東別曲에서도 망사정을 노래했다. 조선 시대의 대학자인 서거정도 망사정에 올라 가슴을 울리는 시 한 편을 남겼다.

의상과 선묘낭자

울렁울렁 흔들흔들. 등기산 출렁다리는 언제나 동심을 불러 일으킨다. 한 걸음 한 걸음 옮길 때마다 짜릿하다. 하늘을 걷는 듯 한 즐거움도 준다. 다리를 지나면 곧바로 스카이워크다. 길이 135 m로 국내 최대의 하늘길이라고 자랑한다. 관광객이 많지 않은 계절이라 그런지 입구를 자물쇠로 잠가놓아 발을 들여놓을 수 없다. 전망대 끝에는 의상 대사를 사랑했던 선묘 낭자의 조형물이 있다. 바다로부터 물보라를 일으키며 솟아오른 선묘는 인간과 용의 모습을

등기산 스카이워크

황금대게평해공원 대게 조형물

하고 있다. 중국 『송고승전』 제4권 『의상전』에 전하는 설화에는 마음이 슬퍼진다.

"선묘는 당나라 등주의 관리였던 유지인의 딸이다. 아름답고, 정숙한 그녀는 당나라에 유학왔던 의상 대사에게 첫눈에 반하고 만다. 의상과 부부의 연을 맺고 행복하게 살고 싶은 소망을 품는다.

의상은 그녀의 마음을 받아들이지 않는다. 대사가 유학을 마치고 떠나는 날, 선묘는 의상이 떠나는 바다에 몸을 던져 용이 되었다."

*당나라 홍등가 여인이라고 주장하는 학자도 있음.

676년, 당나라에서 귀국한 의상대사는 지금의 부석사가 있는 영주시 부석면 북지리에 절을 세우고자 했다. 그러나 이곳에는 이전부터 그릇된 교리로 사회에 해를 끼치는 무리가 있어 어려움을 겪고 있었다. 이때, 선묘가 나타나 근처에 있는 큰 바위를 들어 위협을 가하자 놀란 무리는 의상의 제자가 되었다. '바윗돌이 떠

있는 절'이란 뜻의 부석사는 여기에서 비롯된 이름이다. 부석사에는 선묘 낭자를 기리기 위한 선묘각이 있다. 1975년에 그린 선묘 낭자의 영정과 용으로 변한 선묘의 그림을 모셨다.

현실의 세상으로 돌아오니 거일2리다. '황금대게평해공원'에 세운 커다란 대게 조형물은 대게의 원조 마을을 알리기 위한 것이다. 실제로 고려 초엽인 11세기 때부터 이 마을의 특산물이었다. 거일리라는 지명도 '게(기)'의 알과 같이 생겼다고 하여 '기알', '기일', '게알' 등으로 불렸다가 지금의 거일이 된 것이다.

거일리와 직산리에 걸친 해변은 가히 장관이다. 베이지색 모래알에는 이물질이 없다. 알갱이 하나하나가 보석처럼 빛난다. 바다는 비눗방울 닮은 하얀 거품을 끊임없이 만든다. 파도가 들고남에 따라 해조가 춤추고, 바위 서너 개만 들춰도 해삼이랑 전복, 소라, 성게, 게 무리를 만날 것 같다. 동해의 푸른 기운을 가슴에 담노라면 검은 구름은 저절로 물러날 것이다. 어라! 갑자기 진눈깨비가 휘날린다. 봄바람에 꽃을 찾는 나비처럼 나풀거리며 떨어진다. 3월의 봄 꿈을 무참히 짓밟는다. 그래도 내 꿈의 등불만은 꺼뜨릴 수 없다.

'울진대게로'를 따르다 보면 공동묘지가 여러 군데다. 고기잡이 나갔던 어부들이 저 바다에서 불귀의 몸이 된 까닭이다. 봉분은 있지만, 비석이 없다. 마음이 싸하다. 슬픔이 격정으로 바뀐다. 직산1리를 지나면 바다를 흠모해 달려온 남대천이 발길을 막아선다. 월송정교를 지나니 솔숲 사이에 '평해사구습지공원'이 있다. 다양한 볼거리와 즐길 거리가 곳곳에 마련되어 있다. 관광객이 없어 썰렁하다.

음산한 분위기가 공원을 감싸고 있다.

월송정의 신선

달빛과 솔숲이 어우러져 아름다운 정취를 자아내는 월송정은
관동팔경 중의 하나다. 처음의 정자는 현재의 위치보다 남서쪽으로
450m 떨어진 곳에 있었다. 오랜 세월에 허물어 없어지자 현재의
위치에 옮겨 지었다. 조선 시대 강원도의 관찰사였던 박원종이
연산군 재위 시절에 지었다고 하나 안축의 『취운정기』에 의하면
이미 "1312년(고려 충선왕)에 월송정이 있었다"라고 한다. '월송越松'
또는 '월송月松'이란 이름을 가지게 된 배경에 대해서 고려의 학자 가정
이곡은 『동유기』를 통해 다음과 같이 이야기하고 있다.

"소나무 만 그루 가운데에 월송정이 있었다. 4명의 신선이 유람하다

월송정

가 우연히 이곳을 들리지 않고 그냥 지나쳤다. 그래서 '넘다', '건너다'라는 뜻을 가진 '월越' 자를 써서 '월송정越松亭'이라 이름 붙였다."

"신라의 네 화랑이 울창한 소나무 숲에서 달을 즐겼다" 해서 '월송정月松亭'이라 불렸다는 또 다른 이야기도 있다. "중국 월나라에서 소나무 묘목을 가져다 심었다" 하여 '월송'이라고도 하며, "밝은 달이 떠올라 소나무 그림자가 비치었다"라는 데서 '월송'이라 불렸다고도 한다. 모두가 전하는 이야기일 뿐이다.

바다가 내려다보이는 너른 해변에 빽빽하게 들어찬 해송 덕분에 솔향을 폐에 가득하게 담는다. 정자에 오르지 않아도 월송정의 정취가 온몸에 젖어온다. 크고 넓은 정자를 혼자 차지하여 봄날의 순간을 만끽하는 호사도 누린다. 정자에서 바라보는 봄빛을 내 안에 가둔다. 솟아오르는 달과 소나무에 걸린 달을 맞이하고도 싶다.

수토사와 바람을 기다리는 대풍헌

군무교를 통해 '황보천'을 건넌다. 솔향 가득한 솔숲을 지나면 구산리다. 길가에 유채꽃이 한창이다. 봄이 무르익는 증거다. 구산항 옆, 구산리 마을 가운데에는 '수토문화전시관'과 '대풍헌'이 자리 잡고 있다. 원래 대풍헌은 마을의 수호신을 모시는 사당이었다. 18세기 말부터는 구산항에서 울릉도로 가는 수토사들이 머물던 집으로 이용했다.

수토사는 "땅을 지키는 관리"를 일컫는 말이다. 대풍헌이란 "울릉도로 가기 위해 바람을 기다리는 집"이란 뜻이다. 옛날부터 울진

대풍헌

대풍헌 앞에 있는 독도 조형물

수토사

앞바다는 한류와 난류가 만나는 곳이라 조류를 타면 울릉도까지 한나절이면 닿았다. 최적의 항로가 되는 곳이다. 대풍헌 뒤에는 아담한 수토사 추모광장이 있다. 항에는 독도를 본뜬 조형물이 기막히다. 울릉도와 독도를 드나들던 중요한 요충지였음을 보여주는 교육 현장이다.

'기성공용정류장' 못 미친 곳에 '황응청효자비각'이 있다.

"대해 황응청은 사마시에 합격하였으나 관직에 뜻을 두지 않았다. 임진왜란 이후에는 무너진 윤리의식을 바로잡고자 노력했다. 30년간 부모님을 극진하게 봉양하다가 모친상을 당하자 3년간 시묘하면서 매일 부친의 안부를 살폈다. 그 후, 부친상을 당해 3년간 시묘하였다. 6년 동안 죽만 먹고 지냈다. 1578년 정려되었고, 명계서원에 배향 되었다."

충효의 이야기는 언제 들어도 가슴을 찡하게 만든다. 저절로 머리가 숙어진다. 그러나 효를 구실로 백성을 돌보지 않는다면 또 다른 부모에게 불효하는 것이다. 선비의 도리, 목민관의 책무를 저버리는 것이기도 하다. 농경 시절에 행하던 효를 하루가 다르게 변하는 오늘날에 적용하는 것도 무리가 있다. 사람이라면 마땅히 행해야 하는 효를 대수롭지 않게 바라보는 현실도 안타깝다. 어떻게 바라보고, 어떤 생각을 하고 있느냐에 따라 접근하는 방법도 달라져야 한다.

댕댕이 한 마리가 꼬리를 흔들며 반기는 기성공용정류장에서 별이 되신 부모님을 그려본다. 가슴에 싸늘한 바람이 인다.

황응청 효자비각

등기산에서 바라본 후포 앞바다

관동제일루, 망양정에 놀라

 25코스 기성버스터미널 – 수산교

벌써 3월 중순이다. 절기상으로는 완연한 봄이지만 밤사이 기온이 곤두박질쳤다. 돌덩이 같은 얼음이 논바닥을 뒤덮었다. 발을 세게 굴러보아도 꿈쩍하지 않는다.

사동마을의 아침

기성면 넓은 들을 가로지르고, 사동항길을 따르면 사동2리다. 멀리 산 위에는 풍력발전기가 이국적인 광경을 만든다. 수석으로도 손색없을 것 같은 갯바위는 바닷물을 흠뻑 뒤집어쓰고도 무덤덤하다. 마을은 밥알을 떨어뜨려도 흙 한 점 묻지 않을 정도로 깨끗하다. 대 빗자루로 쓸고 지나간 흔적이 뚜렷하게 남아 있다. 아침운동을 하는 할머께 나지막한 음성으로 인사를 올린다.

"마을이 참 깨끗하여 좋습니다."

"고맙소. 어디서 오시는데 이렇게 걸어오시오?"

"네, 부산에서 옵니다."

"아이고, 차 타고 오지 뭐 하러 걸어 오요? 다리 아플 건대."

망양해수욕장

그러면서 마을은 주민들이 돌아가며 청소한단다. 주말이면 낚시꾼이 밀어닥쳐 마을 전체가 쓰레기로 몸살을 앓는 탓에 고민이 깊다며 한숨을 쉰다. 방파제는 더욱 심하다고 걱정이 태산이다.

망양정 옛터에 올라

기성 망양해수욕장의 넓은 백사장

망양정 옛터

과 바다가 장쾌한 멋을 안겨준다. 세상의 온갖 번뇌와 시름을 잊게 할 광경이다. 남쪽 바다의 아기자기한 멋과는 다르게 관중석을 훌쩍 넘어가는 홈런 같은 후련함이다. 백사장이 끝나는 망양2리 산자락에 망양정 옛터가 있다. 처음 망양정을 세울 때는 고려 시대로 기성면 망양리 해안가에 자리 잡았다. 세월이 감에 따라 정자는 낡아 허물어졌고, 1471년(성종 2)에 평해 군수 채신보가 현종산 기슭인 망양리에 다시 세웠다. 지금 바라보고 있는 망양정 옛터가 바로 그곳이다. 이후, 여러 번 허물어졌다 세우기를 반복한 끝에 1860년(철종 11), 울진 현령 이희호가 임학영과 힘을 모아 근남면 신포리 둔산으로 망양정을 옮겨 세웠다.

울진 현령을 지낸 류태형은 『선사록』에서 망양정이 둔산으로 옮겨진 이유를 다음과 같이 적고 있다.

"후세 사람들의 안목이 고루하여 읍치^{邑治}에서 조금 멀다는 이유로 강과 바다 사이로 옮겨지었다."

정자에는 멋지게 쓴 망양루 현판이 걸려 있지 않다. 편액도 없다. 망양정이 신포리에 있는 둔산으로 옮겨가 버렸으니 이제는 망양정이 있던 옛터일 뿐이다. 그러나 망양정 옛터에서 바라보는 풍광은 의기가 장하여 거리낌이 없다. 정자가 있는 현종산 기슭은 망양로를 닦으면서 일부가 잘려 나가 옛날의 경관을 잃고 말았지만 정선이 그린 「망양정도」나 1788년에 김홍도가 그린 「망양정」을 보면 지금의 경관과는 비교할 바가 아니다. 하얗게 부서지는 파도가 눈이 시원하게 만들고, 푸른 물을 하얗게 뿜어 올린 고래가 춤추는 모습도 볼 수 있을 것 같다. 태양이 솟구치는 듯한 기운이 몸을 휘감기도 한다.

경상 도사를 역임한 수서 박선장은 「망양정」에 대한 감회를 다음과 같이 시로 남겼다.

망양정

박선장

가슴을 여니 삼신산은 아득히 먼데
눈길 닿는 저 끝까지 만경창파 펼쳐있네
평생에 바다보려는 뜻 이루고자 하시거든
그대 부디 망양정에 올라 보시게나.

망양정 가는 길

망양로를 따라 걷다 보면 고운 모래밭에 줄지어 선 기암괴석이 눈길을 끈다. 바윗돌 틈에 뿌리 내린 소나무와 기묘한 모양은 설악산 공룡능선을 작은 모형으로 다듬어 놓은 듯하다. 정원에 옮겨 놓을 수만 있다면 두고두고 보아도 질리지 않을 것 같은 모습이다. 물속에 자리 잡은 바위는 수생 생물들의 보금자리다. 신비로운 자태를 한참이나 넋 놓고 바라본다.

황금울진대게공원은 거일2리에 조성된 황금대게평해공원과 비슷하다. 두 팔을 허공으로 벌린 대게 조각상은 누구의 솜씨인고. 그 모습이 생생하다 못해 다소 위협적이다. '나를 가만 내버려 둬. 그렇지 않으면 꽉 물어 버릴 거야.'라고 외치는 듯도 하다. 도로 왼편으로 눈을 돌리면 오징어 풍물 거리가 장사진을 이룬다. 조그만 가게마다 여러 가지 건어물을 진열해 놓았다. 술안주로 적절할 것 같은 두툼한 오징어와 아귀포가 눈길을 사로잡는다.

봄이 오는 길에서는 발걸음이 가벼워진다. 콧노래에도 신명이 오른다. 파도가 철썩이며 장단을 맞춘다. 고운 하늘에 태양이 빛나고, 바다는 쪽을 풀어놓은 것만큼이나 푸르다. 모처럼 가벼운 마음으로 달려가니 경치 좋기로 이름난 망양휴게소다. 벌써 이만큼이나 걸었나 싶으니 스스로 대견스럽다.

덕신휴게소를 지나면 곧바로 오른쪽으로 길을 잡아야 오산항으로 갈 수 있다. 오산鳥山의 지명이 흥미롭다. 마을 뒷산이 까마귀머리를 닮았다고 하여 오산이라 하고, 앞 냇가는 까마귀가 많이 서식한다고 하여 오천이라고 부른다. 아담한 오산항에서 신발에 들어간 모래를 턴다. 배낭을 벗고, 스마트폰도 내려놓는다. 시원한 봄바람, 따뜻한 햇볕에 나른해진다. 오산 2리 앞에서는 해변으로 내려선다. 모래사장에 엎어져 있는 조개껍데기가 예쁘다. 글씨도 써보고, 그림도 그려본다. 잠시 후면 밀물에 깨끗이 지워질 꿈이지만 쓰지 않는 것보다 나으리라 위안하면서 말이다. 오산3리를 지날 때쯤이다. 어쩐지 손이 허전하다.

'아차, 스마트폰!'

벌써 한참을 걸었던 터라 앞이 캄캄하다. 신용카드와 신분증, 숙박비까지 든 스마트폰을 바닥에 두고 왔다. 머릿속이 하얗게 변한다. 혼비백산한 마음을 달래며 숨이 달랑달랑하도록 달린다. 다행히 다리쉼을 했던 자리에 스마트폰이 그대로 있다. 고기잡이 나가는 어부, 나들이 나온 주민이 없었던 모양이다. 그렇지만 1km 넘게 손해 보았다.

복이 터졌다. 한없이 아름다운 바다를 가슴 가득 안으니 세상을 다 가진 것 같이 마음이 넉넉해진다. 호수같이 잔잔한 바다를 둔 진복2리는 "양쯔강 기슭에 있는 동정호와 비슷하다고 하여 동정"이라고 부른다. 해변이 예쁘고 바다의 풍경이 세상을 뒤덮을 만하다. 진복1리를 지나니 바닷가에 가느다란 바위가 섰다. 촛대바위다. 바위 꼭대기에 서 있는 소나무가 바람이 불 때마다 하늘거린다. 그 모습이 촛불이 흔들리는 모습을 닮았다고 하여 붙인 이름이다.

관동제일루 망양정

망양정 해맞이공원에 도착했다. 망양정은 왕피천이 동해와 만나는 둔산의 언덕 위에 세워져 있다. 한없이 넓고 푸른 바다의 물결을 한눈에 굽어볼 수 있는 곳이다. 1860년에 기성면 망양리 현종산 기슭에 있던 것을 현재의 위치로 옮겨 세웠다. 숙종은 망양정에서 바라보는 경치가 관동팔경 중에서도 으뜸가는 곳이라 하여 '關東第一樓관동제일루'라는 친필의 편액을 하사했다. 망양정의 절경을 노래한 시로는 숙종과 정조의 어제시御製詩가 있다. 글로는 가사 문학의 대가로 알려진 정철의 「관동별곡」 등이 전해져 온다.

붉은 자주색 꽃을 피웠거나 열매를 맺은 해당화가 망양정 앞 화단에 가득하다. 동해안이 아니면 만나기가 쉽지 않은 꽃이다. 빨간 열매는 먹음직스러워 시선을 끌기에 부족함이 없다. 거기다 세속에 찌든 오욕과 번뇌를 씻어주는 바닷바람이 있으니 관동팔경이 더욱 돋보인다. 왕피천이 흘러드는 망양해수욕장과 고래가 헤엄치는 듯한 바다는 가히 절경이다.

정철이 망양정에 올라 동해의 파도를 조망하며 멋진 시를 남겼다. 『관동별곡』의 〈망양정에서의 파도〉 일부분이다.

망양정에서의 파도

정철

하늘의 맨 끝을 끝내 보지 못하고 망양정에 오르니,
바다 밖은 하늘인데 하늘 밖은 무엇인가?
가뜩이나 성난 고래(파도)를 누가 놀라게 하기에,
불거니 뿜거니 어지럽게 구는 것인가?
은산을 깎아 온 세상에 흩뿌리는 듯
어월 드높은 하늘에 백설(물보라, 부서지는 파도)은 무슨 일
인가?

왕피천을 따라 오르면 수산교다. 계속해서 성류굴로를 따라
왕피천을 동무 삼아 오르면 근남면 수곡리에 조선 중기의 학자였던
남사고의 기념관과 유적지가 있다. 그는 『대학』의 〈격물치지〉에서
크게 깨달은 바 있어 호를 격암이라 지었다. 역학, 천문, 풍수, 관상,
복술 등에 통달하여 1575년(선조 8)의 동서분당이나 1592년에
일어날 임진왜란 등을 명종 말기에 이미 알아맞혔다. 평생 독서와
학문에 확고한 뜻을 세워 생활했고, 구차하게 재물을 구하지
않았다. 예언서인 『정감록』에 의하면 도참서인 『남사고 비결』과
『남격암십승지론』이 남사고의 것이라고 하나 실제 그가 저술한
것인지는 명확하게 밝혀지지 않았다. 특히, '십승지지^{十勝之地}'에서는
재난의 피신처인 열 곳의 땅을 구체적으로 알려주고 있으니 생각
만으로도 흥미롭다.

길흉화복은 사람이 이 세상에 태어날 때부터 하늘이 점지하여

망양정

준 것인지도 모른다. 그래서 돈 보따리를 들고 점집을 찾아 액운을 방지하고, 벼슬을 구하는 것이겠지만, 모두가 헛된 일이다. 뛰어난 풍수가요, 점술가인 남사고조차도 자신에게 일어날 비극은 알지 못했다. 민간에 구전되는 '구천십장九遷十葬'에 관한 이야기를 안다면 점이나 예언이 얼마나 헛된 것인지 알 수 있다. "점쟁이 자기 죽는 날 모른다"라는 속담이 꼭 들어맞는다.

"하루는 남사고가 달빛을 받으며 산길을 걷고 있었다. 아홉 마리의 용이 여의주를 놓고 다투는 '구룡쟁주九龍爭珠'의 명당이 눈에 들어왔다. 천하의 명당을 그냥 지나칠 수 없던 그는 벌써 아홉 번이나 이장을 마친 부친의 묘를 그 자리에 이장하기로 맘먹고, 밤새 이장을 했다.

날이 밝자 안개가 걷혔다. 새로 쓴 묫자리가 드러나는데 '구룡쟁주'의 형국이 아니라 '구사쟁와九蛇爭蛙'의 형국이었다. 즉, 아홉 마리 뱀이 개구리를 놓고 다투는 형국이라 명당이라 할 수 없는 자리였다. 자신의 눈을 의심하면서 다시 관찰하니 '구사쟁와'의 형국도 아닌 '구사괘수九蛇掛樹'의 형국이었다. 즉, 아홉 마리의 뱀이 나무에 걸려 죽는 불길하기 짝이 없는 형국이었다. 그래서 말을 돌리려는 순간, 타고 온 말이 발을 헛디디는 바람에 낙상하여 죽고 말았다. 사람들은 '남사고가 구천십장을 하고도 상복을 벗지 못한 채 죽었다'고 하였다."

보라! 하늘의 뜻이란 이와 같은 것이다. 주어진 운명을 탓하기 이전에 어떻게 사느냐가 더 중요하다. 복되게 사는 것과 화를 불러 일으키는 삶이 오로지 세 치 혀끝과 행동에 있다. 멋진 인생을 꿈꾸는 사람이거든 삶의 과정을 가볍게 여기지 않아야 한다.

승용차를 두고 온 '기성공용정류장'으로 되돌아가야 한다. 군내버스가 도착하려면 1시간을 넘게 기다려야 한다. 이제부터는 불구경도 물 구경도 아닌 길 멍을 때려야 할 차례다.

세상에. 이렇게 빠를 수 있나. 발이 부르트도록 걸었던 23.3km를 눈 몇 번 깜박한 사이에 데려다준다. 허탈하다.

역사는 흐른다

26코스 수산교 – 죽변항 입구

왕피천 설화를 아시나요?

왕피천은 61Km에 이르는 길고, 큰 하천이다. 해발 862.2m의
금장산 북서쪽 계곡에서 발원하여 기성망양해수욕장이 있는 동해로
흐른다. 눈부실 만큼 아름다운 계곡과 맑은 강물에는 1급수에만
서식한다고 알려진 버들치와 연어, 황어, 은어 등이 서식한다.

이렇게 평화로운 왕피천에도 가슴 아픈 사연이 서리서리 얽혀
있다. 그러니까 초기국가 시대의 이야기다.

왕피천

"지금의 삼척 땅에 실직국이라는 작은 나라가 있었다. 울진에는 파조국, 강릉 지역에는 예국이 서로 머리를 맞대고 있었다. 세 나라는 영토를 확장하기 위해 세력다툼이 끊이지 않았다. 어느 날, 실직국이 파조국을 함락시켰다. 실직국의 안일왕은 예국의 침략을 받아 피난을 떠나야 했다."

오늘날 안일왕이 피난 왔던 마을을 '왕피리', 마을 앞을 흐르는 하천은 '왕피천'이라고 부른다. 또 다른 이야기로는 935년경, 신라 경순왕의 아들 마의태자가 모후 손 씨와 하천을 넘어 피신을 왔다고 하여 왕피천이라 부른다는 이야기도 전해온다. 지금에 와서 진실을 안 듯 무엇 하겠는가. 옛사람은 떠났고, 왕피천은 여전히 흐르고 있을 뿐이다.

수산교를 건너면 '왕피천공원'이 윙크하며 반긴다. 몇 년 사이에 울진엑스포공원에서 이름표를 바꾸어 달았다. 망양정이 있는 해맞이공원까지 케이블카도 운행한다. 명품 소나무가 숲을 이루고 있으며, 노랑꽃을 피운 개나리가 병아리처럼 쫑알거리는 명소다. 미생물전시관, 안전 체험관, 아열대식물관, 야생화관찰원, 허브 체험관, 아쿠아리움 등 볼 거리, 즐길 거리가 많다. 어린이들의 산 교육장이 될 것이다.

공원이 끝나면 염전해수욕장이다. '친환경엑스포로'를 따르면 얼마 걷지 않아 멋진 '은어다리'가 보인다. 남대천을 따라 오르는 은어의 모습을 형상화한 것이다. 백 마디 말보다 조형물 하나가 훨씬 가슴을 울린다.

봄빛 완연한 연호

봄날의 연호공원은 분홍빛이다. 환한 웃음을 머금은 벚꽃이 완연한 봄날을 알리더니 개구리같이 팔딱팔딱 뛰어서 연못으로 달려든다. 물오른 버들은 연둣빛 더욱 곱다. 뿌연 물색을 보니 물속도 봄맞이에 정신을 빼앗긴 듯하다. 부지런한 잉어 녀석이 알 낳을 자리를 찾느라 연 줄기를 툭툭 치고 다닌다. 겨울잠에서 깨어나지 못한 침수 수초 주변을 어슬렁거리며 어서 일어나라 재촉한다.

봄 햇살이 폭포수같이 노랗게 쏟아진다. 나지막한 산언덕에는 진달래가 방긋 웃는다. 봄날을 노래하는 산새 소리 정겹고, 플레어 스커트 화사하게 차려입은 봄 처녀 사뿐사뿐 다가오는 듯하다. 무성한 연잎 사이로 화려한 자태의 꽃잎을 활짝 피우는 날, 사방 천만리가 꽃향기로 물들지 싶다. 그날이 기다려진다.

언덕 위에 자리 잡은 연호정에 앉는다. 연호의 둘레길을 따라 걸음을 옮기는 노부부의 모습이 아름답다. 온화한 자태, 부드러운 얼굴은 닮고 싶은 모습이다. 느릿한 걸음 뒤에는 치열하게 살아온 지난 세월이 있을 것이나 도란도란 나누는 이야기꽃이 전설로 남지 싶다.

그리운 바닷길은 '대나리항'을 품었다. 시퍼런 바닷물이 일으키는 하얀 물거품을 자그마한 몸으로 막아내는 항이다. '양정항'도 규모가 작기는 마찬가지다. 고깃배 서너 척이 전부다. 연지3리에 있는 버스 정류소에는 길손을 위한 작은 의자 하나 없다. 정류소를 알리는 표지판만 바닷가 철근콘크리트 옹벽에 박혀 있을 뿐이다. 그래도 표지판이 있어 버스가 다니고, 사람이 사는 마을임을 알 수 있다. 무심한 표지판에도 인정이 서려 있는 셈이다. 골장항에는 좌우를 감싸고 있는 방파제를 따라 배들이 꽤 많다. 솔숲 너머에는 봉평해수욕장이다. 저 멀리 죽변항이 보이는 것을 보니 26코스의 종점도 멀지 않다.

봉평신라비사적공원

왼쪽으로 꺾어 들면 울진 '봉평리신라비전시관'이다. 근방에 국보 242호로 지정된 '봉평리신라비'의 출토지도 있다. 300m만 가면 전시관이 있다고 하나 세 갈래 길 위에서 갈등한다. 빨리 코스를 마무리 짓고 싶은 마음과 국보급 유물이 있는 전시관 관람을 두고 싸우는 중이다.

아직 존재조차 들어보지 못한 유물, '봉평리신라비'를 보기 위해 전시관에 들어선다. 먼저 온 학생들이 진지하게 비를 살피고 있다. 선생님의 설명에 귀를 곤두세운다. 종이에 쓰고, 질문하기에 바쁘다. 미래는 과거의 바탕 위에서 새롭게 세워지는 것이니 온고지신溫故知新의 미덕이 학생들에게 달려 있다. 저들이 있어 우리의 앞날을 환하게 밝혀줄 것이다. 내가 중·고등학교에 다닐 때는 삼국의 역사를 등한히 했던 것 같다. 국가의 이념을 백성의 안전과 행복에 두었으되 현실에서는 양반과 평민, 천민으로 신분을 나누고 피지배계급을 지배계급의 채찍 밑에 두고자 했던 조선이라는 나라를 더 중요시했다. 통치를 위해서라면 수단과 방법을 가리지 않은 못난 정치인 탓이지 싶다.

전시관 앞에는 조그만 비석거리가 있다. 울진지역 여러 곳에

연호공원

봉평 신라비 비석거리

봉평리 신라비

흩어져 있던 비들을 모아 비석거리를 조성한 것이다. 조선 시대의 강원도 관찰사와 평해 군수, 울진 현령 등을 지낸 지방관들의 공덕을 칭송하는 선정비, 불망비, 다수의 송덕비가 그것이다. 늘어선 비를 보면서 생각한다. 백성들이 자발적으로 세운 선정비는 과연 몇이나 될까. 목민관의 은혜에 감읍하여 눈물로 보답한 송덕비고, 불망비라면 얼마나 좋을까. 밤새도록 덩실덩실 춤을 춰도 모자랄 것이나 권력을 휘두른 관리치고 백성을 사랑한 사람이 드물었다. 암행어사가 밤낮을 가리지 않고 전국 팔도를 누비고 다녀도 탐관오리 한 명을 처단키 어려웠으니 백성들이 원치 않는 불망비요, 선정비일 수도 있음이다. 윗사람의 기분을 맞추기 위한 것, 지방 관아의 육방에 딸린 이속吏屬들이 세운 비라면 차라리 세우지 않는 것이 옳았다. 그것이 자신과 상관을 욕되지 않게 하는 것이다. 맑은 물에 눈을 씻고, 귀를 씻는 것이 옳은 행동이지 싶다.

'비석공원'에는 국보와 보물급에 해당하는 비석들을 실물 크기와 모양으로 만들어 전시한다. 대부분 탁본을 떠서 모형으로 제작한 것이지만 비에 새겨진 글자 하나하나마다 제국의 흥망성쇠가 담겨 있다. 마음이 숙연해진다.

봉평마을 골목길을 따라 울진북로를 따르면 어느새 죽변중앙로로 바뀐다. 죽변운동장과 죽변항으로 가는 삼거리가 종착지다. '죽변시외버스정류장' 길바닥에 털썩 주저앉는다. 사과를 한입 베어 무니 26코스의 하루가 저문다.

바다 내음, 생선비린내도
향수와 같아서

 27코스 죽변항 입구 – 부구터미널

죽변항은 어항으로서의 규모가 어마어마하다. 이리저리 바다로 뻗어나간 방파제만 해도 여럿이다. 만선을 기원하는 어선은 숫자를 헤아리지 못할 만큼 많다. 수산물시장에는 대게와 생선회를 파는 가게가 꼬리를 물었다. 갓 잡은 물고기를 손질하는 아낙의 손길이 바쁘다. 옆을 돌아볼 여유가 없는지 눈길도 주지 않고 대화를 나눈다. 상자마다 가득 찬 새우와 멸치는 어항에서나 만날 수 있는 풍요로운 결실이다.

비릿한 어시장에 서면 짭짜름한 바다 내음이 마음을 흔든다. 바닷물이 튀어도 개의치 않는다. 괜스레 만져보고 싶은 충동이 인다. 비릿한 생선 냄새가 향수와 같아서다. 그러다 보니 자연스럽게 아버지로부터 낚시를 배웠고, 유일한 취미가 되었다. 생선을 다듬는 일은 언제나 내 몫이다. 다른 사람이 장만하지 않을 것인데도 괜히 몸이 단 내가 먼저 나선다. 비늘을 긁거나 내장을 끄집어낼 때도 징그럽다는 생각이 들지 않는다. 어부가 되어야 하는 팔자였는지도 모른다.

죽변 해안 스카이 레일

죽변 등대 공원

드라마 〈폭풍 속으로〉 세트장

죽변중앙로 끝에서 산책로를 따르면 '죽변등대공원'으로 오를 수 있다. 등대는 밤낮이 없고, 사계절을 구분하지 않는다. 밤하늘에 은가루가 가득히 휘날리는 날에도, 거센 폭풍우가 휘몰아치는 날도 번쩍이는 눈빛으로 바다를 응시한다. 동지섣달 기나긴 밤조차 홀로 지새우며 생명의 빛을 나눈다. 8개나 되는 스피커 무리는 바다를 향해 섰다. 안개가 짙게 낀 날이면 소리로 위험을 알려준다. 가슴에 활활 타오르는 뜨거운 열정이 없다면 불가능한 일이다. 그러니 누가 감히 등대를 마음이 없다고 하겠는가. 자신이 맡은 일을 묵묵히 하고 있으나 미처 깨닫지 못할 뿐이다.

삶이 영원하지 않듯이 결국에는 등대도 사라지고 말 것이다. 유지비와 현대의 전자 항해 보조 기구의 등장이라는 구실로 말이다. 그것이 운명이요, 피할 수 없는 숙명이다.

말쑥하게 조성된 청사 정원을 지나면 등대길 옆에 조성된 독도 조형물을 볼 수 있다. 대풍헌 앞에서 보았던 조형물과는 또 다른 느낌이다. SBS 특별기획드라마 《폭풍 속으로》 세트장이 등대에서 멀지 않다. 빨간 지붕의 양옥이 바닷가 절벽 위에 섰다. 동화 속의 이야기 같은 풍경이다.

죽변8길로 들어서서는 한적한 들길을 걷는다. 길 양옆에는 겨울을 이긴 온갖 식물들이 녹색 잎을 키워간다. 봄볕을 쐬고, 맑은 물과 청정한 공기를 마신다. 자연의 변화를 누구보다 잘 알고 있기에 농부의 발걸음 소리를 듣지 않아도 튼실한 씨앗을 맺고, 싱싱한 잎사귀를 키워가기 위해 부지런히 힘쓴다. 걸음을 더할수록 목적지가 가까워지듯 식물도 시간의 흐름을 꿰뚫고 있다.

울진북로에는 갓길이 없다. 대형트럭이 지날 때마다 걷기를 멈추어야 하는 위험한 길이다. 한참을 걷다 보니 길 건너편에 옥계서원 유허비각이 보인다. 외진 곳에 있어 찾는 사람이 많지 않은 듯하다. 비각은 관리가 잘되고 있는지 허물어진 곳이 없다. 정면 2칸, 측면 1칸 규모로 맞배지붕이다. 비석은 장방형의 받침돌에 비신, 지붕돌을 올린 가첨석비加檐石碑 형태다. 비의 앞면 상부에는 '옥계서원유허비'라고 새겨져 있다.

비가 선 이유는 1740년(영조 16), 울진읍 옥계동에 우암 송시열을 받드는 사당이 만들어진 것에서 비롯된다. 1829년(순조 29)에 옥계서원으로 승격되자 이를 기념하기 위해 비를 세웠다. 내가 보고 있는 비가 바로 그것이다. 그러나 흥선대원군은 영의정 김병학과 야합하여 서원의 비행과 불법, 면세와 면천으로 조정에 부담을 준다는 구실로 일제히 정비한다. 옥계서원도 1868년(고종 5)에 철거되고 만다.

같은 이름을 가진 옥계서원은 두 곳이나 더 있다. 전라남도 순천에는 노송정 정지년 등의 위패를 모시고 제사 지내는 옥계서원이 있고, 경상남도 합천에는 율곡 이이를 추모하기 위해 창건한 옥계서원이 있다.

신화1리를 지나면 한국수력원자력 한울원자력본부가 나온다. 부구천을 가로지르는 부구교를 지나면 27코스의 종착지이자 28코스의 시작점인 부구삼거리다. 부구천 둑길에 봄빛이 완연하다. 찬란한 봄은 마음에서 시작된다.

사람의 입은 쇠도 녹인다고 했으니

목민관의 삶

 28코스 부구터미널 – 호산버스터미널

아이야, 무릉이 어드메뇨

　'부구해변'에 복사꽃이 피었다. 분홍과 발그스레한 색채가 뭇 사내들의 가슴을 두근거리게 만드는 요염함이 서렸다. 복사꽃을 이야기할 때면 안평대군이 꿈속에서 보았다는 도원경과 그 정경을 고스란히 그려냈다는 안견의 「몽유도원도」를 떠올리게 된다. 진나라에 살던 어부가 복숭아꽃이 아름답게 피어난 숲에서 물길을 따라 오르다가 무릉도원을 만났다는 도연명의 『도화원기』도 빼놓을 수 없다.

부구 해변

"진晉나라 무릉武陵 사람이 고기잡이로 생계를 잇고 있었다. 그는 계곡을 따라 올라가다가 그만 길을 잃고 말았다. 갑자기 복숭아 꽃밭을 만났다. 양쪽의 수백 보 사이에는 다른 나무가 섞여 있지 않았다. 꽃과 같은 풀이 신선하고 예쁘게 자라 있고, 떨어지는 꽃잎이 어지럽게 날리고 있었다. 어부는 아주 이상하게 생각하고는 숲이 끝나는 곳까지 갔다.

그곳에는 샘물이 있었고, 문득 산이 나타났다. 산에는 조그만 동굴이 있는데, 빛이 새어 나오는 듯했다. 어부는 곧 배를 버리고 입구로 들어갔다. 처음은 겨우 한 사람이 통과할 수 있을 정도로 협소했다. 다시 수십 보를 걸으니, 환하게 열리며 앞이 확 트였다. 땅은 평평하고 넓었으며 집들도 반듯했다. 기름진 땅, 아름다운 연못, 뽕나무, 대나무 등이 있었다. 논, 밭두렁은 사방으로 연결되어 있고, 개와 닭 울음소리가 서로 들렸다. 그 사이를 오가며 농사를 짓는 남녀의 복장은 바깥사람과 똑같았다."

-하략-

조각칼로 산과 계곡을 빚은 듯한 바위가 바닷물에 몸을 씻고 있다. 푸른 물결이 몰려와 하얗게 부서지며 찬란한 봄날을 노래한다.

목민관의 삶

나곡리에서 갈령재로 올라가는 울진북로에는 '관찰사이공보혁휼민유애비觀察使李公普赫恤民遺愛碑'가 있다. 이재민을 구제한 공덕을 기리기 위하여 1734년(영조 10)에 세워진 비석이다. 공의 나라 사랑과 백성을 긍휼히 여기는 마음을 느껴보고자 언덕을 오르니 밭주인이 사용하는 듯한 커다란 고무통이 비를 가리고 있다. 무성한 풀은 찾는 사람, 보살피는 사람 없는 현실을 그대로 보여준다. 6·25 한국전쟁 때 총탄을 맞아 흉하게 변했다는 이웃 노인의 증언이 아니더라도 글자를 알아보기 쉽지 않다. 곳곳을 시멘트로 메꾸었으나 볼품없는 모양새가 말이 아니다.

이보혁은 조선 시대의 문신이다. 과거에 급제하지 못했으나 조상을 잘 둔 덕분에 벼슬을 얻었다. 세칭 금수저라는 말이다. 그는 크나큰 권세를 업고 여러 요직을 두루 거친 후, 1731년(영조 7)에 강원도 관찰사가 되었다. 하루는 마을을 시찰했다. 저녁때가 되었건만 굴뚝에서 연기가 피어오르지 않았다. 사방을 둘러봐도 마찬가지라 괴이하게 여겼다. 다음날, 사람을 불러 그 까닭을 물었다.

"바닷가에 자리 잡은 마을이라 농사지을 논밭이 부족합니다. 곡식이 모자라 주린 배를 움켜잡고 일찍 잠자리에 들어야 배고픔을 잊을 수 있습니다. 또, 동해는 넓고 깊은 바다라 날씨가 조금만 험악하게 변해도 고기잡이를 나갈 수 없습니다. 그러니 백성들이 저녁을 먹지 못하는 것을 당연하게 여깁니다.' 하고 아뢰는 것이 아닌가. 관찰사는 백성들을 불쌍히 여겨 이 사실을 조정에 알렸다. 공☆도 백성들이 밥을 굶지 않도록 노력을 아끼지 않았다."

누구를 막론하고 완벽한 사람은 없다. 이보혁도 보통 사람인지라 공과 과를 함께 지니고 있다. 1725년(영조 1) 평양 부윤으로 재직 중 부정 혐의로 관직을 잃은 적이 있고, 1738년(영조 14)에는 시시비비를 가리지 않고 형벌을 가한 죄로 '공홍도관찰사'에서 파직되기도 했다.

이보혁 휼민 유애비

돌미역 안내판

그러나 1740년(영조 16), 풍덕 부사가 되어서는 군대에서 쓸 곡식의 양이 분수에 맞지 않다며 폐단을 시정했다.

　목민관의 마땅한 소임은 백성이 배곯지 않게 하는 것이다. '휼민 유애비'가 선 이유도 여기에 있다. 그런데 관리가 소홀한 이유를 듣는 내내 기가 막힌다. 선정비나 불망비, 유애비 등은 전국에 너무 많이 흩어져 있어 국가는 물론이고 지방자치단체에서 일일이 관리하지 않는단다. 기막힌 행정이다. 백성을 어여삐 여기는 마음보다 더 귀한 것이 어디에 있단 말인가. 당장 나에게 물질적 이득이 없고, 전국에 산재해 있다는 이유만으로 백성을 사랑하는 마음이 담긴 비를 있는 듯 없는 듯이 방치해서야 되겠는가. 후손의 도리를 다하지 않는 것이기도 하지만, 사람이 마땅히 행하여야 할 바른길을 외면하는 것이라 할 수 있다.

이상한 것은 누가 비를 세웠는지에 대한 기록이 없다. 당시 삼척 지방의 백성들이 세웠더라면 대표자나 서리, 향리의 이름이 있었을 터인데 말이다. 명인들에 관한 전기에도 수록되지 않은 인물이라고 하니 더 많은 연구가 필요하지 싶다.

쓸쓸한 수로부인길

왕에게 진상품으로 올렸다는 돌미역의 고장 '고포항'으로 가기 위해서는 좁은 골짜기를 따라 고포월천길을 걸어야 한다. 제법 급하게 기울어진 길 끝에는 뜻밖에 반듯한 집들이 줄지어 반긴다. 해변은 넓지 않다. 1968년 10월 30일부터 11월 2일까지 120명의 무장 공비가 침투한 곳이라 튼튼한 철책으로 가로막아 놓

울진 북로에서 바라본 도화동산

왔다. 방비를 위한 것이라고는 하나 살짝 긴장된다. 이곳 고포의 특산품이라면 단연 돌미역이다. 동해안의 차가운 한류를 견디며 한겨울을 지낸 까닭에 잎의 주름 수가 많다. 5월부터 6월까지가 제철이다. 이 무렵 생산된 미역을 최상품으로 친다.

내려온 길과는 다른 고포월천길을 따라 삼척로로 향한다. 가파른 산길로 오르면 삼척 수로부인길 표지판과 만난다. 수로부인길에는 사람의 왕래가 드문 듯 지나다닌 흔적이 거의 없다. 잘 만들어진 임도가 끝나면 사람 하나가 간신히 걸을 수 있는 좁다란 산길로 접어든다. 산야초가 길을 가렸고, 키를 넘는 녀석은 발걸음을 옮길 때마다 얼굴을 친다. 산이 움푹 파여 그늘진 곳과 산사태로 인해 으슥해진 길에서는 무섬증이 인다. 드문드문 서 있는 키 작은 나무와 억새가 가득한 것을 보니 언젠가 화마가 휩쓸고 지나간 것 같다. 건너편 산골짝에는 산 벗이 피어 바둑판의 흰 돌같이 하얗게 빛난다. 초목들은 연둣빛을 녹색 옷으로 바꾸어 입느라 분주하다. 높은 산이 없는 탓에 올망졸망한 봉우리가 도토리 키 재듯 하는 모습이 우습다.

드디어 월천리다. 삼척로로 따라 가곡천을 건너니 호산삼거리다. 해망산 자락을 돌아서니 호산버스정류장이 보인다. 28코스 종착지다.

봄바람의 시샘 속에서 만난 수로부인

 29코스 호산버스터미널 – 용화레일바이크역

걷는 방향을 거꾸로 잡는다. 호산버스정류장에서 용화레일 바이크역으로 걷는 것이 순방향이나 오전에 검봉산 자락을 넘기로 한다.

검봉산 자락에서 만난 길손

아침목골로 들어선다. 산등성이를 따라 예쁜 집들이 옹기종기 모였다. 길옆에는 알록달록 피어난 키 작은 꽃들이 봄바람에 몸을 흔든다. 담장을 따라 핀 노란 개나리의 재잘거림이 소란스럽다. 간사스러운 봄바람이 문제다. 따뜻한 바람이 부는가 싶더니 어느새 얼음공주가 되어 얼굴을 할퀸다. 심술은 마귀할멈을 닮았다. 그나마 뒤에서 밀어주는 바람이 불 때면 걷기가 한결 수월하다. 이마에 흐른 땀도 걷어간다. 맞바람을 맞을 때는 고역이다. 먼지가 뿌옇게 이는 바람에 눈뜨기 곤란하다. 몹시 힘들고, 속도도 나지 않는다. 한참을 걸었다 싶은데도 뒤돌아보면 거기서 거기다. 금방 좋다가도 미워지는 바람이다. 여자의 마음같이 변덕이 심한 봄바람이라고 하더니만 꼭 들어맞는다.

"반갑습니다."

고개를 넘어오는 길손과 마주친다. 나와 연배쯤 되어 보이는 여성인데 그녀도 해파랑길을 걷고 있단다. 보통 때 같으면 무심히 지나쳤을 사람이지만 같은 길을 걷는다는 사실 하나만으로 반갑게 인사한다. 그녀의 이야기는 물오른 꽃잎처럼 싱그럽게 피어난다. 방방곡곡 이름난 산은 다 올랐다며 자랑이다. 내가 사는 지방의 지맥까지도 환히 꿰고 있다. 잠시의 만남에도 서로의 안전을 기원하며 헤어질 수 있다는 사실이 놀랍다. 잊고 살았던 감정이다.

이별의 아쉬움 때문인지 임원리 골짜기가 더욱 적막하다. 검봉산 자락의 풀들은 도무지 기지개를 켤 줄 모른다. "연못가의 봄풀이 채 꿈도 깨기 전에, 계단 앞 오동나무 잎이 가을을 알린다."라는 옛 시구절도 있건만 향기로운 꽃도 피워보지 못하고, 찬 이슬에 시들까 싶어 조바심이 인다. 산 언덕배기에는 마음 바쁜 진달래가 분홍빛 꽃을 피웠다. 숨죽여 흐르는 좁은 개울에는 봄버들이 아기처럼 예쁜 연둣빛을 발한다. 앙상한 가지에서 어린 순을 피워내는 빛이라서 더욱 고운 것이리라.

임원천 맑은 물이 바다로 들기 전에 임원초등학교와 만난다. 녹색, 빨강, 주황, 노랑, 연두, 파랑 등 색색으로 치장한 교사校舍가 예쁘다. 담장을 따라 서 있는 고목들은 유구한 역사를 말해준다. 내가 초등학교에 다닐 때만 하더라도 이 세상에서 가장 큰 건물이 학교인 줄 알았다. 잔디는 고사하고 돌멩이가 널려 있는 운동장도 개의치 않았다. 피딱지가 두껍게 앉은 무릎에서 피고름이 삐죽삐죽 새어

나와도 뛰고 또 뛰었다. 마음이 훌쩍 커버린 지금도 그리운 생각이 아지랑이처럼 피어나는 곳이다.

수로부인과 헌화가

임원항으로 들어서면 남화산 자락에 수로부인헌화공원이 말끔하게 조성되어 있다. 수로부인! 그녀를 말할 것 같으면 작자 미상의 가요 「해가」와 4구체 향가인 「헌화가」의 주인공이다. 신라의 귀족인 순정공 부인이다. 깊은 산이나 연못을 지날 때면 번번이 신물神物에게 붙잡혀 갔을 정도로 천하일색이었다고 하니 동서양을 막론하고 그 어떤 여인도 수로부인과는 견줄 수 없다.

수로 부인

신라 성덕왕 때의 이야기다. 순정공이 명주(강릉) 태수로 부임할 때 수로부인도 동행했다. 때가 되자 바닷가에서 점심을 먹었다. 마침, 그 곁에 바위 봉우리가 병풍처럼 둘러서서 바다를 굽어보고 있고, 천 길이나 되는 바위 위에 철쭉꽃이 활짝 피어 있다. 수로가 그것을 보고 주변에 있는 사람들에게

수로 부인 남편 순정공

물었다.

"누가 저 꽃을 꺾어다 주겠소?"

그러자

"그곳은 너무 높아 사람의 발길이 닿기 어려운 곳입니다."

모두가 겸연쩍게 대답하고는 뒤로 물러앉았다. 서로 눈만 껌벅이며 바라볼 뿐이었다. 이때 한 늙은이가 암소를 끌며 그 곁을 지나가다가 부인의 말을 듣게 되었다. 수로가 원하던 철쭉꽃은 물론이고 「헌화가」까지 함께 지어 바쳤다.

헌화가
작자 미상

붉은 바위 끝에
암소 잡은 손을 놓게 하시고
나를 부끄러워하지 아니하시면
꽃을 꺾어 바치오리다

구애의 노래를 닮은 「헌화가」는 중학교 국어 시간에 배운 것이다. 성에 무지했던 탓에 남녀 간의 오묘하고, 미묘한 감정을 알아채지 못한 시절이다. 이야기 속에 등장하는 늙은이는 길을 걷던 농부로만 짐작했다. 귀부인이 꽃을 갖고 싶어 하니 모르는 체할 수 없어 절벽에 오른 것이라 여겼다. 그런데 선생님께서는 시 속에 등장하는 노인을 일컫기를 불교에서의 선승이나 도교에서의 신선, 무속적인 신격 등 어려운 대상으로 대치하여 말씀하셨다. '아무도 오를 수 없는 절벽을 타고 올랐으니 사람이 아닐 것이다'라는 전제하에서다.

문학이나 역사 지식이 없는 나로서는 이해할 수 없는 이야기였다. 수로부인이 얼마나 아름다운 여인이기에 모두가 오를 수 없다고 뒷걸음질 쳤던 그 천 길 낭떠러지 위를 노인의 몸으로 올랐단 말인가? 꽃을 꺾어 바쳤을까? 하는 생각뿐이었다. 만약, 선생님의 말씀처럼 늙은이가 신비로운 인물이었다면 수로부인의 미모는 젊은이나 신물은 물론이고, 늙은이의 마음까지도 움직일 수 있었다는 증거가 된다. 꽃을 꺾어 바치는 행위는 사랑을 구하는 '세레나데'라고 보면 아름다운 여인이라면 처녀건 유부녀건 가리지 않고 자기 것으로 만들고 싶어 하는 남성이나 권력자의 마음을 겉으로 드러낸 것은 아니었을까 싶다. 늙은이가 꽃을 꺾어 바칠 때 순정공은 무엇을 하고 있었으며, 그 마음은 어떠했을까. 얼굴에 흐뭇한 미소를 지으며 바라보고 있지는 않았을 것 같다.

명재상 황희의 두 얼굴

비화항과 노곡항으로 가는 삼거리마다 벚꽃이 흐드러지게 피었다. 오는 봄, 가는 봄이 한 곳에 있으니 반가움과 아쉬운 마음도 한 곳에 머문다. 이번에는 바다가 보이는 산길이다. 그렇다고 노래를 흥얼거릴 수 있는 호젓한 오솔길은 아니다. 걷기에 편안한 아스팔트 도로이면서 외로운 길이다. 옥원리에서는 소공대비를 만나기 위해 코스를 벗어난다. 중간에 해파랑길 코스를 조정하면서 제외된 곳이다.

수릉삼거리에서 옥원노곡길을 따른다. '소공령생태체험마을'

소공대 비각

입구에 서 있는 해파랑길 표지판이 알려주는 짐승골로 들어서니 임도다. 처음에는 차량도 쉽게 드나들 수 있을 만큼 넓은 포장도로이더니 얼마 지나지 않아 자갈길이다. 깊은 계곡으로 드는 것 같아 으스스한 기분이 든다. 꼬불꼬불한 길은 좁고, 끝을 짐작하기 어렵다. 등줄기에서 땀이 흐르고, 발바닥이 화끈거릴 때쯤에서야 소공대 비각이 있는 곳에 도착한다. 임원항과 수로부인헌화공원이 훤히 내려다보이는 양지바른 산언덕이다.

소공대비는 강원도 관찰사를 지낸 황희의 선정을 기리기 위해 삼척지방의 백성들이 세운 것이다. 강원도 문화재자료 제107호다. 비가 세워진 이야기는 다음과 같다.

"1423년(세종 5년), 삼척 일대에 대흉년이 들어 백성들이 굶주림에 고통받았다. 관찰사가 있었으나 빈민구휼에 힘쓰기보다 비행이 심해 좀처럼 어려움에서 벗어나지 못하는 형편이었다. 이에 조정에서는 황희를 강원도 관찰사로 파견했다. 황희는 조정의 뜻을 받들고, 자신의 뛰어난 능력을 발휘하여 백성들을 정성껏 구호했다.

마침내 굶주림에서 벗어나자 감동한 백성들이 황희의 은혜를 잊지 않고, 고마운 마음을 길이 후세에 전하고자 황희가 자주 쉬어가던 와현 고개에 돌을 모아 단을 쌓았다. 중국의 소공과 같은 은인이라 하여 '소공대'라 이름 짓고 그의 공적을 기렸다."

백성을 위해서라면 누구보다 앞장서 일한 황희를 존경하지 않을 수 없다. 조선 시대의 청백리로 이름 높고, 18년간 영의정으로 재직하면서 농사 개량, 예법 개정, 천첩 소생의 천역 면제 등 많은 업적을 남겼다는 황희의 소공대비를 직접 눈으로 보니 가슴이 벅차다. 그런데 감격에 겨운 것도 잠시뿐이다. 여태까지 학교에서 배웠던 황희에 대한 진실이 왜곡된 바가 크다는 사실을 알았기 때문이다. 출중한 능력을 발휘한 재상으로서의 황희만 두드러지게 드러냈지, 그렇게 중시했던 조선의 도덕과 윤리는 온데간데없다. 인간 황희에 대한 평가에 소홀했거나 일부러 누락시킨 것이 많다는 말이다.

작가 김준태는 그의 저서 『조선 명재상을 통해 본 이인자 경영학』에서 황희의 탁월한 국정운영 능력과 더불어 처신을 바르게 하지 못한 면도 함께 이야기한다. 그의 인품이나 능력을 깎아내리고자 하는 것이 아니라 진실을 바로 알자는 뜻이다. 일부를 요약하여 옮기면 다음과 같다.

"『조선왕조실록』의 영의정 부사 황희 줄기에 의하면 성품이 지나치게 관대해 집안을 바로 다스림에 단점이 있었으며 청렴결백한 지조가 모자라서 비판받았다. 박포의 아내가 종과 간통했는데 우두머리 종이 그 사실을 알게 되었다. 그러자 박포의 아내는 우두머리 종을 살해하고 황희의 집에 숨어들었다. 황희가 박포의 아내를 강간하여 탄핵받았다. 인사에 있어 친한 사람을 추천하여 공정하지 못했고, 돈이나 재물을 받고 벼슬을 팔거나 형옥을 팔아 뇌물을 챙겨 비난받았다. 사위인 서달이 고을 아전을 때려죽인 사건이 벌어지자 사건을 덮어달라고 고을 수령에게 청탁했다가 투옥된 사실도 있다. 목장 관리 책임자 태석균의 죄를 가볍게 해주려고 형조에게 부탁하다 청탁한다고 하여 대간의 탄핵을 받아 파면되기도 했다. 영의정으로 임명되기 몇 달 전, 교하 현감에게 관의 소유인 둔전을 달라고 해 망신당한 일도 있었다. 서자 황중생은 세자궁의 재물을 훔치다 발각되었고, 적자 황보신 또한 재물을 착복한 것이 드러나 처벌받았다."

　　위와 같은 사건 외에도 크고 작은 잘못이 더 있다. 설사 그렇다고 하더라도 조선 최고의 명재상으로 이름 날린 황희를 시골 서생인 내가 감히 비난할 처지가 되지 못한다. 분명한 것은 그도 오늘날과 같은 고위공직자에 대한 인사청문회에 나갔다면 능력을 발휘하기도 전에 거센 비난을 받고 물러났을 것이 분명하다. 이러한 황희였지만 태조부터 문종에 이르기까지 다섯 임금의 총애를 한 몸에 받았다. 그 덕분에 자기 능력을 유감없이 발휘할 수 있었다. 왕실의 권위를 위해서는 도덕과 윤리를 내세워 백성을 억압했지만,

치적을 위해서라면 흠이 많은 사람일지라도 요직에 중용하여 통치의 수단으로 삼은 까닭이다.

일인지하 만인지상의 자리에 있었으나 최종 결재권자가 아님을 간파한 황희는 자신의 주장을 강하게 내세우지 않았다. 임금이 원하는 바를 살피고, 중신들의 생각이나 의지를 모으되 어느 한쪽으로 치우치지 않도록 국정을 운영한 것으로 보인다. 최고는 아닐지라도 모두가 납득할 수 있는 최상의 결과를 만들도록 노력한 것이다. 조선 최고의 재상으로 후세에 이름을 남길 수 있는 이유지 싶다. 황희가 어떠한 사람인지는 전해오는 일화를 보면 고개가 끄덕여진다.

"여종 둘이 다투었다. 황희에게 와서 싸운 일을 고하자 '네 말이 옳다'고 했다. 조금 후에 다른 종이 와서 고하자 역시 '네 말이 옳다'고 하며 돌려보냈다. 황희의 조카가 옆에서 듣고 있다가 황희의 판결이 부당하다며 항의하자 '네 말도 옳다'고 했다."

부하로서는 자기의 뜻을 펼칠 수 있는 최고의 임금을 만난 덕분이고, 임금은 자신의 치적을 세상에 드러내는데 가장 적합한 부하를 만났으니 찰떡궁합인 셈이다.

호산버스정류장에서 스탬프 도장을 찍는다. 멀리 검봉산이 가슴으로 훅 다가온다.

온주익의 영웅, 황영조

 30코스 용화레일바이크역 – 궁촌레일바이크역

추적추적 봄비가 내린다. 삼척로에 연분홍 벚꽃이 바람에 흩날린다. 이 빗속을 어떻게 걸어야 할지 걱정이다.

황영조기념관 가는 길

용화 골목길로 발걸음을 옮길 참이다. 배낭이 젖지 않도록 우의를 입는다. 우산도 펼친다. 지도를 보며 걸어야 하는 까닭에 스마트폰도 손에서 놓을 수 없다. 안전을 위해 경광봉까지 든다. 양팔이

용화 골목길

얼얼하다.

안경에 빗방울이 맺히더니 볼록거울로 변한다. 사물이 흐리게 보이고, 들쭉날쭉하다. 뺨을 타고 흘러내린 빗물은 턱에서 낙숫물 되어 떨어진다. 목덜미로 타고 내린 빗물이 옷 속으로 파고들 때마다 깜짝깜짝 놀란다. 이래저래 고생스러운 하루가 될 것 같다. 마을 길이 끝난다. 삼척로를 향해 오르는 언덕길이 몹시 미끄럽다. 중간에 끊어진 곳도 있다. 며칠 전에 내린 폭우 탓이다. 부분적이나마 보수를 마친 것 같으나 발을 잘못 디디는 순간, 낭패를 당할 수 있다. 당장이라도 발걸음을 돌리는 것이 상책일 것 같으나 걸은 걸음이 아까워 조심조심 오른다.

뒤돌아본 용화해변이 심상찮다. 포악한 점령군인 듯한 파도가 쉴 새 없이 백사장을 덮친다. 속살을 헤집고, 때리기를 반복한다. 바위조차 가만히 두지 않을 기세다. 바라보는 것만으로도 호흡이 가빠지고, 숨을 쉬지 못할 지경이다.

황영조기념공원이 1.3km 앞이다. 하염없이 내리는 빗줄기를 세면서 걷는 걸음이 처량하다. 연둣빛을 더해가는 잎사귀는 날씨와 어울리지 않는 모습으로 봄날을 맞고 있다. 비에 젖은 꽃잎은 흙 부스러기를 온몸에 두른 채 이리저리 바람에 밀려다닌다. 풋풋한 봄날의 또 다른 모습이 어쩌면 힘겨운 인생의 여정과도 닮았다.

구슬 닮은 물방울이 나뭇가지마다 송알송알 맺혔다. 보석같이 빛나는 모습이 신기하다. 맑고 투명한 물방울이 크리스마스트리에서 빛나는 작은 등불처럼 영롱하게 빛난다. 삶도 이처럼 맑고, 깨끗했으면 좋겠다.

용화 해수욕장

황영조 기념공원

황영조 기념관

몬주익의 영웅, 황영조

황영조기념공원에 서서 인간의 한계를 극복한 '몬주익의 영웅' 황영조를 생각한다. 그는 제25회 바르셀로나 올림픽에서 영광스러운 월계관을 썼다. 1936년, 베이징올림픽에서 손기정 선수가 금메달을 목에 건지 56년 만이다. 4년 뒤, 1996년 애틀랜타 올림픽에서는 이봉주가 은메달을 목에 걸었다.

"1992년 8월 9일, '마의 코스'로 불리는 몬주익 언덕 40Km 지점까지 일본의 모리시타 선수와 한 치의 양보 없는 치열한 접전을 벌인다. 황영조는 막판에 전속력을 내어 모리시타를 따돌린다. 선두로 주 경기장에 들어서자 7만 관중은 기립박수로 그를 맞는다. 태극기를 가슴에 단 황영조는 두 손을 번쩍 치켜들며 관중들의 환호에 답한다."

외롭고 힘겨운 자기와의 싸움, 인간한계에 도전하는 마라톤은 1896년 제1회 올림픽부터 정식 종목으로 채택되었다. 가슴 벅찬 그 날의 감격은 기원전 490년 전에서부터 시작된다.

"페르시아 제국의 다리우스 황제는 그리스의 도시국가인 아테네와 스파르타에 사신을 보내 무조건 항복할 것을 요구한다. 그리스는 페르시아의 항복 요구를 거부하고, 사신을 죽여버린다.

다리우스 황제는 조카인 장군 다티스와 아르타페르네스를 총사령관으로 임명하여 아테네와 스파르타 정벌에 나선다. 이때 동원된 원정군의 병력 규모는 육군과 수군을 포함하여 5만여 명에 달했으니 당시로서는 실로 어마어마한 규모다. 원정군은 그리스 본토 아티카주의 동쪽 해안에 상륙한다. 페르시아 대군의 침입 소식이 전해지자 아테네는 다급해진다. 당시의 병력으로서는 엄청난 원정군을 당해낼 재간이 없다.

아테네는 스파르타에 즉시 원군을 파병해 주도록 요청한다. 당시 올림피아 경기의 달리기 선수였던 필리피데스를 사자로 임명하여 스파르타에 보낸다. 그러나 사자로 간 필리피데스가 가지고 온 회신은 아테네를 절망하게 만든다. 지원은 하겠지만, 종교축제 기간이기 때문에 2주간 지체된다는 것이다.

국가의 앞날이 풍전등화와 같은 절체절명의 위기를 맞은 아테네는 지략이 뛰어난 용장 밀티아데스 장군을 지휘관으로 삼고, 1만 명의 기갑병으로 페르시아 원정군을 막아내도록 한다. 양군은 마라톤 평원에서 대치한다. 이때, 밀티아데스 장군은 교묘한 전술로 페르시아군을 협곡으로 유인하여 괴멸시킨다. 이 기쁜 승전보를 스파르타에 전하기 위해 필리피데스는 또다시 사신으로 임명돼 마라톤 평원에서 약 42Km의 거리를 단숨에 달린다. '아테네군이 승리했다.' 이 한마디를 전하고 수만의 아테네 시민에 둘러싸인 가운데 숨을 거둔다."

오늘날의 마라톤은 전쟁이 낳은 산물이다. 아직도 우승의 감격스러운 기억이 남았던 터라 공원 곳곳에서 그의 발자취를 더듬는다. 기념관에 마련된 황영조 성장관을 통해서 어머니와 학창 시절, 인간 기관차에 비견되는 황영조의 신체조건 등을 알 수 있다. 황영조 세계제패관에서는 한국마라톤의 변천사가 눈길을 끈다. 마라톤 체험관과 세계마라톤 역사관 등을 훑어보면서 마라톤의 유래와 거리, 기록, 월계관 등에 대해서도 기억을 되살리는 계기가 된다.

초곡길을 내려서면 곧바로 초곡항이다. 을씨년스러운 항에는 차가운 비와 거친 바람이 예사롭지 않다. 멋진 문암해수욕장을 지나고 원평해수욕장을 향해 솔숲으로 들어선다. 숲은 쉬 끝을 보여주지 않는다. 비 내리는 '추천천'을 건너니 궁촌레일바이크역이다.

초곡항 해변

공양왕과 고려의 멸망

고려의 마지막 임금, 공양왕

공양왕! 비운의 임금이다. 조선을 건국한 이성계에 의해 공양군으로 강등되었다가 2년 뒤에 삼척에서 자객들에 의해 살해되었다. 하루도 마음 편할 날이 없었던 고려의 마지막 왕이었다.

봄볕이 따스하건만 쓸쓸함은 가슴을 짓누른다. 공양왕길 양지바른 언덕 위에 커다란 무덤이 있다. 누가 보더라도 귀족이나 왕의 무덤이라고 짐작할 만한 규모다. 여러 기의 무덤 가운데 남쪽에 있는 커다란 봉분이 공양왕릉이다. 규모가 작은 둘은 왕자의 무덤이다. 그 뒤의 작은 봉분 하나는 시녀나 왕이 타던 말의 무덤이라 전한다.

왕릉은 초라하다. 어느 곳에도 돌사람을 세우지 않았고, 석마[石馬]도 없다. 학자 중에는 무덤의 주인은 공양왕이 아니라고 주장한다. 문화재청도 경기도 고양시 덕양구 원당동에 있는 능을 공식적인 공양왕릉으로 인정한다. 사회적으로 변혁의 시기라 전하는 문헌이 적고, 정확한 고증이 어렵다는 이유다. 궁촌 주변에 사는 주민들은 이곳에 있는 능이야말로 진짜 공양왕릉이라 믿는다. 전해오는

공양왕릉

피비린내 나는 이야기 때문이다. 왕릉이 있는 '궁촌'이라는 지명도 '왕이 피신해 머물렀던 시골 마을'이라는 뜻이니 전혀 신빙성 없는 말이 아닌 듯하다.

동해대로를 따라 동막으로 넘어가는 대왕산 자락에는 '살해재' 또는 '살해치'라고 불리는 섬뜩한 이름을 가진 고개가 있다. 유난히 쓸쓸하고 외로운 길이라고 생각하며 걸었던 그 고개가 공양왕과 신하들이 이성계가 보낸 자객들에 의해 죽임을 당했던 현장이다. 그들의 시신들을 거두려고 나선 백성들마저 무참하게 살해하고 만다. 정권을 찬탈하기 위한 수단이었다고 하더라도 수백 년이 지난 지금 생각해도 오싹하게 소름이 돋는 이야기다.

고려의 멸망과 조선의 개국

고려의 멸망은 이미 예견되어 있었는지 모른다. 18대 임금인

의종은 문벌귀족과 환관들에 둘러싸여 매일같이 술로 보낸다. 결국 무시당하던 무인들이 반란을 일으켰고, 이의방을 시작으로 정중부, 경대승, 이의민, 최충헌 부자에 이르기까지 100여 년간이나 무인들의 시대가 계속된다. 수탈과 가난한 삶을 견디지 못한 농민과 신분 해방을 부르짖는 노비들의 항쟁도 전국에서 일어난다. 권문세족의 불법행위 등으로 말미암아 신진사대부가 등장하여 대대적인 사회개혁 운동을 펼쳤으나 원의 세력을 배경으로 하는 권문세족들에 의해 실패하고 만다. 공민왕이 살해되었고, 우왕의 옹립과 함께 또다시 권문세족들의 세상이 된다.

계속된 왜구의 노략질도 사회의 불안 요소고, 조정의 골칫거리 였다. 이때, 이성계 등의 토벌군이 내륙으로 침투한 왜구를 소탕하고, 박위가 이끄는 고려군이 대마도를 정벌하여 걱정거리를 없앤다. 하필이면 이 시기에 명나라가 요동 지역에 군사적 행정기구인 철령 위를 설치한다는 핑계로 쌍성총관부 지역을 내놓으라고 윽박지른다. 이렇게 되자 최영은 원나라와 함께 명나라의 동북 방면의 전진기기인 요동 정벌을 추진하는데 이성계는 사불가론을 들면서 반대하고 나선다.

"작은 나라가 큰 나라를 거스르는 것이 첫 번째 불가함이요, 여름에 군사를 일으키는 것이 두 번째 불가함이며, 온 나라가 정벌에 나서면 빈 틈을 타서 왜적이 침공해 올 것이니 세 번째 불가함이요, 때가 무덥고 비 가 오는 시기라 활의 아교가 녹아 풀어지는 일과 대군이 질병에 시달릴 수 있으니 네 번째 불가함이 옵니다."

역사는 힘 있는 자로부터 만들어지고, 기록된다고 했던가. 위화도 회군은 고려가 멸망의 길로 접어드는 기점이면서 조선의 개국을 여는 출발점이기도 하다. 이성계는 자신을 따르는 신진사대부와 함께 조선의 개국을 정당화하고, 조준, 정도전 등과 함께 백성을 도탄에서 구한다는 하늘의 뜻을 앞세운다. 권력의 찬탈을 위해 이색, 정몽주 등을 따르던 세력들을 제거하고, 나라를 뒤엎었으나 이미 승자이기에 역적일 수 없었다. 성공한 쿠데타는 처벌할 수 없고, 정당한 것이라는 역사학자들의 주장도 있다. 그렇다면 힘 있는 사람이라면 언제든지 쿠데타를 일으켜 국가를 뒤엎고, 권력을 찬탈해도 된다는 말인가. 권력에 대한 욕심을 어찌 하늘의 뜻이라 우길 수 있고, 백성의 바람이라 할 수 있겠는가. 공맹孔孟이 다시 살아온다고 해도 역적이 충신이 될 수 없고, 불효자가 효자가 될 수 없음이다. 참과 거짓, 선과 악은 구별되어야 한다. 그러나 권력을 추구하고, 권력의 끄나풀 노릇에 앞장서는 무리의 탐욕은 끝이 없다. 무슨 구실을 내세워서라도 백성들을 자신의 발아래 두고 싶어 한다. '내로남불'의 시대도 마찬가지다.

꽃피는 마을, 비 내리는 마읍천

비 내리는 삼척로에 터벅터벅 걷는 발걸음 소리만 나를 따른다. 오전에만 하더라도 세찬 비바람이 불더니만 빗줄기가 가늘어진 덕분에 제법 걸을 만하다. 마읍천을 건너 둑길로 접어드니 적막한 산중을 걷는 듯하다. 들은 연둣빛이 사라지고, 제법 짙은 녹색으로 변신을 꾀한다. 남새밭 사잇길로 걷노라니 푸르렀던 옛 생각이 가슴을 뛰게 한다. 칙칙한 마음이 파랗게 물든다.

부남마을은 뜻밖에도 산뜻하다. 뒤는 산이요, 앞은 들판이다. 생명줄 같은 마읍천을 따라 3월의 벚꽃이 흐드러지게 피었다. 가랑비 내리는 수면에는 가느다란 동심원이 퍼져나간다. 그 사이로 산과 하늘, 버드나무, 벚꽃이 사진처럼 선명하게 드러난다. 노란 개나리와 억새를 비롯하여 모든 물상까지 물속으로 잠겨 드니 완연한 봄이다. 뭐든지 받아들이는 어머니 같은 강물이다. 분홍빛 복사꽃은 숨 막힐 듯한 자태로 길손의 마음을 어지럽힌다. 꽃피는 마을은 발 닿는 곳마다 고향이다.

31코스의 종착지인 덕봉대교에서 종합안내판과 스탬프를 찾을 수 없다. 조금 전까지만 하더라도 가늘었던 비가 다시 세차게 내린다. 그 비를 맞으며 마읍천 아래위를 20여 분간이나 뛰어다닌다. 머리에서 모락모락 김이 오르고, 입에서는 단내가 난다. 모든 것을 포기하고 곰솔 향기 그윽한 맹방해수욕장으로 들어선다. 종합안내판이 여기에 서 있다.

집으로 가는 버스를 타기 위해 근덕면사무소까지 한참을 걸어 나온다. 하염없이 내리던 비가 그쳤다. 언제 올지 모르는 시내버스를 기다리며 1시간가량을 삼척 방향만 바라보며 멍하게 있다.

꽃 향에 취하여

 32코스 덕산해변 입구 – 추암해수욕장

꽃 잔치 흥겨우리

  '상맹방해수욕장'과 맹방해변로 사이의 넓은 유채꽃밭에 황
금빛 물결이 일렁인다. 벌 나비 날아드니 왈츠를 추는 듯 흥겹다.
왕벚나무는 눈 꽃송이처럼 꽃잎을 흩뿌린다. 겹꽃잎을 피우는
겹벚나무는 이제야 꽃망울을 맺는다. 꽃 잔치에 바람개비 빙글빙글
잘도 돌아간다.

  삼척로를 따라 산굽이를 돌아서니 한재다. 큰 고개라는 뜻이
다. 아담한 정자에서 아래를 내려다보면 동해의 깎아지른 해안
절경이 기막히다. 느긋하게 커피 한 잔 마시노라면 세상 근심이 뜬
구름 같아지는 곳이다. 505년(지증왕 6), 신라 장군 이사부는 실
직주(삼척)를 다스리는 군주로 발령받고 난 뒤, 이 고개를 넘는다.
고려 마지막 임금 공양왕이 귀양을 갔을 때도 이 고개를 넘었다. 원래
고갯마루에는 '원사대'라는 정자가 있었다. 고려 말의 문신 이곡이 이
정자에서 망망대해의 동해를 바라보다가 지은 이름이란다. 지금은
조그만 정자가 전망대 구실을 한다.

맹방 유채꽃밭

한재에서 바라본 삼척항

굽이굽이 오십 굽이나 휘돌아 흐른다는 오십천을 따라 둑길을 걷는다. 시원한 바람과 강물을 친구로 삼을 수 있고, 벚나무가 터널을 만든 '오랍드리산소길'이다. '오랍드리'란 집의 주변을 뜻하는 강원도 방언에서 가져온 말로 오십천을 중심에 두고 걷는 둘레길이란 말이다. 강물을 따라 걷다 보면 저절로 마음에 여유가 생기고, 증오와 불안, 무력감 등이 없어진다. 육신의 건강까지 챙길 수 있으니 최고의 산책길이다. 갑자기 제트기가 창공을 가른다. 비행운이 새파란 하늘을 두 동강 낸다.

제일계정, 죽서루에 서다

죽서루! 나라가 지정한 보물 제213호다. 그 멋진 광경을 보기 위해 얼마나 가슴 졸이고 애를 태웠던가. 소나무 사이로 보이는 누각이 단번에 마음을 사로잡는다. 태백시 통리협곡 아래에서 시작된 푸른 강물은 깎아지른 절벽과 맞서더니 금방이라도 용이 승천할 것 같은 '응벽담'을 만들었다. 죽서루는 혼자서도 고고하지만, 오십천과 함께하면서 늠름한 자태가 더욱 돋보인다. 많은 누각이 해안에 자리 잡은 것에 반해 죽서루는 천 길 낭떠러지를 만든 자연 암반 위에 서 있다. 자연과 전통 건축의 아름다움을 남김없이 보여준다. 관동제일루라는 말이 허언이 아니다.

송강 정철은 『관동별곡』에서 「죽서루에서의 객수」를 이렇게 노래했다.

죽서루에서의 객수
정철

진주관(삼척) 죽서루 아래 오십천에 흘러내리는 물이
태백산의 아름다운 풍경을 동해로 담아가니
차라리 (그 물줄기를) 임금 계신
한강으로 돌려 남산에 닿게 하고 싶구나

관원의 여정은 끝이 없고
풍경은 싫증 나지 않으니
그윽한 회포(유희)가 많고, 나그네의 시름도 달랠 길 없다

신선이 타는 뗏목을 띄워 내어
북두성과 견우성으로 향할까
신선을 찾으러 단혈丹穴에 머무를까

죽서루가 언제 창건되었는지 확실하지 않다. 다만, 고려 명종 때의 문인 김극기가 「죽서루」라는 시를 남겼고, 고려 후기의 문신이었던 이승휴는 "1266년, 안집사 진자후와 같이 누에 올라 시를 지었다."고 했다. 이것을 보면 늦어도 1266년 이전에 창건된 것으로 짐작할 수 있다. 1403년에는 삼척 부사 김효손이 허물어진 건물을 고쳐 지었다. 팔작지붕은 하늘로 비상하는 듯한 기운과 호방한 맛을 안겨준다. 17개의 아름드리 기둥은 자연 암반이 받치고 있다. 벼랑 위에서 응벽담을 내려다보면 하늘과 청산이 강물에 잠겼다. 강물 속에서 노니는 물고기 떼의 군무는 죽서루에서 볼 수 있는 색다른 풍경이라고 하나 어지럽고 속된 세상에서 나뒹구는 속인의 눈에는 보이지 않는다. 누각에 걸린 글씨 중 '第一溪亭제일계정'은 부사 허목이 썼다. 누각 전면에 걸려 있는 '竹西樓죽서루'와 '關東第一樓관동제일루'는 부사 이성조가 썼다. '海仙遊戱之所해선유희지소'는 부사 이규헌이 썼다. 숙종, 정조, 율곡 이이 등이 쓴 시도 현판으로 걸려 있다.

죽서루의 아름다움에 매료되어 한참이나 그대로 앉아 있었더니 누각과 하나가 되는 듯한 착각에 빠진다. 시원한 강물과 청산을 벗 삼아 시조 한 수를 길게 뽑으면 하루해도 짧지 싶다. 지필묵을 꺼내어 칠언절구 한 수를 휘갈기면 청초 우거진 골짜기에 누운 황진이가 버선발로 달려올 것 같다. 한줄기 미풍을 맞으며 지그시

죽서루가 있는 옹벽담 풍경

죽서루

감았던 눈을 뜨니 연녹색의 잎사귀 뒤에 강물이 어렸다 사라진다. 밤새도록 가야금 산조라도 들을 수 있으면 좋으련만 현실은 그것을 허락하지 않는다. 쉽사리 자리에서 일어설 수 없어 미적거린다.

비운의 천재 시인, 옥봉

삼척을 이야기하면서 조선 최고의 여류시인 이옥봉을 빼놓을 수 없다. 삼척 부사를 지낸 조원의 첩으로 살면서 삼척과의 인연을 맺은 여인이다. 「죽서루시」와 「영월도중시」 외에도 많은 작품을 남겼다. 시대를 잘못 만난 비운의 천재 시인이 남긴 주옥같은 시와 진하디진한 그리움을 담은 애절한 사랑 이야기는 두고두고 사람들의 눈물을 자아내게 한다.

옥봉의 본명은 이숙원이다. 옥천 군수를 지낸 이봉의 서녀로 태어난다. 아버지는 선조 임금의 생부인 덕흥대원군의 후손이지만 옥봉에게 처한 현실은 신분상의 한계를 지닌 첩의 딸일 수밖에 없다. 아버지는 글재주가 뛰어난 딸을 위해 번번이 책을 구해 준다. 그와 함께 옥봉의 글재주도 하루가 다르게 향상된다. 어느덧, 그녀의 나이가 21세에 이르자 진사과에 장원으로 합격한 수재 조원의 소실이 된다. 서녀라는 신분의 벽을 넘지 못한 탓이다. 조원은 시와 문장에 뛰어났던 옥봉을 소실로 맞아들이면서 "사대부를 욕보이는 시를 지어서는 안 된다"라는 약속을 내 건다. 옥봉은 남편과의 약속을 지키기 위해 10여 년을 시를 짓지 않고, 오로지 여인의 도리만을 다하며 살아간다. 그러던 어느 날, 이웃집 여인이 옥봉에게 억울한 일을 하소연한다. 남편이 소도둑으로 몰려 억울한 누명을 썼다는 것이다. 옥봉은 여인의 간절한 애원을 차마 뿌리칠 수 없어 시를 짓지 않기로 한 남편과의 약속을 어기고, 소장을 쓰고 만다. 하필이면 소장의 마지막 부분에 자신의 시「위인송원」한 수를 덧붙인다.

위인송원
이옥봉

세숫대야를 거울로 삼고
물을 기름 삼아 머리를 빗네

첩의 몸이 직녀가 아닌데
임이 어찌 견우이리오

시의 내용은 중국의 설화인 '견우와 직녀'에서 가져온 것이다. "내가 직녀같이 어여쁜 여인이 아닌데 어찌하여 낭군이 견우이겠느냐"라고 했으니 '이웃 남편이 나쁜 사람이 아닌데 소도둑이겠습니까'라는 뜻이 된다. 결국, 이 시로 인해 조원이 크게 화를 낸다. 그 일을 빌미로 옥봉을 내쫓으니 그녀의 결혼생활도 마침표를 찍게 된다.

이 사건을 두고 혹자는 아내의 이름이 알려지는 것을 싫어한 탓이라고 말하기도 하고 또 다른 이는 약속을 지키지 못한 옥봉의 탓으로 돌리기도 한다. 그러나 조원은 처음부터 옥봉에게 시를 쓰지 못하게 막지 않았다. 오히려 옥봉의 글재주를 자랑스러워하여 친구들이 모인 자리에서 글을 짓게 했다. 옥봉의 거듭된 사죄에도 조원의 마음을 바꿀 수 없었던 것은 옥봉의 글재주에 열등감을 느낀 탓이지 싶다. 양반이 첩의 소생인 아녀자보다 못하다는 열등감 같은 것 말이다.

버림받은 옥봉은 죽을 때까지 조원을 잊지 못한다. 그리움의 대상이 된다. 남편에게 버림받은 뒤의 심정과 사랑하는 마음을 시 「몽혼」에 담는다. 가슴 절절한 사연이 있다고 한들 이보다 더 깊을 수 있을까 싶다. 단장의 아픔으로 쓴 시는 그녀의 유작 32편 가운데서도 단연 백미다. 시를 읽는 동안에도 마음이 한없이 가라앉는다. 아름다운 슬픔이 찬연하다고 해야 할까. 살을 에는 듯한 아픔이라고 해야 할까. 그녀의 안타깝고, 슬픈 마음이 담긴 「몽혼」을 읊어본다.

몽혼
이옥봉

요사이 안부를 묻노니 어떻게 지내시나요?
달 밝은 창가에서 임 생각에 한이 많아
임 그려 오가는 꿈속의 넋에게 자취를 남기게 한다면
문 앞의 돌길이 반쯤은 모래가 되었을 것을

옥봉의 시는 중국에서 더 유명해진다. 전설 같은 이야기에 의하면 조원의 아들 조희일이 명나라에 사신으로 갔을 때다. 명의 원로 대신이 희일의 이름을 보고 묻는다.

'조원을 아느냐?'

희일이 아버지라고 대답하자 시집 한 권을 보여준다. 바로 『이옥봉 시집』이다.

수십 년 전, 중국 동해안에 온몸이 종이로 둘러싸인 채 노끈으로 묶여있는 여자 시신이 한 구 발견된다. 노끈을 풀고 종이를 보니 그 뒷면에 시가 빽빽하게 적혀있다. '해동 조선국 승지 조원의 첩 이옥봉'이라는 이름이 있어 옥봉의 시라는 것을 알게 된 것이다. 내용이 너무나 뛰어난 시였기에 중국에서 먼저 시집으로 엮는다. 조선이란 나라보다 중국에서 더 인정받은 옥봉의 시였다고 할 수도 있다.

교산 허균은 말한다. "옥봉의 시는 몹시 맑고 강건해 아낙네들이 연지 찍고, 분 바르는 말들이 아니다"라고. 조선 중기의 4대 문장가의 한 사람인 신흠은 "근래 규수의 작품으로는 옥봉의 것이 제일이다. 고금의 시인 가운데 이렇게 표현한 자는 아직 없었다"라고 했다. 홍만종은 『소화시평』에서 "(사람들이) 옥봉을 조선 제일의 여류시인이라고 일컫는다"라고 적었다. 문 앞의 돌길이 모래가 될 정도로 조원을 연모했던 옥봉이지만, 임진왜란 중 절개를 지키다가 세상을 떠나고 만다. 조원의 매정함을 탓해야 할까, 시절을 한탄해야 할까.

실직국 삼척

장미공원? 지도에 표시된 이름을 보니 저절로 코웃음이 나온다. 지나오는 길에 나무 몇 그루 심어놓고 ○○공원이라 이름 붙인 곳을 여럿 보았기에 장미공원도 그중의 하나라고 여겼다. 장미공원에 도착하고 보니 그게 아니다. 오십천을 따라 펼쳐진 공원의 규모가 상상을 초월할 정도로 크고 넓다. 서양의 정원 같고, 장미도 헤아릴 수 없을 만큼 많다. 꽃이 피기 시작하면 오십천이 온통 장밋빛으로 물들고, 천리만리로 장미 향이 퍼지지 싶다.

삼척 해안의 명물 중 하나는 '나릿골 감성마을'이다. 1960·70년대의 정취가 남아 있는 어촌 산마을은 삼척항(정라항)이 내려다 보이는 언덕배기에 있다. 달동네 구석구석을 누벼볼 요량이면 가파른 계단과 골목길 정도는 가볍게 여길 수 있어야 한다. 희망길, 추억길, 바람길, 바닷길 가운데 하나를 선택하면, 비탈진 언덕을 깎아서 집을 짓고 어려운 시절을 살아온 모습을 볼 수 있다. 손에 잡힐 듯 가깝게 느껴지는 풍경이다. 동네에서 항을 바라보는 소박한 광경에 눈을 뗄 수 없다. 삼척항에서 올려다보았을 때도 연둣빛 초목과 빨강의 슬레이트 지붕이 묘한 조화를 이룬 덕분에 한참을 바라보았다. 사람들은 감자 캐고, 오징어나 문어를 잡았다. 하루에도 수십 리를 이고 지고 팔아 모진 목숨을 이어갔다. 죽지 못해서 살아야 했던 그때 그 모습이 이색적인 풍경을 제공하는 관광지가 되었다.

바닷길치고 멋지지 않은 길이 어디 있을까. 정라진방파제와 맞닿아 있는 '이사부광장'을 지나면서부터는 기막힌 해안 풍경이 펼쳐진다. 하늘과 바다, 바위와 해송이 어우러진 이사부길(새천년도로)은 황홀함의 극치를 보여준다. 눈으로 보지 않고서는 도저히 느낄 수 없는 광경이다. 굽이굽이 휘어진 길을 돌아서면 비치조각공원이다. 바이올린을 연주하는 처녀, 감은 눈이 예쁜 세 자매가 특히 가슴에 남는다.

이번에는 이름 부르기 난감한 후진항이다. 후진의 옛 이름은 '뒷나루'다. 동헌이 있던 시내에서 볼 때 뒤쪽에 자리한 포구라는 뜻이다. 뒤 '후後', 나루 '진津'을 한자로 표기하다 보니 후진이 된 것이다. 삼척 시내와 조금 떨어져 있고, 규모가 작을 뿐이지 정말로 후진항은 아니다. 후진 마을 옆에는 금줄을 친 해신당이 있다.

원래는 작은 후진 마을 동쪽 바닷가 언덕에 'ㄷ'자 모양으로 돌로 쌓은 재단이다. 돌을 신석神石으로 삼은 것으로, 마을이 생기면서 바람 신을 모셨다. 매년 정월 초하루와 시월 초하루에 풍어와 마을의 안녕을 기원하며 고사를 지낸다.

삼척해수욕장 광장부터는 수로부인길이다. 산이라기보다 작은 언덕으로 보이는 와우산 자락에 눈을 번쩍 뜨이게 만드는

삼척 장미공원

후진마을 해신당

해가사 터

임해정

'해가사의 터'가 나타난다. 부근에는 임해정이 있다. 중학교 국어 시간에 「구지가」와 함께 배웠던 "거북아, 거북아 수로를 내놓아라."로 시작하는 그 「해가」가 만들어진 터에 섰다고 생각하니 감개무량하다. 벅찬 감정으로 인해 쉽사리 자리를 뜰 수도 없다. 한참을 그 자리에 서서 바다와 터를 번갈아 바라본다. 수로부인을 끌고 바닷속으로 들어간 해룡을 만날 수 있을 것도 같고, 수로를 돌려달라고 종용하던 신라의 백성들을 만날 수 있을까 싶어서다.

「해가」에 얽힌 이야기를 하자면 「헌화가」의 소동이 있고 난 이틀 뒤다. 순정공은 수로부인과 함께 임해정에서 점심을 먹는다. 이때 느닷없이 바다에서 용이 나타나 수로를 데리고 가버린다. 순정공은 마음이 무척이나 약한 사람이었던지 그 자리에서 기절하고 만다. 얼마간의 시간이 흐른 후, 정신을 차렸을 때는 이미 부인이 사라지고 없다. 설사, 부인의 행방을 안다고 해도 뾰족한 계책이 있을 리 만무하다. 이때 한 노인이 나타나 말한다. "옛말에 이르기를 여러 사람의 입은 쇠도 녹인다고 했으니, 바닷속의 미물인들 어찌 여러 입을 두려워하지 않으리오. 경내의 백성을 모아서 노래하고, 막대기로 언덕을 치면 부인을 찾을 수 있을 것이오"

해가
고대가요

거북아, 거북아 수로를 내놓아라
다른 이의 부녀를 빼앗은 죄가 얼마나 되는가
네가 만약 거역하여 바치지 않으면

그물로 (너를) 잡아 구워 먹으리

과연 노인의 말대로 근방의 백성들을 불러 모아 노래를 부르고, 막대기로 땅을 치게 하니 용이 바다에서 수로부인을 받들고 나왔다. 이때 부른 노래가 「해가」이다.

순정공이 부인에게 바닷속 일을 넌지시 묻는다. 바닷속의 광경이 궁금해서다. 부인에 대해 미심쩍은 마음이 일었을 수도 있다. 수로부인의 대답이 걸작이다.

"일곱 가지 보물로 장식한 궁전에 음식은 달고 부드러웠습니다. 향기가 있고 깨끗하여 세상의 익히거나 삶은 음식이 아니더이다."

신이 난 수로부인의 이야기도 신비롭지만, "부인의 옷에도 향기가 풍겼으니 인간 세상에서는 맡아 보지 못한 것"이다. 향기를 맡은 순정공의 마음이 어떠했을까.

증산해변이 끝나면 이사부사자공원이다. 신라 장군이면서 실직주(울진, 삼척)의 군주였던 이사부의 개척정신을 이어받기 위해 만든 공원이다. 영산홍이 한껏 자태를 뽐내는 4월의 공원으로 발을 들여놓는다. 높은 동산이 아닌데도 종일 걸었던 탓에, 계단 하나 오르기가 고통스럽다. 야외에는 우산국을 정벌할 당시 위협의 수단으로 사용했던 사자 조각상이 곳곳에 전시되어 있다. '사자공원'이라 이름 붙인 이유도 여기에 있는 듯하다.

애국가가 연주될 때 감격스러운 일출 장면에서 보던 그 촛대바

이사부 장군을 기리는 사자공원

위다. 바다를 배경으로 하늘을 향해 우뚝 솟아 있는 바위가 장관이다. 주변의 크고 작은 바위는 능파대다. 바다와 어우러진 광경에 가슴이 울컥한다. 이렇게 멋진 바위고 보면 서리서리 얽힌 전설 하나 없을 리 없다.

"옛날, 바닷가에 한 어부가 살았다. 그 어부에게는 아내가 있었다. 어느 날, 어부는 첩을 들였다. 하필이면 그 첩이 천하절색이었던지 정실의 시기와 질투가 말이 아니었다. 밥만 먹고 나면 처첩이 싸웠다.

마침내, 하늘도 그 꼴을 두고 보지 못했는지 두 여인을 하늘 나라로 데리고 가버렸다. 홀로 남은 어부는 두 여인을 그리다 망부석이 되었다. 망부석이 촛대바위다."

벅찬 가슴을 안고 출렁다리로 향하니 조선 시대에 지었다는 해암정이 있다. 고려말의 문신이자 삼척 심씨의 시조인 심동로가 권문세가와 귀족들의 권력 다툼에 회의를 느낀 후 벼슬을 버리고 내려와 후학 양성과 풍월로 세월을 보내기 위해 지은 정자다. 송시열이 함경도 덕원으로 귀양을 가다가 이곳에 들러 '草合雲深逕轉斜초합운심경전사'라는 글을 남겼다. "풀은 구름과 어우르고 좁은 길은 비스듬히 돌아든다"라는 뜻이다.

처음에 지은 해암정은 소실되고 만다. 조선 중종 때의 정치가이자 문장가로 이름 높았던 어촌 심언광이 다시 지었다. 정조 때에 와서 낡고 헌것을 손질하여 고쳐 지었다. 지금은 강원도 유형문화재 63호로 지정되어 있다.

뉘엿뉘엿 해가 서산으로 향한다. 마음도 따라 바쁘다.

해는 저물고, 갈 길은 멀고

승용차를 세워둔 근덕면으로 가는 길이 만만찮다. 삼척 시내에서 버스를 타고 근덕면으로 가야 하는데 해파랑길 32코스 종점이 동해시에 속한다. 그러니 시내버스도 삼척행은 없고, 동해시로 가는 것뿐이다.

이것저것 가릴 것 없이 동해 시내로 가는 버스에 오른다. 공단 삼거리와 동해대로를 거쳐 삼척 시내에 도착한다. 이번에는 근덕면으로 가야 하는데 날이 캄캄해지기 직전에서야 버스를 탔다. 이것이 막차다.

근덕면에 도착하니 사방을 분간할 수 없을 정도로 어둡다. 상점은 불이 꺼져 있고, 길거리에 다니는 사람이 없다. 마읍천 지류 부근에 세워둔 승용차를 찾았으나 순간적으로 방향감각을 상실하고 만다. 사방에 기준 삼을 높은 건물이 없어서다. 시동을 걸고, 네비게이션에서 숙소를 찾으니 다시 삼척 시내로 가야 한다.

배가 고프다. 뱃가죽이 등에 붙었다. 한 끼 정도 굶는 것쯤은 아무것도 아니어야 하건만 아직 멀었다.

해암정

척주팔경, 만경대의 아리따움

 33코스 추암해수욕장 – 묵호역 입구

선인들이 남긴 발자취

두타산 신성봉 아래에서 발원한 맑은 샘물은 북평 들을 지나면서 '전천'이 된다. 동해항과 구미산을 좌우에 거느리고 넓은 바다로 나아가다 문득 오른쪽으로 눈을 돌리면 모든 이의 기억 속에서 사라져버린 '을미대乙未臺'를 만날 수 있다.

을미대는 바다 쪽으로 툭 튀어 나간 곳부리다. 해변은 강과 동해의 푸른 바다가 만나는 곳이어서 모래 해안이 넓게 펼쳐져 있다. 곳곳에 솟은 기암괴석이 주변의 소나무들과 어우러지면서 어디에 내놓아도 뒤지지 않는 해안 절경을 안겨주는 곳이다. 지금은 동해항과 산업단지가 앞과 뒤를 가리고 있어 찾는 사람이 많지 않다. 그 옛

만경대

날의 수려한 풍광을 그려낼 수 없음이 안타깝다.

발걸음을 옮기면 커다란 바위 '마고암' 앞에서 잠시 발걸음을 멈추어야 한다. 할머니의 모습이라 하여 '할미바위'로도 불린다. 바위에 얽힌 이야기가 신비스럽다.

"아래로는 바다를 진압하며 위로는 하늘을 머리에 이고 광활한 천지에 높이 우뚝 앉아 있어 편안한 자취가 마치 마고麻姑와 같으니 선녀가 천년 뒤에 홀연히 나타나 돌이 되었다."

곧바로 나타난 호해정은 최덕규 선생 외 39인이 일본으로부터 해방된 기쁨과 조국 광복을 기념하기 위하여 세운 정자다. 36년간의 치욕은 용서할 수 있으나 결코 잊어서는 안 될 역사다. 분한 마음을 안고 전천을 거슬러 오르니 곧 척주팔경의 하나인 만경대 입구다.

구미산 성산봉 자락에 자리 잡은 만경대는 첨정 벼슬에서 물러난 김훈이 고향 마을로 내려와 지은 정자다. 풍광을 즐기면서 갈매기를 벗 삼아 낚시로 세월을 보내고자 한 곳이다. 앞에는 강물이 흐르고, 북평의 넓은 들과 광활한 동해를 한눈에 바라볼 수 있어 죽서루와 쌍벽을 이뤘다고 한다. 현판에 쓰인 '만경萬景'이란 이름은 조선 중기의 문신이자 학자인 미수 허목이 주변 경관에 감탄하여 지은 것이다. 습기로 눅눅해진 산길을 오르니 모기가 득실거린다. 얼마나 굶주렸는지 하이에나보다 더 끈질기게 덤벼든다.

만경대에서 바라본 경치가 말이 아니다. 시인 묵객들의 발길이 끊이지 않게 만들었다는 일만 가지의 경치는 고사하고 우거진

잡목만이 사방을 가리고 있다. 옛 선인들이 느꼈던 정취는 어디에서도 느낄 수 없다. 정자에는 한성부판윤 이남식이 썼다는 '海上名區^{해상명구}'와 당대의 명필로 꼽혔던 옥람 한일동이 쓴 '萬景臺^{만경대}' 현판이 눈길을 끈다. 흔들림 없는 글자의 획 하나 하나마다 힘이 넘친다. 웅대한 기상도 느껴진다.

강변에는 민들레 노란 꽃이 한창이다. 엷은 바람에도 파르르 몸을 떤다. 필시 봄 처녀가 어루만지고 지나갔나 보다. 툭툭 터지는 봄 햇살이 기쁘게 한다. 지나가는 바람 소리 반갑고, 산새의 노랫소리 더욱 예쁘다.

그리운 마음

동해차량사업소가 있는 영동선이다. 철로와 나란히 걷는 발걸음이 생뚱맞다. 그래도 유년 시절에 그랬듯이 레일에 가만히 귀를 대고 기차 바퀴 구르는 소리를 듣는다. 까만 증기기관차가 덜커덩거리며 지나던 그 날의 기억도 그립기는 마찬가지다. 용정 삼거리부터는 꽃길이다. 해안로와 영동선 사이에 있는 좁다란 숲길이 발걸음을 한결 가볍게 한다. 무리 지은 영산홍이 붉은 자태를 뽐낸다. 찬란한 봄날이 영원하지 않음을 알기 때문이리라.

한섬해수욕장 못 미친 곳에 감추산과 감추해변이 있다. 넓지 않은 해변 끄트머리 바위 위에는 아담한 감추사가 자리한다. 신라 진평왕의 셋째딸 선화공주가 창건한 절이다. 지금은 창건 당시의 절터는 찾을 수 없고, 석굴만 남았다. 설화에 의하면 다음과 같은 내용이 전해온다.

묵호역과 동해역 구간의 바닷가 철로 풍경

　"선화공주는 백제 무왕과 결혼한 뒤 백풍병에 걸렸다. 온갖 약을 다 써보았으나 차도가 없었다. 마침, 용화산 사자사에 머물던 지명법사는 공주에게 감추로 갈 것을 권했다. 자연 동굴에 불상을 모신 공주는 매일 낙산 용소에서 목욕재계하며 3년을 기도하자, 마침내 병이 나았다."

　아련한 전설을 뒤로 하고 되돌아 나오니 갈 길이 멀다. 아름다운 영동선 기찻길과 나란히 걸으니 향로봉길 끝, 묵호역 부근에 33코스의 종점이 있다. 또 하나의 코스를 끝냈다.

추암으로 가는 열차
　불현듯 기차가 타고 싶다. 무궁화호를 타면 어렸을 때의 추억이 새록새록 솟아날 것 같다. 바다와 맞닿은 영동선의 정취를 느껴보고도 싶다.

추암역으로 가는 열차가 없다. 동해역을 경유하여 도계, 태백, 봉화, 영주로 이어지는 영동선뿐이다. 동해역행 기차표를 끊고, 플랫폼에 서니 가슴이 두근거린다. 어렸을 때의 그 기분이 생생하게 느껴진다. 덜컹거리는 기차에 오르니 마음이 하늘을 난다. 동해의 전경은 덤으로 받은 선물이다.

동해역 앞에서 승용차가 있는 추암역까지 운행하는 버스가 없다. 지리를 알 수 없어 어디로 가야 할지 난감하다. 마음은 바쁘고, 시간은 속절없이 흘러가는데.

망운산의 봄

 34코스 묵호역 입구 – 옥계시장

도심에서 멀리 떨어져 있는 산골에 이렇게 큰 시장이 있을 줄 미처 생각지 못했다. 현내시장길에서 뜨끈한 국밥 한 그릇으로 든든히 속을 채운다. 황혼 무렵에 망운산을 넘는 것이 마음에 걸려 코스를 거꾸로 잡았다.

화마가 할퀴고 간 망운산

봄! 봄! 봄이다. 풋풋한 연둣빛이 마음속의 동심을 일깨우고, 유채의 노란 꽃은 금빛으로 벌과 나비를 유혹한다. 초목들은 한껏 농염한 자태를 뽐낸다. 온 세상을 푸르름으로 물들이니 천상의 화원이 바로 여기다.

도대체 무슨 날벼락 같은 일이란 말인가. 천남길을 따라 야트막한 산언덕을 넘자 가슴이 철렁 내려앉는 광경이 눈 앞에 펼쳐진다. 붉은 화마가 동산리 일대의 산야를 까만색으로 바꾸어 놓았다. 지난겨울, 일주일 넘도록 뉴스의 첫머리를 장식하더니만 기어코 산과 들에 기대어 사는 많은 생명을 짓밟은 모양이다. 그 무시무시한 현장에

화마가 할퀴고 간 망운산 자락

서고 보니 몸도 마음도 움츠러든다. 시시각각으로 덮쳐오는 거대한 불기둥을 보며 얼마나 두려움에 떨었을지 생각만 해도 치가 떨린다. 그 길을 걷는다는 것이 여간 불편한 것이 아니다.

푸른 풀 한 포기 보이지 않는다. 아름드리 고목이 처참한 모습으로 나신을 드러냈다. 푸르름을 한껏 자랑했을 법한 소나무도 누렇게 변한 나머지 생명을 잃고 말았다. 그 사이, 산벚나무가 용케도 살아남아 송이송이 연분홍 꽃을 피운다. 자목련, 개나리는 파르르 몸을 떨며 숨죽이며 핀다. 그 모습이 처연하다 해야 할지, 장하다고 해야 할지 갈피를 잡을 수 없다. 죽음을 뚫고 피어난 생명이기에 우주의 신비를 간직하고 있지 싶다.

올밑길을 따라 망운산의 논골로 들어선다. 덤불 속에서 새어나온 바스락거리는 소리가 팽팽한 긴장감을 준다. 뒤를 돌아볼 사이도 없이 쫓기듯 오르니 옷재다. 온몸은 이미 땀범벅이다. 지금부터는 내리막이라 수월할 것 같다. 승용차가 다닐만한 넓은 길이라 마음이 놓인다. 겨우 산등성이를 넘었을 뿐인데 화마의 흔적이 없다. 고갯마루가 딴 세상을 만들었다. 천국과 지옥만큼이나 다른 세상이다.

양지바른 괴란동 일대에 봄볕이 가득하다. 한가하고 고요한 마을은 전쟁이 일어나도 모를 정도로 깊다. 밭을 갈면 어두운 마음이 밝아질 것 같고, 불경을 읽지 않아도 혼란스러운 마음에 부처를 맞이할 것 같은 세상이다. 텃밭에는 엄나무 순이 엄지 손가락과 비교할 수 없을 정도로 굵다. 펄펄 끓는 물에 살짝 데쳐서 초고추장에 찍어 먹으면 온몸에 봄기운이 가득할 것 같다. 파릇파릇한 봄풀이 밭둑을 따라 춤을 추고, 배꽃은 달빛을 받지 않아도 더욱 희다.

동창이 밝았느냐

심곡 약천마을에는 남구만을 기리는 약천사가 있다. 약천은 사색당파가 절정이었던 숙종 때 영의정을 지낸 인물이다. 1689년(숙종 15)에 일어난 기사환국己巳換局의 화를 입고 심곡마을에서 유배 생활했다. 농사를 지으면서 농민들과 학동들에게 글을 가르쳤다. 이때, 한국 시조 문학의 대표작이라고 불릴 만큼 널리 알려진 시조 「동창이 밝았느냐」를 지었다.

동창이 밝았느냐
남구만

동창이 밝았느냐 노고지리 우지진다
소 치는 아이는 상기 아직 일었느냐

재 너머 사래 긴 밭을 언제 갈러 하나니

이른 봄, 농사 준비에 바쁜 농촌의 모습이 눈에 선하다. 동트는 아침과 지저귀는 종달새를 통해 평화로운 아침 정경을 노래한다. 부지런하게 일해야 한다는 가르침도 준다. 어떤 사람은 어지러운 나라에 대한 걱정과 부패한 조정 관리들에게 보내는 충고의 시조라는 논리로 어리숙한 학동들의 마음을 어지럽힌다. 과거에 급제한 후 중요한 직책을 두루 맡았고, 최고의 관직인 영의정까지 지냈으니 뭔가 숨은 뜻이 있으리라는 생각에서다.

'동창이 밝았느냐'고 한 것은 '동쪽에서 뜨는 해'로 해석하니 곧 '임금'이다. '노고지리'는 조정의 중신, '우지진다'는 종다리가 봄 하늘에서 지저귀듯이 야단스럽게 뜯고 싸우는 관리들의 모습을 표현한 것이다. '소'는 백성, '아이'는 백성을 보살피는 목민관, '상기 아니 일었느냐'는 어려운 시절임에도 불구하고 복지부동하고 있는 관리들의 태도를 나무라는 것으로 해석한다. 설사 그렇다고 할지라도 모든 권력을 잃고 심심산골로 유배 온 늙은이의 처지고 보면 정치는 이미 지나간 과거로 보는 것이 타당하다. 괜히 농촌의 풍경을 그린 시조 한 수를 두고 정쟁의 소용돌이 속으로 몰고 가는 못난 정치인으로 둔갑시킬 이유가 없다. 자신만의 해석이 진리인 양, 편 가르기 할 이유도 없다. 말이란 어떻게 하느냐에 따라 의미가 달라지고, 어떤 마음으로 듣느냐에 따라서도 분쟁의 여지를 남기게 되는 것이다.

1711년(숙종 37), 선생이 세상을 떠나자 이 지방에 살던 제자들이

약천사

선생의 덕을 흠모하고, 스승의 학문
적 업적을 기리기 위해 신석사라는
사당을 짓고 위패를 모셨다. 그러다
대원군의 서원 철폐령으로 없어지고
말았다. 그 뒤, 뜻있는 이 지방 사람
들이 현재의 건물인 약천사를 다시
짓고 선생을 모셨다. 사람은 가고 없
지만, 그가 남긴 지난날의 발자취는
낱낱이 기억하고 있다.

묵호 등대

묵호등대 가는 길

　망상해수욕장은 장장 4km에 달할 정도로 모래사장이 넓다.
도직, 가곡, 망상, 노봉, 대진해수욕장이 연결된 까닭이다. 물이
맑기로 전국에 이름난 곳이다. 수심은 해변으로부터 100m가량
들어가도 1~2m 정도로 얕다. 해수욕장 가운데에 서 있는 우체통을

닮은 시계탑은 망상의 상징물이다. 다가오는 여름에는 뜨거운 청춘의 열기로 몸살을 앓을 것이 뻔하다.

'노고암'이잖아. 무심코 걸었다면 모르고 지나칠뻔했다. 바위 하나에도 옛사람의 지혜가 서려 있다.

"옛날, 임 씨라는 노인이 늘그막에 젊고 예쁜 여자를 만났다. 10년 정도 깨가 쏟아지게 살았다. 그러던 어느 날, 여자가 말하길 '나는 천년 묵은 구렁이로 내일 밤 자시에 승천하니 날 부르지 마시오' 하면서 눈물을 흘리며 당부한다. 그러나 노인은 같이 살았던 정이 깊어 그냥 보낼 수 없었다. 생각 끝에 '여보, 가지 말고 나랑 같이 삽시다.' 하며 붙잡았다. 그때 난데없이 폭우가 쏟아지면서 두 사람을 휩쓸고 갔다. 그 자리에 바위 두 개가 불쑥 솟아올랐다."

타향도 정들면 고향이라고 했는데, 하물며 사람이야 오죽할까. 더군다나 남녀 간의 정은 더욱 끊기가 쉽지 않다. 10여 년을 같이 살았으면 미운 정 고운 정이 다 들었음 직하다. 그런데도 여인은 현실에 만족하지 못한다. 자신의 욕심을 위해 승천하려고 하니 하늘이 노하여 두 사람을 바위로 만든 것이다. 부부간의 사랑이 어떠해야 하는지를 알려주는 교훈이라고 하나 하늘의 뜻이 너무 가혹하다. 시기하고 질투하는 하늘의 마음을 겉으로 드러낸 것은 아닐까.

대진항에는 수많은 애환과 비린내 진동하는 인생이 있다. 풍요를 기원하는 곳이기도 하다. 항은 크지 않은데 어선이 많다. 만선을

논골담길 풍경

기원하는 깃발은 아무렇게나 펄럭인다. 항 모퉁이에는 자그마한 해성당이 있다. 금줄을 치기는 했으나 자연석 위에 만든 재단은 초라하기 그지없다. 소주 1병만이 덩그렇게 제물로 놓였다. 물고기를 많이 잡고, 어부들의 무사 귀향을 비는 마음이다.

어달항으로 향하는 길은 해물금길로 불린다. 맑은 공기, 푸른 바다 덕분에 발걸음이 가볍다. 바닷물에 잠겼다 드러나는 기암괴석을 보는 재미도 쏠쏠하다. 해초와 수중 바위는 물의 색깔을 변화시키니 색의 마술사다. 대진등대는 도로변에 섰다. 물고기 모양의 빨간 등표가 이색적이다.

묵호항을 앞에 두고 좁다란 등대오름길을 걷는다. '헉헉', 숨소리도 함께 따른다. 바람의 언덕 위에 선 등대 전망대에 오르면 입이 떡 벌어진다. 바다의 멋진 풍광이 눈을 즐겁게 하고, 등대와 주변 시설이 너무 멋져서다. 영화 「미워도 다시 한번」 촬영 장소이기도 하다. 최남선의 시 「해에게서 소년에게」가 새겨져 있고, 장작불이 타오르는 멋진 조형물이 눈길을 끈다.

논골담길 여기저기에 흩어져 있는 알록달록한 상점과 카페, 오래된 집, 골목길에 마음이 홀려 정신이 아뜩해진다. 묵호항을 배경으로 살아온 사람들의 삶 이야기가 벽화로 그려져 있어 눈길을 돌리기 쉽지 않다. 우리나라에서 가장 멋진 등대가 있고, 아름다운 풍경이 함께하는 장소다. 골목 구석구석을 몇 번이나 누볐지만 갔던 길을 또 걷는다. 어지간하게 누볐다 싶었는데도 발길을 돌리기가 쉽지 않다. 마음을 끄는 숨은 마력이 있는 곳이다.

묵호항은 동해안 중요 어항이며 자연산 수산물의 명소다. 3시간이 채 걸리지 않는다는 울릉도행 쾌속선이 다니는 곳이다. 활어 판매장 앞에는 싱싱한 물고기를 고르는 사람들로 북적인다. 항구가 아니면 볼 수 없는 풍경이다.

휴, 기진맥진이다. 목적지인 묵호역이 한참이나 남았는데 터덜터덜 걸은 걸음이 벌써 47,000보를 넘었다. 숨 쉬는 것도 힘이 든다. 한숨에 땅이 꺼질 듯하다.

강릉 고을의 어제와 오늘

헌화로의 합궁골

 35코스 옥계시장 – 정동진역

    낙풍교 옆에 '낙풍역지樂豐驛址' 표지판이 있다. 조선 시대의 교통과 통신을 담당했던 낙풍역이 있던 자리다. 지금의 낙풍1리 부근을 역촌이라 부르며 아스라한 그 옛날의 이야기를 전한다.

    금진 솔밭의 그늘은 명품이다. 한여름의 햇볕이 송곳 되어 찌를지라도 이곳의 그늘만큼은 뚫지 못할 정도로 두껍다. 한국여성수련원 앞의 영산홍은 붉은빛이 유난히 선명하다. 펄펄 끓어 넘치는 용암을 보는 듯하다. 한번 피었다 져버리면 다시 필 수 없는 꽃잎이니 이 봄이 가기 전에 뜨거운 열정을 맘껏 불사르는 것이리라.

    솔밭이 끝나는 곳에서부터는 수로부인을 기리는 헌화로다. 수로부인! 그녀를 말할 것 같으면 당나라 현종비妃인 양귀비, 경국지색이라 일컫는 서시, 팔방미인의 왕소군, 삼국지의 초선(가상 인물)보다도 더 아름답다는 여인이다. 소를 몰다 붉은 꽃을 꺾어 바친 노옹老翁 없는 길에는 수로의 체취조차 남아 있지 않다. 바닷가 갯바위는 일찌감치 낚시꾼이 점령했다. 조물주가 빚은 해안 절경에 감탄사를 터뜨리며 사진 찍기에 여념이 없는 관광객이 줄을 이었다.

헌화로

합궁골

산굽이를 돌 때마다 흥부의 박에서 쏟아지는 보물 같은 비경에 다리 아픈 줄 모른다. 녹색의 산하가 동해의 푸른 바다와 함께 달리니 피곤조차 달아나게 만든다.

'합궁골' 앞에 섰다. 주변에 있는 자포암과 함께 "떠오르는 해를 가슴에 안고, 자식을 생산할 수 있도록 기도하는 곳"이다. 진작부터 그 모습이 궁금하여 견딜 수 없었다. 도대체 어떻게 생긴 골짜기길래 부르기도 민망한 합궁골인가. 눈으로 직접 살펴보기 전에는 돌아서 지 않을 참이다.

"합궁골은 기암절벽 끝머리의 절벽지대가 V자 모양으로 갈라진 작은 골짜기다. 하필이면 초입 가운데에 세로로 뚫린 구멍 바위가 있다. 이 바위에서 약 10m 아래에 높이 4m쯤 되어 보이는 바위가 구멍 바위 쪽을 향하여 자리 잡고 있다. 부부가 함께 오면 금실이 좋아지고, 바라던 아기가 생긴다. 가뭄이 들 때면 기우제를 지내는 장소로도 사용된다."

조금은 억지스러운 설정이다. 바위만 앙상하게 드러난 사진을 보았을 때는 그럴 수도 있겠다고 여겼다. 5월로 접어든 오늘은 수풀이 골짜기를 가리고, 넝쿨이 바위를 감은 까닭에 그 신비롭고 오묘한 모습을 확인할 수 없다.

남녀의 성기를 표현한 것이라면 경주시 건천읍 신평리 부산 아래에 있는 여근곡이라는 골짜기가 더 실감 나는 이야기를 전해준다. 산의 골짜기 모양이 여자의 음부와 비슷하게 생긴 탓에 전설의 근원이 된 곳이다. 마을 사람들은 여근곡을 일컫기를 '부산을 지키는 여신이 다리를 벌리고 누워있는 모양'이라고 한다. 하필이면 여근곡 가운데에 가뭄에도 물이 마르지 않는 샘물이 있다. 이름하여 옥문지다. 옥문은 여성의 성기인 음문을 높여 부르는 말이니 무엇을 가지고 이보다 더 적나라하게 설명할 수 있겠는가. 여근곡과 관련하여서는 『삼국유사』에 아래와 같은 설화가 전해진다.

"5월에 두꺼비가 궁전 서쪽의 옥문지에 많이 모였다. 왕이 듣고 좌우 신하에게 말하기를, '두꺼비는 성난 눈이니 병사의 모습이다. 내가 일찍이 들으니 서남 변에도 여근곡이라는 지명이 있다고 하는데 그 안에 적군이 숨어 있을지 모르겠다.'라고 했다. 그러고는 장군 알천에게 명하니 과연 백제 장군 우소가 독산성을 치려고 500명을 이끌고 거기에 잠복해 있었으므로 알천이 쳐서 모두 죽였다.

이에 감탄한 신하들이 여왕에게 물으니 '두꺼비가 노한 형상은 병사의 형상인데 때아닌 겨울에 운 것은 전쟁을 의미하는 것이다. 옥문은 여자의 성기이고, 이는 음이니 백색이고 서방이다. 따라서 서쪽의 옥문과 같은 지형에 적병이 있을 것이라 짐작했다. 또한 남자의 성기는 여자의 성기 안에 들어가면 반드시 죽게 되므로 여근곡에서 적을 쉽게 처치할 줄 알았다'라고 하였다."

성과 관련되는 사물이나 단어는 남녀의 성기와 짝을 지우는 경우가 많다. 어쩌면 사람의 마음에 일어나는 온갖 감정 중의 하나지만 쉽게 내뱉기가 곤란한 단어, 마음속에 꼭꼭 숨겨 둔 정서일지 모른다. 문학에서는 해학이라는 용어로 자기합리화를 하고 있지만,

헌화로에서 바라본 풍경

나의 반쪽에 대한 호기심의 표현이 아닐까도 생각해 본다. 모 제약회사의 해열진통제 게보○가 출시되고, TV 광고에 익숙해질 무렵이다. 우물가에서 빨래하던 아주머니 여럿이서 광고를 흉내 내며 박장대소하는 것을 본 적이 있다.

"맞다, 맞다. 게보○."

사람들은 말이나 행위, 감정 등을 거리낌 없이 발산시키면서 마음속의 응어리를 해소한다. 조금은 유식한 심리학적인 용어를 갖다 붙인다면 '정신적 정화작용'쯤으로도 해석할 수 있을 것이다. 괜히 어려운 말로 자신의 마음을 애써 둘러대거나 달콤한 말로 현혹하는 위선자보다 오히려 낫지 않은가. 적어도 현재의 나에게는 그렇다.

심곡항에서 시작하는 바다부채길은 유료산책로다. 이름이 많이 알려졌어도 해파랑길 구간에 속하지 않는다. 아쉬움을 뒤로 하고 헌화로 삼거리에서 산길로 들어선다. 바우길 9구간이며, 헌화로의 한 갈래다. 경사가 제법 가파르다. 가쁜 숨이 목구멍에서 바쁘게 뛰쳐나온다. 오솔길에는 키 작은 나무들이 귀여운 모습으로 반기는가 싶더니 이내 키 큰 나무가 그늘을 만들어 준다. 삿갓봉 가는 갈림길을 지나 나리골로 내려선다. 정동진이 눈앞이다.

정동진천을 가로질러 모래시계공원으로 들어선다. 정동진역이 지척이나 날 저문 지 벌써 오래다. 창자도 아우성을 친다.

당집이 있는 '산우에바닷길'

 36코스 정동진역 – 안인해변

종합안내판이 보이지 않는다.
스탬프를 찾느라고 아침부터 정동
진역 주변을 뛰어다닌다. 도로변을
샅샅이 누비고 다니느라 얼굴이 벌
겋게 달아오른다. 온몸이 땀에 젖
는다. 자포자기하고 괘방산 등산로
입구로 들어서니 이곳에 스탬프가
있다. 아―, 덥다.

당집과 해파랑 표지판

온종일 산길을 걸어야 한다.
거리는 9.4km에 불과한데 난이도는 해파랑길 가운데 최고로 높다.
무려 별이 5개다. 경사가 제법 급한 돌계단을 오르면 '강릉바우길'
8구간에 속하는 '산우에바닷길'이다. 아침부터 기운을 소진했던 터라
힘에 부친다. 산행에 몸이 적응하지 못한 탓도 있다. 1차 목표지점은
말만으로도 으스스한 당집으로 정한다. 산길은 바위 부스러기가
어지럽게 널려 있어 몹시 울퉁불퉁하다. 우여곡절 많은 인생길을

닮았다. 다리 한번 편하게 뻗지 못하고, 갈등과 좌절에 번민하는 삶과 같다. 그 험하고 위험한 등산로를 고치고 다듬느라 여러 명의 인부가 땀 흘리고 있다.

걸어야 할 길이 만만찮다. 내 딴에는 부지런히 걷는데도 지도를 바라보면 거기서 거기다. 마음을 다해 부지런히 걸으라는 신의 계시인 모양이다.

밤나무정, 정동진, 등명 등으로 갈 수 있는 교통의 요지에 앉은 당집은 뜻밖에도 마음을 편안하게 해준다. 생각만큼 무섭지도 않다. 외로운 여정 다음에 만나는 안식 같은 평온함을 준다. 휘몰아치는 교향곡이라면 쉼표 같은 것이다. 자그마한 집은 블록으로 벽체를 세웠고, 슬레이트 지붕을 이었다. 출입문은 나무로 만들어 달았다. 주변에는 돌담을 빙 둘러 부정한 것의 접근을 막았다. 내가 어렸을 때도 큰 나무 주변이나 마을의 후미진 곳에는 어김없이 당집이 있었다. 한낮에도 어두컴컴하다는 느낌을 받을 정도였다. 주변에 사람이 다니지 않아 음침한 기운이 감돌았다. 괜히 마음이 움츠러들었고, 가까이 다가갈 엄두를 내지 못했다. 헛기침하며, 종종걸음을 쳤을 뿐이다.

"먼 길을 갈 것 같으면 천천히 걸어라."라는 말씀이 가슴을 울리는지라 그대로 퍼질러 앉는다. 주위를 휘둘러보니 서두르는 사람이 없다. 나 역시 남은 인생길을 완주하기 위해서는 어떻게 살아왔는지 뒤를 돌아봐야 하고, 숨 고르기도 필요하다. 줄이고, 내려놓고, 잊는 연습을 하면서 종점을 향해 천천히 걸어가야 할 것 같다.

나무계단 경사가 만만찮다. 걸음을 잘못 옮기기라도 할라치면 산

괘방산 정상

아래까지 구를 것 같은 급경사다. 땀방울도 등줄기를 타고 주르르
흘러내린다. 이번에는 커다란 바위가 있는 길을 오른다. 힘든 길,
고통스러운 삶을 닮은 길이다. 오르막에는 편하게 오르내릴 수 있
도록 목책을 세우고 밧줄로 묶어놓았다. 다리에 힘을 주며 'ㄹ'자
형태를 그린다. 발밑에는 크고 작은 돌멩이가 가득하다. 뾰족하게
생긴 녀석은 조그만 일에도 신경질을 낼 듯하고, 둥글둥글한 녀석은
매사 긍정적일 것 같은 모습이다. 바위 귀퉁이에서 떨어져 나온 듯한
둥글넓적한 돌은 천하태평일 것 같은 분위기다. 그러고 보면 모든
사물이 자기의 모습을 지니고 있다.

　전망 좋은 괘방산 정상에서 가쁜 숨을 몰아쉰다. 위에서 아래를
내려다보는 풍경이 가슴을 후련하게 한다. 이런 기분을 느끼기 위해

산에 오르고, 높은 자리에 앉기 위해 암투를 벌이는 것이리라. 녹색의 산등성이가 바다로 뻗어나가는 산새가 기막히다. 돌길은 '삼우봉'을 지나도록 계속된다.

활공장 전망대에서 강릉 시내를 바라본다. 율곡 이이와 그의 어머니 사임당 신씨, 경포대와 경포호수, 허균과 허난설헌의 이야기가 살아 숨 쉬는 곳이다. 하늘을 날면서 내 안에 그들의 숨결을 담을 수 있다면 얼마나 좋을까. 때마침, 공군비행장에서 날아오른 전투기가 고막을 찢는 듯한 굉음을 뿜어댄다. 지축을 흔들고도 남을 기세다.

안인일출교를 지나 안인항으로 들어선다. 해변에 선 2개의 등대가 다정스럽다. 눈빛을 주고받으며 사랑의 인사를 나눈다. 돛단배 형상의 조형물이 바다로 향한다. 내 꿈도 함께 따른다.

천혜의 명당, 강릉의 산과 들을 거닐다

 37코스 안인해변 – 오독떼기전수회관

화중군자, 처염상정의 연꽃

　나지막한 봉화산을 돌아 군선천 하류를 건너면 염전해수욕장이다. 풍호길을 따라 '하시동고분군'을 지나자 불화산 자락이다. 염전길 옆, 청보리가 무럭무럭 자라 키를 다툰다. 보리밭 사잇길을 걷지 않아도 누군가가 나를 부르는 듯하고, 고향의 보리밭이 눈앞에 펼쳐질 것 같은 분위기다. 튼실한 줄기 한쪽 끝을 잘근잘근 씹어 부드럽게 만든 다음, 후하고 숨을 내뱉으면 '뿌ー'하는 보리피리 소리가 들판을 메아리칠 것 같다.

　풍호마을 앞, 연꽃 없는 연밭이 눈길을 끈다. 수면은 거울을 반듯하게 눕혀 놓은 듯이 미끈하다. 계절이 이른 탓인지 작은 수서곤충의 움직임도 없다. 수면을 뚫고 올라온 것이라고는 수초 서넛이 전부다.

　고고한 자태를 뽐내며 맑고 깨끗함을 노래할 연꽃을 고대한다. 녹색 잎과 하늘을 향해 꼿꼿하게 솟은 꽃은 그림의 주제가 되고, 사진으로 남아 황폐한 영혼을 정화할 것이다. 둥글넓적한 잎은 사람들의 마음을 차분하게 만들어 준다고 하여 차로 마신다. 꽃말은 청정, 신성, 청순한 마음 등이다. 불자들에게는 아주 친근한 식물이다.

"연꽃은 불교와 인연이 매우 깊다. 룸비니동산에서 마야부인의 오른쪽 옆구리로 탄생한 싯다르타 태자가 동서남북으로 일곱 걸음을 걸을 때마다 연꽃이 피어나 떠받쳤다는 데서 불교를 상징하는 꽃이 됐다.

연꽃은 색에 따라 각각 백련, 홍련, 청련, 황련, 수련 등으로 구분한다. 백련은 부처님을 상징한다. 진흙 속에 뿌리를 두고 물 위로 솟아오른 줄기와 꽃은 사바세계 중생들을 제도하면서 진리를 깨치고자 하는 보살의 원력인 '상구보리上求菩提 하화중생下化衆生'을 표현한 것이다.

연 씨는 오랜 세월이 지난 뒤에도 싹을 틔워 불생불멸의 가르침을 상징하는 대상이 된다. 1951년 일본 도쿄대학 운동장에서 발굴된 2,000년 전, 연 씨 3개 중 1개가 싹을 틔워 대하연이 되었다. 2009년 함안 성산산성에서 발굴된 고려 시대의 연 씨는 700년 만에 꽃을 피워 아라홍련이라 불린다. 세계적으로 많은 사람의 관심을 받았다." (금강신문, 2015. 07. 31)

정

풍호길로 들어서면서부터는 방향을 잘 잡아야 한다. 사동윗길, 와천로 등과 같은 시골 마을을 잇는 길이라 지도를 주시하지 않으면 엉뚱한 방향으로 들기 쉽다. 야트막한 산길과 들길에는 새소리 들리지 않는다. 길이 끝나도록 그림자만 동행일 뿐이다. 상시동2리 마을회관 앞에서 범울재길을 따른다. 이름도 정겨운

풍호 연밭

정감이수변공원을 지나는 비탈길에서는 체력 소비가 심하다. 비상
식량으로 남겨둔 포도 서너 알을 씹으니 기분 좋은 달콤함이 입안
에서 퍼진다. 다시 힘을 내어 쉬엄쉬엄 오른다. 자꾸만 깊은 산중으
로 드는 느낌이다.

고갯마루에 올라서니 별천지다. 나도 모르게 정감이마을 속으로
들어가고 있다. 100여 미터 남짓 걸었을까. 정원에서 풀을 뽑는
부부를 만난다. 그 모습이 무척이나 다정스러워 부럽기까지 하다.
먼저 인사를 건넨다.

"집을 잘 꾸며놓으셨네요."

자매인 듯한 아주머니 두 분이 대뜸 안으로 들어와 커피 한 잔
마시고 가란다. 남편으로 보이는 분도 흔쾌히 맞장구친다. 고마운

마음을 물리치는 것이 길손의 예의가 아닌 것 같아 마당으로 들어서려니 대문 앞에 선 빨간 우체통이 앙증맞은 모습으로 먼저 반긴다. 양탄자 같은 고운 잔디 덕분에 예쁜 집이 더욱 빛난다. 잠시 후, 건네주는 따뜻한 커피 한잔에 외로움을 잊는다. 사람의 인정이 그리웠던 터라 하루쯤은 쉬어가고 싶은 마음도 든다. 부부와 자매의 인정도 느껴보고 싶다. 그러나 '길손은 정을 남기지 말아야 한다.'라는 말씀이 있는지라 서둘러 정감이마을을 돌아나온다. 학산마을 가는 산길로 들어서면 머슴 유 총각과 주인 김 씨 딸과의 사랑 이야기가 살아 숨 쉰다. 선남선녀가 사랑을 언약하면 백년해로한다는 길이다.

산길은 명상하기에 좋은 장소다. 누구의 방해도 받지 않는다. 생각이 천 갈래, 만 갈래로 갈라져도 눈치 볼 필요가 없다. 어차피 인생길도 혼자 걷는다고 한다면 외로움도 다정한 친구가 된다. 산길을 벗어나면 덕현리다. 들판은 한없이 넓다. 눈 닿는 곳마다 옥답이다. 부지런한 농부의 발걸음 덕분에 작물들이 튼실하게 자란다. 고랑에는 그 흔한 잡초 하나 보이지 않는다. 들 너머에는 태백준령이 남북으로 길게 늘어서 동과 서로 나누고 있다. 한 번쯤은 살아보고 싶은 동네, 학산마을이다.

범일과 굴산사

37코스의 종점인 오독떼기전수회관 주변에는 볼거리가 많다. 모두가 통일신라 말기의 고승 범일대사와 847년경에 창건하여 선종을 크게 일으켜 세운 굴산사와 연관되어 있다. 굴산사는 사굴산문 사굴산파의 본산이다. 지금은 절터만 남아 그 옛날의 영화로웠던 시절을 보여준다. 인생도 유한하고, 영화롭던 사찰도 찰나에 지나지 않는다. 굴산사지 뒤에는 범일대사의 사리를 모신 승탑이 있다. 조금 아래쪽에는 범일의 탄생 설화가 얽힌 석천이 자리한다.

"학산마을에 사는 처녀 문 씨가 석천에서 표주박으로 물을 뜨니 물속에 해가 떠 있다. 물을 버리고 다시 떴으나 여전히 해가 사라지지 않는다. 처녀는 목이 마른 나머지 물을 마셨고, 13개월 만에 사내아이를 낳는다.

집안에서는 불길한 징조라 하여 사내아이를 마을 뒷산 학바위 아래에 버린다. 며칠 뒤 학바위를 찾았더니 학과 산짐승이 아이를 보호하고 있다. 기이하게 여긴 처녀는 아이를 데리다 키웠고, 해가 뜬 물을 마시고 태어난 아기라 하여 범일梵日이라 이름 지었다."

고승의 탄생 설화를 간직한 석천은 2002년 태풍 루사로 인해 본래 모습을 잃고 말았다. 머리가 없는 석불이 손을 맞잡은 채 돌로 만든 좌대 위에 앉아 있다. 범일의 탄생과 불법과 죽음이 하나의 공간에 있는 것이다.

당간지주는 굴산사 터에서 조금 떨어진 들판에 서 있다. "설법이나 법회 중임을 표시하기 위해 사찰 앞에 세우는 깃대를 당간이라 하고, 그 당간을 지탱하기 위해 세운 두 개의 돌이나 쇠로 된 버팀대를 당간지주"라고 한다. 커다란 바위 2개가 나란하게 선 모양을 보니

굴산사 당간지주

굴산사 석불좌상

엄청난 크기와 위용에 정신이 얼얼하다. 굴산사가 얼마나 웅장했는지 보여주는 상징이다.

서낭당은 범일대사께서 태어난 곳으로 금평로와 맞닿은 곳에 있다. 이곳의 서낭당은 일반적으로 생각하는 당집과는 거리가 멀다. 주변에 있던 돌로 둥글게 나지막한 담장을 쌓고, 그 안에 돌로 만든 조그마한 제단 몇 개를 배치한 것이 전부다. 입구에는 돌탑 두 개가 서로 마주 보고 있다.

강릉에는 매년 풍작, 풍어, 집안의 태평 등을 기원하는 강릉단오제를 연다. 이 기간에는 '국사성황' 행차가 대관령 '국사여성황사'로 가는 행사가 있다. 이때 서낭당에 잠시 머물면서 굿과 제사를 올린다. 승려가 '국사성황신'으로 추앙받는 이유야 알 수 없지만, 이 지역에서 범일대사가 신의 반열에 오를 만큼 영향력이 컸다는 것을 보여주는 것이 아닐까 싶다.

굴산사 석불좌상은 훼손이 심하다. 자신이 믿지 않는 종교에 대한 미움의 발로였는지 얼굴을 알아보기 힘들 정도로 만들어 놓았다. 하반신도 마찬가지다. 타인의 종교를 인정하지 않고, 삶과 믿음까지 짓밟는 무리의 소행이라는 생각에 가슴이 먹먹하다. 모든 길이 결국에는 한곳으로 통하듯이, 종교의 가르침도 다르지 않아야 한다. 서글픈 현실은 마음에 돌덩이가 들어 있는 것같이 무겁다.

강릉 고을의 어제와 오늘

 38코스 오독떼기전수회관 – 솔바람다리

스승의 길

'어단천'을 따라 장현저수지를 향해 걷는다. 친구에게서 전화가 온다. 고등학교 3학년 때, 담임을 맡으셨던 김영대 선생님이 미국에서 일시 귀국하셨다는 반가운 전갈이다. 동기회에서 개최하는 사은師恩 행사에 참석하잖다. 그렇지 않아도 만나 뵙고 싶은 선생님이다. 갑자기, 40여 년 전에 그날들이 그리워진다. 고교 시절의 소문들이 스멀스멀 피어오른다.

독실한 개신교 신자였던 선생님은 전기과 학생이라면 모두가 존경하는 스승이다. 선생님의 장점이라면 무엇보다 학생들을 차별하지 않으신 것이다. 오로지 사랑과 기도로 훈육하셨다. 학칙에 어긋난 행동을 한 학생이 있어도 회초리로 다스릴 생각은 애당초 하지 않으셨다. "꽃으로도 때리지 말라"는 말씀을 일찍부터 행동으로 실천하신 분이다. 그런 모습을 보고 학교생활을 한 덕분에 나 역시 교단에서 선생님을 닮고자 노력했다. 화가 나는 일이 있을 때면 그 때의 선생님 모습을 그렸다. 한 알의 밀알이 되고, 한 자루의 촛불이 되기로 마음먹은 것도 선생님의 영향이 컸다. 나에게 선생님은 그런 분이다.

어느 날, 선생님께서 학교를 그만두셨다. 신학 공부를 위해 미국으로 떠나신다는 이야기에 우울한 마음이 가시지 않았다. 출국 전날, 조그만 선물 하나씩을 들고 친구 서넛과 선생님을 찾아뵈었다. 그것이 마지막이었다. 동기들은 재단과 교목校牧의 횡포에 진저리가 난 선생님께서 학교를 그만두신 것이라고 입을 모았다. 그렇지 않고서는 누구보다 제자들을 사랑하는 선생님께서 학교를 그만두실 이유가 없다고 했다. 나 역시도 선생님을 함부로 대하는 재단 관계자와 교목을 수시로 목격한 적이 있다. 핍박받는 모습이 안쓰러웠다.

성경 교과와 종교활동을 전담한 교목 신○○은 학생들로부터 지탄받는 첫 번째 인물이었다. 시험 점수는 공정과 거리가 멀었다. 수시로 학생들의 헌금으로 점심을 사 먹고 커피를 마셨다. 가까운 거리임에도 택시 타는 것을 예사로 여겼다. 설교와 행동은 언제나 딴판이었다. 엉덩이에 뿔 난 위선자라 침을 뱉고 싶은 심정이었다. 그 사실이 아직도 가슴속에 시퍼렇게 살아 숨 쉬고 있는데 선생님께서 오신다니 가슴이 마구 설렌다. 발걸음도 가벼워진다.

강릉 고을의 어제와 오늘

학산교를 건너 정의윤 가옥이 있는 샛길로 접어든다. 지도에 표기되어 있고, 지방문화재 안내판까지 서 있어 잔뜩 호기심이 인다. 조심스럽게 대문 안으로 발을 들여놓으려니 사람이 사는 민가다. 주인의 허락을 받지 않은 터라 살며시 대문을 민다. 이때다. 주민과 대화를 나누던 주인아주머니의 앙칼진 목소리가 고막을 때린다.

"남의 집에 왜 들어가요?"

마땅히 대답할 말이 없어 얼른 발걸음을 되돌린다. 안내판에도 지방문화재라고만 했지, 아무렇게나 드나들며 구경하라고 한 적은 없다. 그런데도 언짢은 마음이 쉬 수그러들지 않는다. 남루한 차림의 길손일망정 집을 찾아온 손님이 아니던가. 차 한잔 대접하지 못할망정 어떻게 대문 밖에서부터 호통을 칠 수 있단 말인가. 동방예의지국이란 옛 말씀을 들먹이지 않더라도 문밖에서 호통치고, 퇴짜를 놓았다는 말을 들어보지 못했다. 더군다나 역사와 전통을 자랑하는 도시요, 율곡을 비롯하여 많은 선비를 배출한 유서 깊은 곳에서 이런 일을 당하다니. 안주인의 마음 씀씀이에 씁쓸한 기분이 든다.

동네를 돌아 나오는 야트막한 언덕이다. 그 옆으로는 장성한 아들과 늙은 아버지가 앞서거니 뒤서거니 비탈진 밭을 간다. 웃으면서 일하는 모습이 부럽다. 부자유친이란 저런 걸 두고 하는 말인 듯 싶다.

섬석천의 청정수를 받아들이는 아름다운 장현저수지는 하늘의 맑고 푸른 정기를 받아 온갖 생명을 키워낸다. 호반의 정취, 음양의 조화를 남김없이 보여준다. 그 옆으로 걸어야 할 산길이 손짓하며 부른다. 다행히 산은 높지 않고, 흙길이라 걷기에 편하다. 조용한 오솔길은 굽이굽이 이어진다. 돌아서 오르고 내려가기를 수없이 반복한다. 모산초등학교를 지나면 해발 104.4m의 모산봉에 설 수 있다. 강릉을 떠받쳐 주는 4개의 기둥산 가운데 하나다. 어머니가 어린아이를 업고 있는 모양이라 하여 '모산'이라 하고, 인재가 많이 나게 한다고 하여 '문필봉'이라 부른다. 노적가리 형상이라 하여 '노적봉'이라 부르는 사람도 있다. 이름만 해도 부자다. 또, 모산봉은 강릉의 안산이어서 이곳을 향해 집을 지으면 잘 산다는 속설도 있다. 조선 중종 때, 강릉 부사로 부임한 한급은 강릉에 권문세족이 많아 다스림에 어려움을 겪었다. 그래서 "산마다 혈을 막고 모산봉을 1m가량 낮추었다. 호족과 대가의 위세를 꺾어 인재가 나지 못하게 만들었다."

자고로 나라의 녹을 먹는 관리라 하면 백성을 사랑하고, 인재를 소중히 여기는 것이 마땅하거늘 자기보다 뛰어난 사람이 나지 못했다고 하니 참으로 한심한 일이 아닐 수 없다. 그의 지난 행실을 보자. 1510년(중종 5), 강릉 부사로 재직하던 중 "관의 물품인 면포 1백 50필로 양곡을 산 일이 발각되어 장오죄로 파면"당했다. 형조 정랑으로 재직할 때는 "속贖 받은 면포로 정승충의 집터와 그에 딸린 논밭을 산 일도 발각"되기도 했다. 황해도 풍덕군에 있는 "절에 들어가 사찰이 소장하고 있던 놋그릇과 잡물을 싣고 돌아온 일"도 있었다고 하니 그의 됨됨이가 어떠한지 미루어 짐작할 수 있다.

강릉 남대천 방향으로 길을 잡는다. '모산로' 옆에 카페를 겸한 강릉 전축박물관이 눈길을 끈다. 오디오에 관심이 많은 터라 문을 열고 들어선다. 시원한 셰이크로 목도 축일 참이다.

실망이다. 눈이 번쩍 뜨이고, 마음이 동할 만한 기기가 하나도 없다. 고물상이나 중고상에서 단돈 2, 3만 원이면 구매할 수 있는 리시버와 인티그레이티드앰프가 주종이다. 어지럽게 늘어놓은

모산봉 정상

강릉 남대천

월화 거리

음반도 입이 벌어질 정도의 양은 아니다. 맛있다고 자랑을 늘어놓는 주인아주머니의 꼬드김에 수제 셰이크를 주문한다.

억, 맛이 없다. 제과점에서 먹던 밀크 셰이크를 생각한 탓인지 도무지 입에 맞지 않는다. 얼음에 곡물가루와 과일을 넣어 간 음료라 갈증 해소는 고사하고 입안이 텁텁해진다. 한순간에 기대가 와르르 무너진다. 괜히 아까운 돈만 날렸다고 생각하니 억울하다. 그런데 주인아주머니의 말씀이 가관이다.

"아주 맛이 좋지요?"

선뜻, 대답할 말이 떠오르지 않아 가만히 있으니 또 한마디를 덧붙인다.

"별미지요? 다른 사람에게 많이 홍보해 주세요."

실망한 눈치를 알아차리지 못한 아주머니는 극구 자기가 만든 음료에 칭찬을 늘어놓는다. 황당 그 자체라 대꾸할 말을 잃고 만다.

일 년 중 양기가 가장 왕성한 날은 음력 5월 5일 전후다. 이때는 신과 인간이 만난다는 단오제를 연다. 수수한 단오공원에서는 단오제례, 단오굿, 관노가면극 등을 펼친다. 강릉단오제 전수교육관 벽에는 어린이들이 그린 그림을 타일로 만들어 붙여 놓았다. 그네 뛰는 어린이, 단오제, 꽃, 물고기, 탈, 태극기, 별, 무지개, 우주선 등 무수한 꿈과 희망을 담았다. 그 순수하고 진실한 마음을 한참이나 바라본다. 나라의 미래, 우리의 삶을 이어갈 귀한 마음이 그림 속에 있다.

강변로에 이어 남대천을 가로지르면 뜻밖에 강릉중앙시장 한가운데로 들어서게 된다. 가로수가 늘어선 거리는 화려하고,

활기에 넘친다. 길마다 저마다의 특색을 지니고 있어 잠시도 눈길을 돌릴 수 없다. 낮이나 밤이나 청춘남녀로 발 디딜 틈이 없을 것 같은 분위기다. '무월랑'과 '연화부인'의 아름다운 사랑 이야기가 담겨 있는 월화거리는 이색적이다. 때는 신라 시대로 거슬러 올라간다.

"강원도 명주(강릉)의 남대천 남쪽 연화봉 밑에 연못이 있었다. 박연화라는 예쁜 낭자는 날마다 물고기에게 먹이를 주었다. 나중에는 낭자의 발걸음 소리만 들려도 먹이를 먹으러 물가로 모여들었다.

어느 봄날, 낯선 도령이 연못가에서 서성거렸다. 며칠이 지나자 연화 낭자에게 한 장의 편지를 전해주었다. 가만히 펴보니 무월랑이라는 사람이 보낸 사랑을 고백한 연서였다. 다음날, 낭자는 답장을 써서 도령에게 전했다. '저는 부모님이 계십니다. 처녀로서 경거망동할 수 없습니다. 당신이 저를 사랑하시면 글공부에 힘써 입신양명하십시오. 그러면 부모님의 승낙을 받아 당신의 아내가 되겠습니다.' 편지를 받고, 감동한 무월랑은 당장 수도인 경주로 가서 공부에 매진했다.

한편, 낭자의 집에서는 딸을 혼인시키려고 했다. 그 사실을 알게 된 낭자는 마음이 다급해졌다. 편지를 써서 연못가로 갔다. '너희 중에 누가 내 간절한 사정을 낭군에게 전해다오.' 그러면서 편지를 물 위에 던졌다. 잠시 후, 커다란 잉어가 그것을 물고 물속으로 사라졌다.

다음날, 무월랑은 어머니에게 드리려고 커다란 물고기 한 마리를 샀다. 배를 가르니 편지가 나왔다. 천천히 읽어보니 연화 낭자가 보낸 것이었다. 무월랑은 부모님께 그간의 사정을 이야기하고 명주로 말을 몰았다. 낭자의 부모님께 그들의 전후 사정을 이야기했다. 연화의 부모님께서 말씀하셨다. '이렇게 지극한 정성이야말로 하늘까지 뜻이 통할 만한 일이다.' 하시면서 무월랑을 사위로 삼았다."

　　이럴 수가! '입암성당'을 지나고, '성덕로'로 들어서자마자 스마트 폰이 꺼진다. 배터리가 다 닳은 것이다. 지도 검색은 물론이고, 전화 한 통 할 수 없는 처지로 바뀐다. 지금까지 길잡이 역할을 톡톡히 하던 기기가 무용지물이 되자 앞이 캄캄해진다. 누구와도 연락할 수 없다는 사실이 불안하게 만든다. 들에는 일손 바쁜 농부가 서넛 보이나 길손에게 관심을 두지 않는 눈치다. 비상시 대처할 방법도 없다. 손안의 조그만 기기 하나가 내 삶을 통째로 허물고 있다. 밤낮 을 가리지 않고 스마트폰을 끼고 산다는 청소년들의 마음을 이해할 수 있을 것도 같다. 역지사지易地思之라는 말이 증명되는 순간이다.

　　불안한 마음을 안고, '학우리골'과 '감촌골' 들판을 가로지른다. '섬석천'을 건너니 곧바로 '남항진교'다. 38코스의 종착지는 남 항진해변과 죽도봉을 연결하는 솔바람다리까지나 이미 예정한 오후 4시가 훌쩍 지났다. 승용차를 세워둔 안인항으로 돌아가려면 서둘러야 한다. 설상가상으로 강릉 시내버스 기사들이 파업 중이다. 어떻게 가야 할지 걱정이다. 이래저래 힘든 하루다.

다섯 가지 달, 관동팔경의 경포대

 39코스 솔바람다리 – 사천진해수욕장

커피의 거리, 안목해변

    강릉 남대천이 '섬석천'과 만나고, 동해와 하나가 되는 남항진이다. 밀물 때는 바닷물이 남대천을 따라 오르면서 덩실덩실 춤춘다. 썰물이 시작되면 유순한 강물이 되어 동해의 품으로 파고드는 곳이다. 남항진해수욕장과 죽도봉을 연결하는 솔바람다리 위에 선다. 짙은 색깔의 동해 위로 붉은 기운이 힘차다. 암탉이 알을 낳듯 해를 낳는다.

솔바람다리와 죽도봉

나지막한 죽도봉을 넘으면 커피로 유명한 안목해변이다. 강릉을 대표하는 카페 거리로 매년 10월이면 커피 축제를 연다. "강릉에서 커피를 마신다는 것은 단순히 좋아하는 음료를 마시는 것이 아니라 고유의 커피 문화를 즐기고 커피에 담긴 정서를 느끼는 것"이라고 한다. 무심코 마시는 한잔의 음료에도 멋들어진 문화가 깃들어 있다. 문을 연 카페가 보이지 않는다. 이른 새벽부터 서두른 탓이지 싶다.

생명이 꿈틀거리는 강문해변

송정해변과 연결된 강문해변은 조금 전까지 걸었던 세상과는 다른 곳이다. 피아노와 포르테, 밤낮과 같은 대비다. 송정해변이 정적인 분위기를 안겨주는 곳이라면, 강문해변은 생명이 꿈틀거리는 듯한 모습을 보여준다. 경포천을 가로지르는 '강문솟대다리'를 건넜다가 되돌아온다. 이번에는 강문교를 건넌다. 그 덕분에 강문 진또배기 성황당을 두 눈에 담을 수 있다. 트로트 가요로도 널리 알려진 진또배기는 '새 모양의 솟대'를 의미한다. "물, 불, 바람으로부터 재난을 막아준다고 하여 예로부터 마을의 수호신으로 삼았던 상징"이다. 주민들은 오래전부터 진또배기를 마을 곳곳에 세워 무사와 안녕을 빌었다.

'강문의 월삼제'을 아는가. 달 밝은 밤, 바닷물에 비치는 세 가지의 달을 일컫는 말이다. "잔잔한 바닷물에 반사되는 달빛과 달이 이어지는 모습을 월주라 하고, 바닷물이 비친 달빛이 파도에 부서지는 모습을 월파, 바닷속에 비쳐 일렁이는 모습을 월탑"이라 하여 강문에서만 느낄 수 있는 낭만으로 여겼다. 생각만 해도 가슴

안목 해변가 카페 거리

강문 진또배기 성황당

설레는 멋이다.

조선이 낳은 아픔, 난설헌

갑자기 눈앞이 환해진다. 걷는 것에만 집중하다 보니 경포호가 있다는 사실을 알지 못했다. 조금은 들뜬 마음으로 호숫가로 발을 들여놓으니 봄날의 호수가 하늘빛으로 물들었다. 아침 햇살도 호수에 잠겨 든다.

예로부터 경포호에는 다섯 가지 달이 뜬다는 말이 전한다. "하늘에 뜬 달, 바다에 뜬 달, 호수에 비친 달, 술잔 속의 달, 마주 앉은 그대의 눈동자에 뜬 달" 말이다. 어느 것 하나 고상하고 우아한 멋이 깃든 달 아닌 것이 없다. 많은 사람이 경포대에 오르고, 경포호수를 찾는 것도 다섯 개의 달을 보기 위함인지도 모를 일이나 '마주 앉은 그대의 눈동자에 뜬 달'에 비할 만한 달이 어디에 또 있을까 싶다. 사랑하는 사람과 맑은 술 한잔을 나누노라면 그윽한 눈동자에 천지가 있고, 고왕금래古往今來의 사랑이 있다.

초당동 소나무 숲 너머는 허균·허난설헌이 살았다는 집이 있다. 아름드리 소나무 사이로 비치는 아침 햇살에 기운이 솟는 곳이다. 맑은 공기가 폐 속에 찌든 노폐물을 말끔하게 씻어주기도 한다. 조선의 천재 여류시인 난설헌을 만날 생각에 발걸음을 빨리한다. 이게 웬 말인가? 초당 고택을 설명하는 표지판에 의하면 허균과 허난설헌이 살았다는 집터가 맞는지 정확하게 알 수 없단다. 현재의 가옥은 1912년에 후손 정호경이 가옥을 늘리고 고쳐 지은 것이라 한다. 난설헌을 만날 꿈이 무참하게 깨어져 버린다. 들뜬 마음이

초당동 고택

허균·허난설헌 기념관

허난설헌 동상

바람 빠진 풍선처럼 쪼그라지더니 허탈해진다. 그래도 난설헌이 살았을지 모르는 가옥을 몇 번이나 더 둘러보며 그녀의 자취를 더듬는다. 허탈한 마음을 안고 기념관으로 향한다.

허난설헌! 그녀는 조선 중기의 여류시인이다. 화담 서경덕의 수제자이며, 동인의 거두 초당 허엽의 딸이다. 본명은 허초희, 자는 경번이다. 우리가 알고 있는 난설헌은 호다. 1563년에 태어나 1589년에 세상을 떠났으니 겨우 26년밖에 살지 못한 비운의 여인이다. 당시 사회제도의 모순, 적자와 서자의 신분 타파, 정치개혁을 주제를 다룬 최초의 국문소설『홍길동전』의 저자 허균의 누나다. 이렇듯 문장으로 유명한 집안에서 태어난 그녀는 용모가 아름다운 것은 물론이거니와 고상한 품격까지 지녔다. 누구나 아내로 삼고 싶어 했을 여인이다.

그녀는 손곡 이달을 스승으로 모시고 시를 배웠다. 여덟 살의 나이에「광한전 백옥루 상량문」을 지었다. 과연 신동 중의 신동이다. 상량문은 집을 지을 때 대들보를 올리며 행하는 상량 의식에 쓰이는 글이다. 8살 아이가 짓기 쉽지 않은 글인데도 그녀는 신선 세계에 있는 상상의 궁궐인 광한전 백옥루의 상량식에 자신이 초대받았다고 밝히면서 명문「광한전 백옥루 상량문」써 내려간다. 500년의 시공을 초월하여 문득 나에게로 왔다.

－상략－

어기여차, 동쪽으로 대들보 올리세
새벽에 봉황을 타고 요궁瑤宮에 들어갔더니

날이 밝으면서 해가 부상扶桑 밑에서 솟아올라
붉은 노을 일만 올이 바다를 붉게 비추네

어기여차, 남쪽으로 대들보 올리세
옥룡玉龍이 아무 일 없어 연못 물을 마시니
은평상 꽃그늘에서 낮잠을 자다 일어나
웃으며 요희瑤姬를 불러 푸른 적삼을 벗기게 하네

어기여차, 서쪽으로 대들보 올리세
푸른 꽃에 이슬이 떨어지고 오색 난새가 우는데
옥자玉字를 수놓은 비단옷 입고 서왕모를 맞아
학을 타고 돌아가니 날이 이미 저물었네

어기여차, 북쪽으로 대들보 올리세
북해가 아득해서 북극성이 잠기고
붕새의 깃이 하늘을 치니 그 바람에 물이 치솟네
구만리 하늘에 구름이 드리워 빗기운이 어둑하네

어기여차, 위쪽으로 대들보 올리세
새벽빛이 희미하게 비단 장막을 밝히고
신선의 꿈이 백옥 평상에 처음으로 감도는데
북두칠성의 국자 돌아가는 소리를 누워서 듣네
─하략─

오늘날, 난설헌이 지은 213수의 시가 전한다. 그중에서 신선이나 선경 등을 묘사해서 작자의 감정과 사상을 담은 시가詩歌 양식인 유선시遊仙詩가 87수나 된다. 그런 그녀지만 피폐한 삶으로 인해 죽기 전, 자신이 지은 시를 모두 불태우라 부탁한다. 동생 허균은 차마 주옥같은 시를 불태울 수 없어 명나라 시인 주지번에게 보냈고, 중국에서 『난설헌집』이 발간된다. 난설헌은 중국은 물론 일본에서도 격찬받아 당대에 세계적인 여류시인으로 명성을 떨친 여인이 된다.

그녀의 시에는 임에 대한 사랑이 절절히 넘친다. 그리움과 한이 다함을 모른다. 15세에 안동 김씨 성립에게 시집을 갔으나 기방에 출입하며 방탕한 생활을 일삼던 남편 탓에 늘 가슴앓이하며 살았다. 양반의 집안이기는 하나 며느리가 글재주로 이름을 날렸으니 시어 머니조차 탐탁지 않게 여겼을 것이 분명하다. 그런 중에 어린 딸과 아들마저 차례로 잃고 말았다. 늘 고독했고, 슬픔을 안고 살았다. 그녀는 입버릇처럼 세 가지 한을 이야기했다. "여자로 태어난 것, 김성립의 아내가 된 것, 조선에서 태어난 것." 남존여비와 계급을 중시했던 당시 사회의 가치관 때문이었으리라. 안타깝게도 그녀의 묘는 강릉에 없다. 경기도 광주시 초월읍 지월리에 남편 김성립의 묘 아래에 잠들었다. 난설헌이 일찍 세상을 떠난 까닭에 남편 옆에는 두 번째 부인이 누웠다. 죽어서도 남편의 사랑을 받지 못한 가련한 여인이다.

천일야화의 경포호

경포호수는 수면이 "거울같이 맑아 경포호"라 부른다. "사람에게 유익함을 준다고 하여 군자호"로도 불린다. 수많은 시인 묵객이 찾아들었으니 호수에 담긴 이야기는 천일야화와 비교해도 뒤지지 않을 듯싶다.

경포호수 북쪽 언덕 위에 자리 잡은 경포대에 오른다. 1326년, 고려 충숙왕 13년에 관동존무사 박숙정이 신라의 신선 네 명이 놀았다는 방해정 뒷산 인월사 터에 지은 누각이다. 누각에 올라 바라보는 경포호의 경치가 가히 절경이다. 태조와 세조도 경포대에 올라 경포호의 아름다움에 반했다고 하는 것을 보면 시선을 어느 곳에 두든지 간에 실망하지 않을 곳이다.

목조건축물은 세월의 흐름에 따라 자연스럽게 헐 수밖에 없다. 경포대도 세월의 무게를 이기지 못하고 기어이 허물어진다. 이것을 강릉 부사 한급이 1508년에 지금의 자리에 옮겨 지었다. 『증수임영지』의 기록에 의하면 1748년에 경포대가 기울자 부사 조하망이 누각을 옛 모습 그대로 새로이 지었다고 한다. 현재 내가 바라보고 있는 누각이다.

조선 후기의 문인 고동 이익회가 쓴 해서체의 鏡浦臺^{경포대} 현판 글씨가 힘에 넘친다. 단정하고, 품격이 남달라 닮고 싶은 글씨체다. 문신이자 서예가인 기원 유한지의 전서체도 혀를 내두르게 한다. 아버지가 글을 쓰실 때면 몇 시간이고 꿇어앉아 먹을 갈며 과정을 지켜볼 수 있었던 덕분에 대강이나마 마음에 드는 글씨를 고를 수 있다. '第一江山^{제일강산}이라 적힌 현판의 글씨는 명나라의 사신 주지번의 필체라고 알려져 있다. 이 외에도 세조와 숙종의 어제시가 전해온다. 1545년(명종 즉위) 율곡 이이의 나이 겨우 10세 때

지었다는 「경포대부」 편액도 걸려 있다.
서주 조하망의 상량문은 명문장으로
격찬받았다고 전한다.

「송경포대」가 가슴을 울린다. 조하
망은 시에서 경포대라는 단어를 직접적
으로 언급하지 않았지만 신선 세계를 노래하듯 경포대의 아름다운
정취를 담았다.

송경포대

조하망

열두 붉은 난간 사이로 벽옥소 소리 들려오고
맑은 가을 아름다운 나무에서 향기가 나부끼네
천년세월은 흘러 진시황의 불로초 이야기 아득하고
월나라 미인의 노랫소리 교태롭게 들리네

풀 향기 그윽한 계절에 해 떨어지면
그리운 사람 오늘 밤엔 꿈에서 보이겠지
늙은 어부 영주곡이 끝나지 않았는데
조각배는 강문교 옛 다리를 지나고 있네

고택, 방해정은 조선 후기의 누각이다. 1859년 통천군수였던
산석거사 이봉구가 선교장의 부속 건물로 건립하고 만년을 보낸
곳이다. 지금은 대문 앞으로 큰 도로가 나 있어 많은 차들이 바쁘게

오가지만, 그 옛날에는 집 앞까지 호수였다. 대청마루에서 낚싯대를 드리우며 세월을 낚았을 법도 하다. 문만 열면 경포호의 전경이 두 눈을 시리게 하고, 호수 건너편의 초당동 소나무 숲을 감상할 수 있었다. 배를 타고 출입하였다니 세상 번뇌와 시름 모두 잊고 청산에 살았다. 고상하고 우아한 멋이 또 어디에 있을까 싶다. 가히 최고의 풍류를 즐길 줄 아는 선비의 삶이라 할만하다.

방해정에서 그리 멀지 않는 호숫가에는 고려말 강원도 안찰사 박신과 강릉기생 홍장의 애틋한 사랑이 깃든 홍장암이 있다. 평범하게 보이는 바위에는 전설 같은 이야기가 서려 있다. 경포팔경 가운데 하나인 '홍장야우紅粧夜雨'에 해당한다. 홍장을 통해 사랑의 아픔과 기쁨을 함께 느낄 수 있다.

"고려말 강원도 안찰사였던 박신은 강릉지역을 순찰하던 중 아리따운 강릉기생 홍장을 만났다. 두 사람은 서로 사랑하였고, 정이 깊어졌다. 어느 날, 박신이 다른 지역으로 순찰하고 돌아와 홍장을 찾았다. 이때 친구인 강릉 부사 조운흘이 친구를 골려 줄 속셈으로 '홍장이 밤낮 그대를 생각하다 죽었다'라고 거짓을 고했다. 그러자 박신은 애절한 마음

경포대

방해정

을 이기지 못하고 시름시름 앓더니 몸져눕고 말았다.

　조 부사는 미안한 마음에 '경포대에 달이 뜨면 선녀들이 내려오니 홍
장도 내려올지 모른다.' 하며 박신을 호숫가로 데리고 갔다. 이윽고, 호
수의 신비스러운 운무가 드리우자 홍장이 배를 타고 선녀처럼 나타났다.
둘은 극적인 재회의 기쁨을 나누었다."

　홍장이 지었다는 시조도 애틋하다. 눈물을 찔끔거리고, 애간장을

태울 만하다. 모름지기 남녀 간의 사랑이라면 이 정도는 돼야 멋이 있다. 괜히 애꿎은 사람 붙들고 투정 부릴 일이 아니다. 나오지 않는 눈물을 억지로 짜내며, 죽네, 사네 할 것도 없다는 말이다.

한송정 달 밝은 밤에
홍장

한송정 달 밝은 밤에 경포대에 물결 잔데
유구한 백구는 오락가락 하건만은
어찌하여 우리 왕손은 가고 아니 오는가

호수 가운데에는 새바위가 있다. 우암 송시열은 새들이 쉬는 바위라 하여 조암이라는 글자를 새겼다. 바위 위에는 그리 오래되지 않은 시절에 지은 월파정이 있다. 경포호수에 비친 달빛이 물결에 흔들리는 것에 비유하여 지은 정자로 이름만으로도 흥취가 돋는다. 달빛이 구름 사이로 부끄럽게 숨어드는 밤이면 하늘나라 선녀가 하강하여 아름다운 노래를 부르고, 또 어떤 달밤에는 신선이 내려와 피리를 불면 그 영롱한 소리가 은하 흐르듯 경포호수에 퍼졌을 것 같다. 베토벤의 피아노소나타 「제14번 작품 27의 2」 '월광'은 루체른 호수에 흔들리는 달빛을 닮았다고 한다. 둘은 시대와 공간을 초월했으나 인간으로서의 감정과 사물을 바라보는 느낌이 다르지 않음을 보여준다.

후배 윤 선생이 몇 번이나 가보라고 당부했던 '참소리 축음기 박물관'은 오디오에 관심이 많은 사람이라면 반드시 들러야 할 곳이다.

만만찮은 입장료를 지불하고 들어섰으나 50분 넘게 기다려야 해설을 들을 수 있다. 갈 길이 멀어 혼자서 구석구석을 누비며 감상 한다. 수집가의 대단한 열정에 감동 또 감동이다. 엄청난 노력과 열정, 금전을 쏟아붓지 않았다면 이 많은 작품을 전시하지 못했을 것이다.

경포해수욕장! 동해안 어느 해수욕장보다 아름답다. 중앙광장은 깔끔하다. 아무리 둘러보아도 흠잡을 만한 곳이 없다. 수많은 사람이 찾을 수밖에 없는 곳이다. 송림도 일품이고, 바닷물도 맑다. 먹고, 마시고, 잘 곳이 한 방에 해결되는 명소다.

해가 중천이다. 해안로를 따라 바쁘게 걷는 발걸음 뒤로 마음이 미적거리며 따른다. 사근진, 순긋, 순포, 사천해변이 차례로 얼굴을 내민다. 목적지 39코스의 사천진해수욕장도 멀지 않다.

경포대해수욕장의 아침

비린내 풍기는 삶의 현장

 40코스 사천진해수욕장 – 주문진해수욕장

새로운 세상을 꿈꾼 혁명가, 허균

　　사천진해수욕장에서 얼마 떨어지지 않은 곳에 교산蛟山이 있다. 산 정상과 사천진 앞바다를 잇는 구불구불한 능선이 마치 전설상의 교룡을 닮았다고 하여 붙여진 이름이다. 조선 중기의 문신이자 청백리로 녹선錄選된 허엽은 예조참판을 지낸 김광철의 딸을 두 번째 아내로 맞이하여 허균과 허난설헌을 낳았다. 산자락에는 이들이 태어난 애일당 터와 교산시비가 있다. 허균은 자신이 태어난 교산을 호로 삼고, 사천진해변에 오가며 자랐다.

　　교산의 사상은 우리나라 최초의 한글 소설인 『홍길동전』을 통해서 엿볼 수 있다. 조선 중기, 부패한 사회를 개혁해 새로운 세상을 이루고자 했던 그는 신출귀몰한 홍길동을 통해 혁명적인 사상을 드러냈고, 당시 사회의 모순을 비판한다. 사리사욕을 꾀하는 양반과 탐욕이 많고 행실이 깨끗하지 못한 관리들을 혼낸다. 막강한 권력을 쥔 지배 계층으로부터 압박과 설움을 당하는 힘없고 가난한 백성이 주인인 세상을 만들기 위해 타락한 사회에 도전한다.

교산은 말한다. "세상에서 두려워할 것은 오로지 백성뿐이다. 백성은 물이나 불, 호랑이나 표범보다 훨씬 두려운 존재다. 윗자리에 있는 자들은 백성을 업신여기면서 모질게 부려 먹는다."라고. 그의 마음도 한 번 들여다본다. 「누실명」을 보면 돈 많고 지위가 높다고 하여 결코 군자라 칭하지 않는다. 좁고 누추한 집에 살아도 마음이 맑고 평온해야 군자라고 노래하면서 몸과 명예가 썩어 문드러지는 것을 경계하고 있다.

누실명
허균

방의 넓이는 10홀, 남쪽으로 외짝문 두 개 열렸다

한낮의 햇볕이 내리니, 밝고도 따뜻하다

집에 벽은 있으나, 온갖 책 가득하고

낡은 잠방이 하나 걸쳤지만, 선비와 싹이 되었네

차 반 사발 따르고, 향 한 대 피운다

벼슬 버리고 한가롭게 숨어 살며, 천지와 고금을 마음대로 넘나든다

사람들은 누추한 방에서 어떻게 사는가 말하면서, 누추하여 거처할 수 없다고 말한다

내가 둘러보니, 신선이 사는 곳이 바로 여기라

마음 안온하고 몸 편안하니, 누가 누추하다고 말하는가

참으로 더러운 것이 있다면 몸과 명예가 모두 썩어 버린 것

집이야 쑥대로 엮었지만, 옛시인도 좁은 집에서 살았다네

군자가 사는 곳을, 어찌하여 누추하다 하는가

사천진해수욕장의 교문암

사천진해수욕장의 자랑거리라면 교문암이다. 공룡알을 닮은 커다랗고 둥그스레한 바위다. 그 옆에는 동생뻘로 보이는 작은 바위 무리도 함께 섰다. 지금부터 약 2억 년 전에 땅속 마그마가 식어 화강암이 된 것이다. 그 뒤, 1억 4천만 년 동안 압력을 받으면서 둥근 바위가 되었다. 한반도가 바다 밑에서 솟아오를 때 지금의 위치에 자리 잡았다. 지형 발달사를 알려주는 중요한 자료라 한다.

선조들의 해학이라고 말해야 할까. 교문암에 신비스러운 전설을 만들고, 거기에 숨을 불어 넣었다. 재미있는 이야기는 다음과 같다.

"옛날 교산의 구릉과 사천의 시내가 바다로 들어가는 백사장에 큰 바위가 있었다. 강이 무너질 때, 늙은 교룡이 그 밑바닥에 엎드려 있다가 바위를 두 동강 내고 떠났다. 깨진 바위가 문과 같이 되었으므로 후세 사람들이 교문암이라 불렀다."

나들이 나온 사람들로 제법 붐빈다. 따뜻한 날씨, 맑은 하늘 덕분이다. 마침 흔들의자에 앉았던 연인이 자리를 비운다. 가까운 곳에 서 있던 내가 자연스럽게 자리의 주인이 된다. 길손을 배려하여 백사장에 설치한 것이나 보이지 않는 눈치싸움이 치열하다.

자리란 정정당당한 경쟁의 결과에 따라 앉는 것이 순리다. 그런데 꼼수를 써서 차지하는 사람이 의외로 많다. 지그시 눈을 감고 햇빛을 내 안에 맞아들인다. 발구르기를 하니 앞뒤로 흔들리는 느낌이 좋다. 바닷물이 모래를 쓸고 나갔다가 밀려오듯이 몸이 일렁거린다. 모처럼 해파랑길 위에서 가져보는 여유다. 심술궂은 봄바람 탓일까. 커다란 파도가 모래사장을 덮친다. 물거품이 사라지기도 전에 다음 파도가 앞의 물거품을 집어삼킨다. 젊은이가 늙은이의 자리를 차지하고, 강한 자가 약자를 누르는 것 같은 느낌이 들어 마음이 씁쓸하다. 세월 탓이리라.

산다는 것

연곡천의 물고기는 수심이 얕은 모래밭에 옹기종기 모였다. 봄볕이 잘 들고, 수온이 따뜻한 곳을 찾은 듯싶다. 말 못하는 미물도 어디서 살아야 하는지 삶의 터전을 꿰뚫고 있다. 사람도 건강한 삶을 누리려면 청정한 환경을 만들어야 한다. 쓰레기를 줄여 토양과 물을 오염시키지 않아야 한다. 햇볕이 잘 들고, 깨끗한 공기를 마실 수 있는 곳이면 금상첨화다. 나이가 들면 병원이 가까워야 한다. 마트나 시장이 이웃에 있으면 생활의 불편함을 줄일 수 있다. 따뜻한 대화를 나누고 올바른 뜻을 함께 펼칠 이웃이 있는 곳이라면 이보다 더 좋은 곳은 없다.

고향인 마산과 이름이 같은 마산길에서는 오른쪽 산길로 들어서야 영진리 고분군으로 갈 수 있다. 강릉 바우길과 겹치는 길이다. 산길은 경사가 심하지 않고, 오르막도 길지 않다. 솔숲이 토해내는 피톤치드가 몸속에 가득한 나쁜 세균으로부터 몸을 보호해 주지 싶다. 야트막한 언덕에는 많은 수의 신라 시대 무덤이 분포한다.

교문암

영진리 고분

안내판에 의하면 7번 국도를 확장하면서 무덤 떼의 발굴조사가
이루어진 모양이다. "덧널무덤, 돌덧널무덤, 앞트기식 돌방무덤,
독무덤 등 다양한 형식의 무덤과 능선의 곳곳에 돌방무덤이 만들어져
있음이 확인되었다. 또 긴목항아리, 굽다리접시 등의 토기와 수백
점의 유물이 출토"되었다. 아직도 발굴하지 못한 유물이 산재해 있는
듯하다.

옛 토성 터도 만난다. 축성연대와 내력은 알 수 없다. 다만, 왜구의

침입으로부터 영진리 일대를 지키고 보호하는 성이었음을 짐작할 수 있다. 세월이 흘러 성벽은 무너지고 자취만 남은 터에 소나무가 무성하게 자랐다. 유구한 세월을 말해준다.

영진리 바다는 고향 마산 앞바다와 연결된 바다요, 해파랑길을 걸어오는 내내 함께한 바다다. 그런데도 지겹다는 생각이 들지 않는다. 오히려 푸른 솔숲과 함께하는 바다라 더욱 좋다. 해변에는 멋진 카페가 저마다의 모습으로 선남선녀를 부른다. 빨간 등대는 어디에서나 눈길을 끈다.

비린내 풍기는 삶의 현장

신리하교와 교항삼거리를 지나자 어항 냄새가 솔솔 풍긴다. 줄지어 선 건어물 가게들과 처마 밑에 내걸어 놓은 건어물이 그것을 증명한다. 주문진항 내로 들어서니 작은 고깃배들이 출항 준비를 마쳤다. 여차하면 저 넓은 바다로 날려 나갈 태세다. 몸은 뭍에서 해파랑길을 더듬지만, 마음은 이미 동해의 어선을 따르고 있다. 어민 수산시장에 들어선다. 왁자지껄한 소리에 정신을 차릴 수 없다. 혼이 반쯤은 허공을 떠도는 느낌이다. 그런데도 비린내 풍기는 삶의 현장에 섰다고 생각하니 저절로 기운이 솟는다.

커다란 대야에는 해산물이 가득하다. 수족관의 활어도 힘차게 헤엄친다. 정든 고향을 떠나온 낙지와 전복, 소라가 슬금슬금 기어오르며 탈출을 시도한다. 상인 아주머니의 매서운 눈길, 재빠른 손놀림에 고향을 그리던 마음이 산산조각이 된다. 한판승을 거둔 아주머니의 얼굴에 웃음이 번진다. 물건을 사고파는 행위의 절정은

소돌 해변

홍정이다. 조금이라도 싸게 사려는 주부와 한 푼이라도 더 받을 요량으로 연신 팔을 흔드는 상인 간의 치열한 눈치 싸움이 두뇌 전쟁으로 바뀐다. 설전은 끝없이 팽팽하게 달린다.

좁은 골목길을 걷는 재미가 쏠쏠하다. 올망졸망한 집들 사이로 난 등대길을 따라 언덕을 오르면 강원도에서 첫 번째로 세웠다는 '주문진등대'가 나타난다. 1918년, 일제강점기의 암울한 역사 속에서 만들어져 6·25 한국전쟁의 아픈 기억까지 낱낱이 기억하고 있다. 꺼지지 않는 등불로 오고 가는 어선마다 희망의 빛을 안겨준다. 등대가 있는 해발 30m의 봉구미 언덕은 동해에서 떠오르는 태양을 감상할 수 있는 숨은 명소다.

마을 전체가 소가 누워있는 형상이라고 하여 '소돌^{牛돌}'이라는 지명이 붙은 소돌항이다. 실제로 앞바다에 소를 닮은 바위가 있다고 하나 내 눈에는 싸리버섯 닮은 바위와 기괴한 바위만 해안에 널려 있다. 물 빠진 갯바위로 내려서니 바위틈에서 무언가를 잡는 듯한 중년의 남자가 여럿이다. 바다 민달팽이라 부르는 군소다. 한 신사가 장난을 건다. 군소 한 마리를 아가씨 얼굴 가까이 가져가니 낭자한 비명이 남자들의 반가운 환호성과 함께 허공에서 부딪친다. 징그러운 생김새와 소주 안주를 생각하는 상반된 반응이다. 남녀 간의 다름이 군소에도 있다.

소돌해변에서 주문진해수욕장은 멀지 않다.

일상의 번뇌를 내려놓고

일상의 번뇌를 내려놓고

41코스 주문진해수욕장 – 죽도정 입구

향호의 의미

향호! 내세의 복을 빌기 위해 향을 강이나 바다에 잠가 두는 매향에서 유래된 이름이다. 이러한 풍습은 오래전부터 시작된다. 고려 시대에는 "고을 수령들이 향도들과 함께 태백 산지에서 흐르는 물이 동해와 만나는 지점에 향나무를 묻고, 미륵보살이 다시 태어날 때 침향으로 공양을 드릴 수 있도록 해달라는 풍습"에서 비롯된 것이다.

향호

호숫길은 걷기에 편하다. 세상의 잡스러운 소리가 들리지 않는다. 잡념이 사라지고, 마음도 편안해진다. 조선 시대의 시인으로 알려진 안숭검은 향호에 얽힌 침향의 전설을 시로 남겼다.

향호
안숭검

예부터 덕이 있는 군자호요
호수에 묻힌 향나무의 이름을 따 향호라 하네
강릉 땅 곳곳 호숫가에 정자가 많지만
향호의 이름에 비하겠는가

아름드리 소나무와 향호가 어우러진 곳에 취적정이 있다. 조선 숙종 때 이영부라는 사람이 고향으로 내려와 풍류를 즐기기 위해 자신의 호를 가져와 지은 정자다. 지금의 정자는 2007년 여름에 완공했다. 그런 까닭에 푸른 단청이 선명하다. 발걸음이 무거운 길손에게 쉬어가라 말을 건다. 마음 없이 흔들리는 저 갈대는 지난날 정자가 섰던 의미를 알까. 길손은 또 어떤 감회에 젖을 것인가. 아, 무심한 세월이여! 인생의 덧없음이여!

윤 선생의 남애항 사랑

지경공원을 지난다. 화상천과 원포해수욕장이 만나는 곳에서 투망 던지는 사람을 만난다. 바닷가에서 던지는 그물인데도 던질 때마다 제법 많은 물고기가 걸려든다. 한 번은 얼마나 많은 물고기가 들었는지 그물을 잡고 쩔쩔맨다.

'맙소사.'

막 끌어올린 물고기가 모래사장에서 펄떡이며 나뒹군다. 커다란 양동이에 다 담지 못할 만큼 많다. 한편으로는 나 자신이 그물 속에 갇힌 물고기와 같은 처지라고 생각하니 숨이 턱 막힌다. 내 의지대로 산다고 큰 소리 쳐봐도 실상은 조물주가 조종하는 대로 사는 것은 아닐까. 어쩌면 가느다란 줄 끝에 매달린 꼭두각시 인형이거나 바둑판 위의 바둑알에 불과한지도 모를 일이다.

매바위길을 따라 나타난 남애항에는 생각보다 많은 배가 정박해 있다. 삼척의 초곡항, 강릉의 심곡항과 더불어 강원지역의 3대 미항 중의 하나다. 강원도의 베네치아라는 별명이 붙은 곳이라 볼거리에 대한 기대도 크다. 윤 선생은 마음이 울적하거나 허허로울 때면 남애항을 찾는다고 했다. 방파제와 등대, 기암, 송림, 작은 바위섬 등과 어우러져 아름다운 모습을 자아내니 찾을 때마다 마음이 편안해진다고 한다. 그 기분을 나도 느껴봤으면 좋으련만 인생의 여정이 다르고, 삶의 깊이 또한 같지 않으니 바라다보이는 항의 정경이 다르게 보일 수밖에 없다. 마음에 이는 감흥도 같지 않다.

수협공판장 옆, 슈퍼 입구에 설치한 자판기에서 커피를 한 잔 마실 참이다. 500원 동전 하나를 넣고 버튼을 눌렀으나 반응이 없다. 이 모습을 주인아주머니가 보고 있었나 보다. 봉지 커피 하나를 가져오더니 쭉 찢어 종이컵에 담아준다. 500원이란다. 좋다가 말았다.

휴휴암 방향으로 길을 잡는다는 것이 지도를 잘못 읽었다. 철조망을 뚫고, '큰바다해변'에 있는 방파제까지 오르고 말았다.

남애항

휴휴암

엉뚱한 곳에서 헤매다 재빨리 되돌아 나오니 산길이다. 애당초 이 길을 걸어야 했다. 광진2길에서 좁은 언덕길을 내려서니 갑자기 앞이 탁 트인다. 터널에서 나올 때와 같이 환해지는 느낌이다.

일상의 번뇌를 내려놓고

휴휴암休休庵! 일상의 번뇌를 내려놓고, '쉬고 또 쉬라'는 뜻으로 지은 암자다. 경내에 들어서면 관광객들이 셀 수 없을 만큼 많다.

눈을 크게 뜨지 않으면 앞사람의 발을 밟을 정도다. 시장통을 방불케 하니 어디에도 휴식을 취할 공간이 없다. 암자를 연 홍법 스님의 의도와 다르게 바닷가에까지 인산인해를 이뤘다. 조그마한 마음 하나 내려놓는 것이 이렇게 어렵다.

휴휴암은 20년 가까이 사유지 소유권 분쟁으로 시끄럽다. 사찰 가운데 위치한 사유지를 무단 점거한 탓이란다. 지난 2019년 4월 "춘천지방법원 속초지원 집행관과 토지 소유주인 영농법인 관계자 등 130여 명이 넘는 철거용역이 진입"하여 강제집행에 들어가기도 했다. 남의 땅을 침범하여 절을 세우고, 거기에 쉬고 또 쉬어가라고 하니 이 또한 아이러니다.

'마음속의 집착을 내려놓는다'라는 방하착放下着도 있다. 음료수와 기념품 등을 파는 가게라 이름을 잘못 지었다. 물건을 하나라도 더 사려고 아우성을 치는 사람들을 보면 오히려 아귀 지옥과 다름없다. 휴휴암을 벗어나는데도 쉽지 않다. 경내와 불이문 주변은 물론이고 동해대로 가장자리까지 승용차가 넘쳐난다. 이런 분위기라면 엉덩이가 들썩이지 않을 사람이 없을 듯하다. 돈에 욕심내지 않고, 분 냄새에 정욕이 꿈틀거리지 않아야 할 텐데. 은근히 걱정된다.

인구항 북쪽에는 송죽이 사계절 울창하다는 죽도가 있다. 원래는 해안에서 떨어져 있는 섬이었으나 지금은 육지화된 곳이다. 죽도정에 서면 아득하게 멀고 넓은 바다가 답답함을 거둬간다. 항구와 해수욕장, 마을, 해안선이 절묘하게 어우러진 모습은 덤이다. 높이 53m, 둘레 1km의 죽도를 한 바퀴 휘돌다 보면 바위 아래 자리 잡은 조그만 관음전을 만날 수 있다. 죽도암이라고 표시된 암자다.

죽도해변을 따라 새나루길을 걸으면 인구중앙길에 41코스 종착점이 있다. 햇빛이 따갑다.

큰 바다 해변

기사문의 3·1만세운동과 하조대의 절경

 42코스 죽도정 입구 – 하조대해수욕장

아내의 고향 바다

덥다. 한낮의 기운이 예사롭지 않다. 땀방울이 구슬되어 등줄기를 타고 내린다. 아스팔트가 내뿜는 열기에 몸도, 마음도 축축해진다.

죽도해변에는 부부 시인이 쓴 시비가 있다. 아내는 자신이 나고 자란 현남면의 「고향 바다」를 노래했고, 남편은 그런 「아내의 바다」를 그렸다. 아웅다웅 다투는 삶이 아니라 알콩달콩 살아가는 중년의 삶을 보는 듯하다. 서로의 생각을 존중하고 이해하는 삶이다. 생각이란 애당초 서로 다를 수밖에 없다. 나는 옳고, 너는 그르다는 이분법적인 사고는 존재하지 않는다. 남녀노소에 따라 다르고, 직업이나 그 밖의 여러 가지 환경에 따라서 달라진다. 나를 조금만 낮추고, 양보하면 아내는 남편의 바다를 이해하게 되고, 남편 또한 아내의 삶을 이해하게 될 것이다.

파도타기를 즐기는 사람이 해변을 가득 메웠다. 날씨가 따뜻하고 파도가 높아 파도타기에 적합한 곳인 모양이다. 장비를 대여하고,

판매하는 상점도 많다. 내 고향 남쪽 바다에서는 태풍이 몰아치는 날이 아니고서는 커다란 파도를 만날 수 없다. 파도타기를 즐기는 사람들을 보니 신기하다. 모든 것이 낯선 풍경이다.

뭉게구름이 동산항 너머에 떴다. 파란 잉크를 푼 듯 선명한 하늘에 엄마 구름, 아기 구름 다정스레 흘러간다. 동해대로 북분삼거리에서는 찔레꽃이 만발한 북분안길로 방향을 잡는다. 텃밭에는 감자이파리가 힘없이 늘어졌다. 불알 닮은 감자알이 탐스럽게 달릴 수 있도록 한 숟가락 분량의 햇빛이라도 더 받으려고 애쓴 탓이다. 장마가 시작되기 전에 풍성한 수확을 안겨주지 싶다.

복지회관 앞에서 허리가 잔뜩 굽은 할머니 한 분과 마주친다. 보행기를 끌고 느릿하게 걷는 모습이 수많은 생채기를 안은 노송을 닮았다. 젊은 시절에야 무거운 함지박을 이고도 십리 길을 휘적휘적 걸었겠지만, 지금은 서너 집을 건너는 것도 힘에 부치는 듯하다. 그 모습을 보니 가는 세월이 야속하고, 오는 세월을 누가 막을 수 있을까 싶다. 할머니의 모습에서 미래의 나를 보는 것 같아 마음이 서글퍼진다. 손에 든 조그만 양푼이나마 대신 들어다 주고 싶다가도 할머니의 꿈 하나를 빼앗는 것 같아 그만둔다. 쓸쓸한 뒷모습에 발길이 떨어지지 않는다.

38선

해난어업인위령탑과 경찰전적비를 차례로 지난다. 내가 잘 먹고, 편히 쉬는 것은 그들의 숭고한 희생 덕분이다. 난데없는 38선 휴게소다. 한국 현대사에서 민족적 비극과 고통을 안겨준 한 많은 경계선이다. 안내판에 적힌 글이 가슴을 친다.

고향 바다 시비

"38선은 1945년 8월 미국과 소련 양국이 38도선을 경계로 일본 점령지의 전후 처리를 위해 설정한 임시 군사분계선이다. 하나였던 한반도의 허리를 관통하며 12개의 강과 75개 이상의 샛강을 단절시켰다. 181개의 작은 우마차로, 104개의 지방도로, 15개의 전 천후도로, 8개의 상급 고속도로, 6개의 남북 간 철로를 단절시키며 하나의 독립 국가로의 발전을 저해하는 걸림돌이 되었다. 이념의 갈등이 심화하고, 적대감이 고조된 1950년 6월 25일 전쟁으로 이 선이 무너졌으나 1953년 휴전협정으로 휴전선이 성립될 때까지의 남한과 북한의 정치적 경계선이 되었다.

양양지역에서 최초로 38선을 돌파하면서 기념 표지판을 세운

38선 표지석

3사단 23연대를 기념하기 위하여 정부는 1956년 10월 1일을 국군의 날로 제정하였다.”

3·1만세운동과 만세고개

뜻밖에 기사문길에서 벽화를 만난다. 서민이나 어부의 삶을 그린 다른 고장의 벽화와는 달리 왜놈들의 총칼 앞에 태극기로 맞서는 3·1만세운동 그림이다. 그 꿋꿋한 기상이 도대체 어디서, 어떻게 나왔을까 싶다. 내가 그곳에 있었더라면 두려워하지 않았을까. 꽃잎 되어 스러진다고 해도 당당하게 자리를 지킬 수 있었을까. 믿음을 행동으로 옮길 수 있었던 그들의 용기가 부럽고 자랑스럽다. 뿌듯한 마음을 안고 기사문길을 나와 동해대로를 들어서니 곧 만세고개다. 3·1만세운동 유적비 앞에서 순국선열에 묵념을 올린다. 기사문길에 있던 벽화의 의미가 궁금했는데 저절로 실마리가 풀린다.

3·1만세운동은 1919년 3월 1일, 민족대표 33인이 일제 강점 하에 있던 조선의 독립을 국내외에 선언한 3·1 독립선언서의 발표로 시작되었다. 이러한 행동은 일제 치하에 있던 모든 이의 가슴에 독립에 대한 열망을 불러일으켰다. 전국 방방곡곡으로 들불처럼 퍼져나갔다. 이곳 양양지역에서는 4월 4일부터 4월 9일까지 6개 면, 82개 마을에서 만세운동이 일어났다. 지금 내가 밟고 있는 '관고개'도 만세운동이 격렬하게 일어난 극적인 현장이다. 12명이 일본 경찰의 총탄에 목숨을 잃고, 43명이 다쳤다. 142명이 체포되어 69명이 실형을 받았다. 잊어서도 안 되지만, 잊힐 수 없는 민족의 비극이다. 관고개가 만세고개로 바뀌 불리게 된 것도 만세운동이 일어난 장소를

기념하기 위함인 듯하다.

하륜과 조준이 꿈꿨던 세상

하조대1길에서 '광정천'을 따라 하륜길을 걷는다. 이번에는 조준길을 이용하여 송림이 우거져 어둑어둑해진 육각의 정자 하조대에 오른다. 건너편에는 '기사문등대'가 꼿꼿하게 서서 하얀 빛을 발한다. 오고 가는 어선들의 등불이 된다. 어떤 폭풍우에도 굴하지 않겠다는 듯이 기암괴석으로 이루어진 절벽 위에서 바다를 응시하고 있다. 울창한 송림과 아름다운 해안 풍경, 하얗게 부서지는 파도는 또 다른 절경이다. 바닷물은 퍼렇게 멍든 지 오래다. 파도가 바위에 부딪쳐 생긴 멍이거나 하늘빛이 바다에 잠긴 까닭이지 싶다. 흙 한 줌, 물 한 방울 없는 바위 위에 소나무가 자란다. 저 끈기, 저 꼿꼿한 삶이 어디에서 나오는지 신비스럽다. 하조대나 등대에서 바라보는 동해 일출노 장관이다. 금수강산이 어드메뇨 묻는다면 바로 여기다.

선경 속에 앉은 누각은 고려말에서 조선 초까지의 문신이었던 하륜과 조준 두 사람이 만났던 곳이다. 두 사람의 성을 따서 이름 붙인 정자가 하조대다. 그들은 신선이 노닐법한 하조대에 앉아 어떤 이야기를 나누었을까. 700여 년 전, 그날 그 만남이 궁금해진다. 누각 입구에는 조선 시대에 대사헌을 지낸 이세근이 커다란 바위에 '河趙臺^{하조대}'라 써 놓았다.

하륜과 조준은 고려 말부터 조선 초기까지의 문신이다. 하륜은 백성이 나라의 근본이 된다며 신권중심의 정치를 펴고자 한 정도전과 대립하며 이방원이 왕위에 오르도록 힘쓴다. 한때는 목은 이색, 포은

기사문 해수욕장과 등대

기사문길 벽화

3·1만세운동 기념비

하조대

정몽주 등과 정치적 입장을 같이해 조선왕조 건국에 반대했으나 곧 마음을 바꿔 조선 개국에 힘을 보탠 인물이다. 이방원이 태종이 되어 왕위에 오르자 최측근에서 왕권을 강화하기 위해 정치제도의 개편에 주도적인 역할을 한다. 재상의 권한을 축소하고, 6조 직계제를 도입하여 왕에게 직접 업무를 보고하게 만들어 판서들의 권한을 강화한다. 저화를 발행하여 재정의 확충을 도모하고, 신문고를 설치하여 백성의 의견을 수렴할 수 있도록 만든다. 조준도 하륜과 마찬가지로 정치적으로 변신을 꾀해 허금 등과 우왕의 폐위를 모의한다. 이성계의 일파가 되어 세자책봉, 요동 정벌 등에 관여한다. 논밭에 관한 제도를 개혁하여 조선 개국의 경제적인 기반을 닦는다.

오늘 두 사람이 만났다는 역사적인 하조대에 오르고 보니 마음이 복잡하다. 산천은 의구한데 인걸은 간 곳이 없다. 그들의 삶을 되돌아보니 사람의 처세란 옳고 그른 것이 없는 듯하다. 어제의 적이 오늘의 동지가 되고, 내일이면 또 적으로 돌아설지 모르는 세상에 사는 한 어쩔 수 없는 선택일지도 모른다. 하륜과 조준도 한때는 고려의 충성스러운 신하였다. 그러나 한순간 세상의 판세를 읽고, 미련 없이 주인을 바꿨다. 유학을 근본으로 삼는 선비라면 차마 할 수 없는 행위였다. 개조차 주인을 배신하지 않거늘 그들은 자신의 부귀영화를 위해서 미련 없이 조선의 신하가 되었다. 그렇다면 개만도 못한 인간이라 해야 할까. 아니면 새로운 조정에서 공을 세워 이름을 떨친 영웅이라 해야 할까. 백성들을 방패 삼아 일신의 영화를 한껏 누리다 세상을 떠났지만 아무도 그를 비겁하다, 충절을 꺾었다 욕하지 않는다. 마지막까지 살아남는 놈이 으스대는 세상이요,

역사의 주인공이 되는 시대에 살고 있으니 말이다.

바닷가 절벽 위에는 염분이 섞인 모진 해풍에도 꿋꿋하게 자리를 지키고 선 소나무가 있다. 흙 한 줌 없는 바위틈에서 200년이 넘도록 푸르름 잃지 않고, 어떻게 살아야 하는지 몸으로 보여준다. 가슴이 뭉클해지면서 뜨거운 기운이 솟아오르는 듯하다.

해변에 등대 카페가 있다. 차 한잔 마시며 어떻게 살 것인가 고민해 보는 것도 좋을 듯싶다.

갈 길이 멀다. 아쉬움을 뒤로 하고 되돌아 나오니 42코스의 종착지 하조대해수욕장이다.

하조대 절벽의 소나무

어린이 웃음소리 들리지 않는 여운포마을

 43코스 하조대해수욕장 – 수산항

오후 3시 46분, 하조대해수욕장은 동해안의 어느 해수욕장과 다름없이 금빛 모래밭이다. 철 이른 백사장은 을씨년스럽다. 나팔꽃 닮은 갯메꽃이 철썩이는 파도 소리에 따라 분홍빛 노래를 부른다. 산들바람에 몸을 맡기고 한들한들 왈츠를 춘다.

하조대 축제가 열리는 한여름의 풍경은 사뭇 다르다. 에메랄드빛 바닷물과 새하얀 백사장은 사랑하는 가족과 연인을 불러 모은다. 매년 7월 말부터 8월 초에는 'Night Summer Festival'이 열린다. 가히 여름 휴가지의 천국이라 할 만하다.

북쪽으로 길을 잡으면 여운포리다. 마을을 가로질러 걷는데도 인기척이 없다. 젊은 사람이 떠난 농촌 마을이라 아기의 울음소리 끊어진 지 오래인 모양이다. 현실이라 하기에는 너무 낯선 풍경이다. 언제쯤이면 아이들 글 읽는 소리를 들을 수 있고, 골목마다 시끌 벅적하게 뛰어노는 어린이들로 채워질지 모르겠다. 지방의 인구가 줄고, 나라가 없어질지도 모른다는데 묘책이 없다.

동호해수욕장도 썰렁하기는 마찬가지다. 리코더와 플루트를 연주하는 조형물이 있으나 관객이 없다. 그나마 백사장을 걷는 한 가족이 있어 사람이 사는 곳이라 여겨진다. 햇빛이 약해진다. 쓸쓸한 오후의 풍경이다.

리코더와 플루트 부는 어린이상

걷는 이 하나 없는 선사유적로를 따른다. 한참을 걸어 여장을 풀기로 마음 먹은 수산항에 도착한다. 커다란 표지석이 이렇게 반가울 수 없다. 항으로 들어서자 수산봉수대로 가는 표지판도 서 있다.

이런, 수산항이 43코스의 종점이 아니다. 항에서 제법 떨어져 있는 문화마을 버스정류장이 종점이란다. 스탬프도 거기에

동호해변 안내 조형물

있다. 성큼성큼 어둠이 찾아오는지라 '○○모텔'에서 여장을 풀기로 한다. 하루의 피로가 밀물처럼 몰려온다. '○○밥상'에서 밥 한 그릇으로 배를 채우니 또 하루가 저문다. 외로운 봄날은 그렇게 간다.

낙산사에 깃든 의상대사의 꿈

 수산항 - 설악해맞이공원

아침 햇살이 순하다. 가로수 그림자는 운주사의 와불처럼 길게 누웠다. 4차선 넓은 도로에는 차량도 뜸하다. 반기는 이 없는 길을 홀로 터벅터벅 걷는다.

선사유적로 갓길에 아까시꽃이 앙증맞게 피었다. 뜻밖에 자주색 꽃을 마주하고 보니 신의 조화인 듯 신비스러운 기운이 감돈다. 굵은 보리 알곡은 숲을 넘어온 햇살에 누른빛을 발한다. 목백일홍의 빨간 웃음 뒤에는 오산리선사유적지와 박물관이 있다. 홍분된 마음을 안고 선사유적로에서 박물관으로 향하니 발걸음이 가볍다.

선사유적박물관의 문이 열리려면 2시간 40분이나 남았다. 이렇게 아쉬울 수가 없다.

낙산사로 가는 길은 한 방향이다. 샛길이 없는 터라 길을 잘못 들 염려도 없다. 양양 남대천을 가로지르는 낙산대교에 도착할 때까지 발걸음 소리만 적막을 가른다. 오염이 되지 않은 강은 연어들의 고향이다. 봄에는 황어, 여름에는 은어, 가을에는 북태평양에서 몸집을 불린 연어 떼가 찾아오는 어머니의 강이다. 수변의 무성한

오산리 선사유적박물관

양양 남대천

오봉산 낙산사

의상대

홍련암

갈대숲에서는 백로를 비롯하여 수많은 생명이 삶을 이어간다.

일출로를 따라 도착한 낙산해수욕장은 청정한 기운이 넘친다. 갯메꽃 너머에는 바닷물이 넘실거리는 푸른 동해다. 아침을 굶었던 탓에 배가 접힌다. 낙산사 입구 식당가에서 백반 한 그릇을 게 눈 감추듯 비우자 마음을 어지럽히던 잡다한 생각이 일시에 사라진다. 배고픔이 번뇌요, 고해라는 생각이 든다.

설악해맞이공원으로 가는 길은 낙산사 경내를 통과하지 않는다. 오봉산 송림 사이를 지나도록 코스가 만들어져 있다. 설사 그렇다고 하더라도 통일신라 시대의 의상대사께서 671년(문무왕 11)에 창건하신 사찰이며 관세음보살이 머무른다는 낙산사를 그냥 지나칠 수 없다.

낙산사는 우리나라 3대 관음 기도 도량이면서 관동팔경의 하나로 유명하다. 원통보전과 7층 석탑, 그것을 에워싸고 있는 담장, 홍예문, 홍련암, 의상대 등을 두 눈과 가슴에 담아야 한다. 무거운 몸을 이끌고 부처님께 다가서니 마음이 숙연해진다. 극락정토가 눈앞에 펼쳐지는 듯하다.

원통보전은 지금 이 세상에 이익을 가져다주는 관세음보살을 모신 전각이다. 봉오리 상태의 연꽃을 왼손에 들고, 오른손에는 감로수가 담긴 병을 들고 있다. 중생이 원하면 어느 곳에나 다양한 모습으로 나타난다. 도량은 6·25전쟁으로 폐허가 되었으나 전쟁이 끝난 후 복구되었다. 12세기 초에 만들어진 것으로 알려진 관세음보살상은 설악산 관모봉 영혈사에서 이곳으로 옮겨온 것이다.

의상대는 의상대사가 낙산사를 창건할 때 머무르면서 좌선하던 곳이다. 동해의 일출을 바라볼 수 있는 최적의 장소다. 원래는 암자가 있었으나 1925년에 낙산사를 지은 의상대사를 기념하기 위해 새로 지었다. 의상대 주변에 서 있는 소나무와 정자가 어우러진 풍경도 만만찮은데 일출이 시작되면 가히 장관이겠다. 송강 정철은 그가 지은 『관동별곡』에서 「의상대에서의 일출」을 노래했다.

홍련암은 낙산사의 부속 암자다. 바닷가 암석굴 위에 자리 잡았다. 법당 마루 밑으로 바닷물이 드나든다는 그 암자다. 672년 (문무왕 16)에 의상대사가 관음보살의 진신眞身을 친견한 후, 대나무가 솟은 곳에 지은 불전이다. 여의주를 바친 용이 불법을 들을 수 있도록 배려했다는 선생님의 말씀이 아직도 귀에 쟁쟁하다. 다음과 같은 이야기도 전한다.

"의상이 이곳을 참배할 때 푸른 새를 만났는데 새가 석굴 속으로 자취를 감추었다. 이것을 이상하게 여긴 의상은 굴 앞에서 밤낮으로 7일 동안 기도했다. 7일 후, 바다 위에 붉은빛의 연꽃이 솟아 그 가운데 관음보살이 현신하였으므로 암자의 이름을 홍련암이라 하였다."

동해대로와 접해 있는 후진항을 지나면 동해의 이미지를 물씬 풍기는 정암해변이다. 끝을 알 수 없는 망망대해, 그림에서나 볼 수 있는 아름다운 집, 익숙한 도시의 풍경 등으로 인해 마음이 들뜬다. 오밀조밀하고, 아기자기한 남쪽 바다가 마음을 편안하게 해주었다면 동해는 광활함을 안겨준다. 대자연의 부분이 된 듯하다. 파도가 친구 되어주니 외롭지 않다. 마음속에 찌꺼기 한 점까지 모두 쓸어가

버린다. 동해만이 줄 수 있는 기쁨이다.

'물치천'을 건너면 은빛 물결이 일렁이는 물치항이다. 그 뒤로 하얀 송이등대와 빨간 송이등대가 웃으며 반긴다. 물치항의 자랑거리다. '황금연어공원'과 '쌍천'을 지나자마자, 44코스의 종착지인 설악해맞이공원이다. 이곳은 원래 '내물치內勿溜'라고 불리던 곳이다. 조선시대의 문신이자 학자인 송시열이 함경도 덕원에서 거제도로 유배되어 동해안을 따라 이곳을 지나다가 하룻밤 머물게 되었다. 그런데, 폭우로 인해 마을이 물에 잠기자 '물치'라고 불렀다.

조각공원에는 '잼버리 기념탑'과 각양각색의 조각상들이 눈길을 끈다. 바다가 불러주는 파도의 노래, 하늘이 들려주는 바람의 노래에 희망을 꿈꾼다. 사랑의 길, 연인의 길은 화합의 광장으로 향한다.

시작할 때의 두려웠던 마음도 제법 가볍다.

정암 해변

그리움과 아픔이 머무는 곳

 45코스 설악해맞이공원 – 장사항

그 겨울날의 대포항

　낯익은 대포항에는 대포大砲가 없다. 반달 모양으로 꾸며진 수산물시장은 오래전 친구 부부들과 강원도에서 두 번째 날을 보냈던 곳이다. 그 기억이 어제같이 생생하다.

　그 겨울날의 대포항 내만은 잔물결 하나 없어 명경같이 맑았다. 물고기 떼는 손이 닿을 만큼 가까운 곳까지 나와서 몰려다녔다. 갓 잡은 물고기로 장만한 싱싱한 회와 도루묵구이까지 맛있게 먹었던 터라 행복한 미소가 끊이지 않았다. 마음이 넉넉해지자 즐거움이 넘쳐났다. 점심을 먹고 난 뒤다. 순식간에 날씨가 돌변하더니 싸늘한 북풍이 휘몰아쳤다. 회색빛 하늘을 미워할 틈도 없이 굵은 소금 같은 눈송이를 뿌려댔다. 불길한 생각에 주차장으로 뛰었다. 앞뒤 생각할 겨를도 없이 속초 나들목을 통과하여 원주 방향으로 길을 잡았다. 그 고속도로가 불안과 두려움을 안겨줄 길인지 미처 알지 못한 채 말이다.

　눈발이 한층 거세졌다. 도로 가장자리가 하얗게 변했다. 눈

대포항

깜박할 사이에 벌어진 일이다. 주행선은 주차장으로 변해갔다. 비상등을 켜고, 운행을 포기하는 차량이 하나둘 늘어났다. 추월차선만 거북이걸음으로 운행할 수 있었기에 거리를 두고, 앞차를 따랐다. 언제쯤 신의 가혹한 시험에서 벗어날지 모르는 형편이라 두려움이 엄습했다. 오랜 시간이 걸려 도착한 원주 나들목 부근도 도로의 형체를 찾아볼 수 없기는 마찬가지였다. 주행선과 갓길의 구분이 없었고, 도로와 주변 밭의 경계가 희미했다. 스키장이라고 말해도 어색하지 않을 도로였다.

　고속도로 한가운데에 차를 세웠다. 스노체인을 채우던 그 짧은 순간에도 하늘은 눈폭탄을 쏟아냈다. 제천을 지나고, 단양 나들목을 벗어나자 눈발이 약해졌다. 영주를 지나면서부터 지긋지긋한 눈에서 완전하게 해방되었다. 그 추억이 서린 대포항에 다시 서고 보니 아찔했던 그 날의 기억이 미소 짓게 하고, 몸서리치게 한다. 세월이 더 많이 흐른 어느 날에는 그 기억마저도 희미해지고, 고통스러웠던 순간도 시간의 흐름과 함께 잊힐 것이다. 그리고 보면 오늘이 가장 멋진 날이고, 행복한 날이다. 추억이 깃든 대포항이여, 그러면 안녕!

그리움과 아픔이 머무는 곳

해안선이 아름답다고 소문난 외옹치다. 장독처럼 생긴 고개의 바깥에 있다고 하여 '밧독재'라고 부르기도 한다. 속초지역의 여러 항 중에서도 유독 사람의 손길을 타지 않은 곳이다. '속초해수욕장'과 맞닿은 5월 하순의 해변 산책로는 이미 연인들이 사랑을 속삭이는 명소다. 마주 보는 눈길에 달콤한 사랑이 묻어있다. 오늘보다 더 좋은 날이 없다.

아바이마을로 가는 청호해안길에서 등산화를 벗는다. 발바닥이 몹시 불편해서다. 아니나 다를까, 땀에 젖은 양말이 한쪽으로 말려 있다. 지독한 고린내가 한낮의 열기에 아지랑이가 되어 피어오른다.

설악대교 왼쪽은 청초호다. 언뜻 봐서는 바다 같은데 청초천과 청호해변을 연결한 자연 석호다. 둘레는 자그마치 5km에 이른다. 속초 시내에 이렇게 큰 호수가 있는지 미처 몰랐다. 주민들은 소가 누워있는 모습을 하고 있단다. 나도 소의 형상을 찾으려고 애써 보았지만, 눈썰미가 없는 탓에 찾을 수 없다.

TV에서 보았던 아바이마을로 들어선다. 함경도 출신 실향민 집단촌이다. 1950년에 일어난 6·25 한국전쟁과 관련이 깊은 마을이고 보면 그리움과 아픔을 간직한 곳이다. 언젠가는 꼭 와보고

속초 해수욕장

속초 아바이 마을

싶었던 곳이다.

　개전 초기, 한국군은 탱크를 앞세운 북한군에게 일방적으로 밀리기만 했다. 유엔군이 참전할 때까지 고전을 면치 못했다. 1951년이 되자 전쟁 초기의 열세를 딛고, 압록강까지 북진했다. 그러나 곧 중공군의 개입으로 후퇴할 수밖에 없는 상황에 놓이게 되었다. 가요 「굳세어라 금순아」의 1절 가사에도 나오는 그 1·4

후퇴다. 함경도 원주민 중 일부는 퇴각하는 국군을 따라 남쪽으로 피난 행렬을 따랐다. 정착할 곳이 없던 그들은 양양군 속초읍에 자신들이 생활할 집단촌을 만들었다. 고향으로 돌아갈 날만 손꼽아 기다리는 신세로 전락하고 만 것이다. 1953년 7월 27일, 그토록 바라던 정전협정이 맺어졌으나 고향으로 돌아갈 수 없었다. 망향의 한을 안은 주민들의 삶의 터전이 되었다. 오늘날의 아바이마을이다.

어머니의 얼굴과 팔, 허벅지 등에서 살점을 한 뭉텅이씩이나 베어간 참혹한 전쟁의 후유증은 아직도 가슴을 아프게 한다. 그런데도 눈치 없는 위장이 배고프다며 아우성을 치는지라 마을 한가운데로 들어선다. 북한 음식을 먹을 수 있다는 기대감에 가슴이 마구 설렌다.

음식을 먹고, 기념사진을 찍는 관광객들로 북적인다. 나 역시 영상으로만 보던 아바이순대를 먹어보고 싶은 마음이 간절하다. 남북 간의 맛을 비교해 보고도 싶다. 그럴듯해 보이는 가게에 들어가 순대와 밀면 1인분을 주문한다. 맛난 음식에 대한 기대로 군침이 절로 넘어간다.

기대가 크면 실망도 크다고 했던가. 순대 하나를 집어 입에 넣는 순간, 마음속에 그리던 맛과는 거리가 멀다. 맛의 깊이가 다르고, 풍미도 여태까지 먹었던 음식과는 차이가 난다. 밀면은 삼키기가 거북한 정도다. 거기다 양까지 많아 기가 질린다. 도무지 한 그릇을 비울 자신이 없다. 주인 아주머니에게 물었다.

"이렇게 많은 음식을 다 먹는 사람이 있어요?"

"젊은 아가씨들도 남김없이 먹고 가요."

사람마다 입맛이 다르고, 먹을 수 있는 양이 다르다고 해도 이렇게 많은 음식을 어떻게 다 먹을 수 있단 말인가. 도무지 믿어지지 않는다. 음식 만드는 재료와 방법이 다르면 입맛도 달라지기 마련인데. 뭔가 씁쓸하다.

사람의 힘으로 움직이는 거룻배의 일종인 갯배는 타지 않기로 한다. 배라면 이골이 날 만큼 탔기 때문에 신기하지도 않다. 나중에 안 사실이지만 청호마을 자체가 작은 섬에 자리 잡았던 터라 갯배를 타야만 마을과 시내로 드나들 수 있었다. 실향민의 또 다른 아픔이다.

영금정, 그 신비한 거문고 소리

속초항에서 영금정으로 가는 길목에 동명항이 있다. "동해에서 밝은 해가 떠오르는 항구"의 의미를 지니고 있다. 일출 명소로도 널리 알려진 곳이다.

항에서 몇 발짝만 옮기면 영금정이다. 동명항 방파제 입구에 있는 바위산과 주변 암반에 부딪는 파도 소리가 거문고 소리를 닮았다고 하여 붙인 이름이다. 조선 시대에는 밤마다 선녀들이 하강하여 목욕하고 신비한 곡조를 노래하던 곳이라고 하여 비선대라 불렀다. 이 일대의 경치가 얼마나 아름다웠는지 짐작할 수 있다.

지금은 원래의 바위산이 없어졌다. 일제강점기 때, 속초항을 개발한다는 구실로 바위산을 부숴 동명항 방파제를 쌓은 탓에 신비한 거문고 소리를 들을 수 없다. 넓적한 바위만 남아 영금정의 옛 모습을 연상케 한다. 영금정 해돋이 정자에 올라 맑은 공기를 내 안에 가득 채운다. 넓고 파란 하늘과 하늘빛에 물든 푸른 바다도 가슴에 담는다. 그 기운을 쓸어 담으니 영금정의 신비로운 정기를 빨아들인 듯 힘이 솟는다.

속초 등대 가는 길은 만만치 않다. 바위산을 오르는 철제 계단이 가파르다. 절경을 볼 수 있다는 기대감으로 힘을 짜낸다.

이럴 수가. 등대 전망대는 내부 수리 중이고, 주변에는 볼만한 것이 없다. 키 큰 나무가 사방을 가리고 있어 바다도, 해변도, 갈매기도 보이지 않는다. "최서단의 소청도 등대, 바다를 향한 그리움이 하늘의 별조차 눈길이 머문다는 최남단의 마라도 등대, 환상적인 일출과 석양을 연출하는 최북단의 대진등대" 등을 소개하는 안내판만이 허전한 마음을 위로해준다. 거문고 조형물은 영금정의 전설을 말없이 알려준다. 영랑해안길에서 뒤돌아보는 등대 홀로 외롭다.

화랑의 풍류, 영랑호

고민이다. 70~80m 남짓한 사진교나 영랑교만 건너면 45코스의 종착지인 장사항이다. 그 목적지를 앞에 두고 거대한 영랑호를 돌아야 한다. 갑자기 힘이 빠지고, 어깨가 무거워진다. 삼거리에서 한참을 갈등하다 마음을 굳힌다. 애당초 마음먹은 대로 따르는 것이 순리다. 번뇌에서 벗어나는 방법이다.

영랑호는 동해안의 다른 호수와 마찬가지로 석호다. 신라 시대 화랑들의 순례 장소로 알려진 곳이다. 화랑이었던 영랑이 이 호수의 경관에 매료되어 풍류를 즐겼다고 하여 영랑호라 부른다. 영랑교삼거리에서 더욱 힘을 내어 발걸음을 옮긴다. 왠지, 느낌이

영금정 해돋이 정자

속초 등대

영랑호

싸하다. 도로 가장자리와 호수 주변에 검게 그을린 자국이 선명하다. 안쪽으로 들어갈수록 점점 더 심해진다. 얼마 전, 속초지역을 휩쓸었다는 화재 소식에 가슴 아파했던 그 장소, 그 파편들이다. 화마가 남긴 상처는 상상 이상이다. 산과 들, 가옥들을 태우고 까만 재만 남겨 놓았다. 그 처참한 현장을 거대한 영랑호의 범바위만 말없이 지켜보고 있다.

영랑호는 마음을 끄는 힘을 지녔다. 조선 초기의 문헌 『신증동국여지승람』에 의하면 "호수 동쪽 작은 봉우리에 영랑 등이 놀며 구경하던 정자 터가 있다."라고 전해온다. 1330년, 고려 후기의 문인인 근재 안축은 영랑호의 아름다운 풍광을 한시로 남겼다. 시비 「영랑호에 배 띄우고」는 영랑호 중간에 있다.

영랑호에 배 띄우고

안축

잔잔한 호수는 거울같이 맑고
푸른 물결은 엉기어 흐르지 않는다
놀잇배를 가는 대로 놓아두니
갈매기도 배를 따라 둥실 떠 날아온다

마음 가득 맑은 흥취 일어나기에
물결 거슬러 깊은 골로 들어선다
은 벼랑이 푸른 바위를 안고 있어
아름다운 골이 고운 섬을 품은 것 같다

산을 돌아 소나무 아래 배를 대니
울창한 숲 그늘이 가을인 듯 서늘하다
연잎은 씻은 듯 깨끗하고
순채 줄기는 매끄럽고 부드럽다

해 저물어 뱃머리를 돌리려 하니
흐릿한 기운 오랜 시름 자아낸다
옛날 신선 다시 올 수 있다면
그를 따라 여기서 놀 것을

휴, 영랑교다. 처음부터 예사롭지 않을 것이라 여겼지만 8km에
달하는 호숫길이다. 그 영랑호를 쉬지 않고 단숨에 걸었더니
발바닥이 얼얼하다. 장사항 해안에는 선남선녀가 많이도 모였다.
어촌체험 마을이라 축제가 있는 모양이다. 사람 사는 냄새가 물씬
풍긴다.

제10구간 – 고성

평화와 통일로 가는 길

문화유적 바닷길

 46코스 장사항 – 삼포해수욕장

화마가 할퀴고 간 자리

중앙로를 따라 펼쳐진 화재의 현장이 가슴을 아리게 한다. 마귀의 혓바닥을 닮은 불길은 4차선 도로변을 따라 춤을 추면서 아무렇지 않다는 듯이 잿더미로 만들었다. 건물의 높고 낮음, 크고 작음을 가리지 않고 막무가내로 뭉갰다. 하늘을 빨갛게 물들이며, '용촌천' 정도는 우습게 건넌 듯하다. 사막 메뚜기 떼가 목초지와

화재 직후 모습

농작지를 휩쓸고 지난 뒤와 같이 흉물스러운 자국만 남겨 놓았다. 아수라장으로 변했다는 말이 딱 들어맞는 참혹한 터다.

도시를 무참하게 짓밟은 화재는 2019년 4월 4일 오후 7시 17분경 강원도 고성군 토성면 원암리에 있는 한 전주의 개폐기가 폭발하면서 발생한다. 엄청난 강풍으로 인해 속초 시내 방향으로 순식간에 번졌다. "전국에서 헬리콥터 50대, 소방차량 872대, 배수차량 162대가 동원되었고, 9,300여 명 가까운 인원이 동원"되어 화재 진압에 나섰다. 해남의 땅끝마을에서도 소방차가 출동했다고 하니 얼마나 크나큰 참사인지 미루어 짐작할 수 있다. 안타까운 현실이 길을 걷는 내내 가슴을 짓누른다.

캔싱턴해변에서 아침을 여는 태양을 맞이한다. 분주하지 않은 어항이 어디 있겠냐마는 봉포항의 고깃배들도 출항 준비에 여념이 없다. 따뜻한 밥 한 그릇이나 든든하게 먹었는지 모르겠다. 사는 것이 "등 따습고 배 부르고자" 하는 것이거늘 굶을 이유가 어디 있겠는가. 밥을 위해 일하고, 밥에 목숨이 달려 있지 않은가 말이다. 봉포리의 중심가는 아직 잠에서 깨어나지 않았다. 문을 연 식당을 찾느라 토성로를 따라 부지런히 눈동자를 굴린다.

허름한 식탁에 앉기도 전에 찌든 냄새가 코를 찌른다. 얼른 김치찌개를 주문하니 백반뿐이란다. 이른 아침이라 다른 음식을 만들 수 없다고 한다. 집 떠나면 춥고, 배고프다고 하더니만 길손은 먹고 싶은 음식조차 마음대로 선택할 수 없다. 좋고, 싫은 것을 가릴 처지가 되지 않는다. 주는 대로 먹고, 형편대로 자야 한다. 허겁지겁 아침을 먹고 나니 낯선 천진해변길이 눈에 밟힌다.

신선이 노래하고, 선녀가 춤을 추는 청간정

시원스럽게 펼쳐진 천진항을 살짝 돌아 나가면 청간해변이다. 청간정이 눈에 들어오자 마구니가 고개를 쳐든다. 청간해변을 따라 청간정으로 오르면 시간을 단축할 수 있고, 힘도 덜 든다며 꼬드기는 것이다.

느릿느릿하게 해변으로 들어선다. 철책이 백사장을 가로질러 막고 섰으나 개의치 않는다. 발이 모래 속으로 파고든다. 곤충이 개미지옥으로 빨려 들어가는 꼴이다. 신발 안으로는 모래가 한 주먹씩 달려드는지라 허락 없이 침투한 모래를 털어내며 발걸음을 옮기려니 생각보다 발걸음이 더디다. 철책 구멍으로 슬며시 머리를 들이민다. 강아지가 된 듯하여 기분이 좋지 못하다.

아뿔싸! 천진천 하류에 도착하고 보니 청간정으로 오르는 길이 막혔다. 하천이 바다와 연결되어 있어 등산화를 벗고, 바지를 걷어 올려야 하천을 건널 수 있을 듯하다. 허탈한 마음을 안고 논둑길로 되돌아 나오는데 이번에도 모래가 말썽이다. 청간교를 지나는 것보다 몇 배의 시간과 체력을 낭비하고 말았다.

그래, 세상살이가 힘들다고 하여 요령을 부려서야 되겠는가. 굽이굽이 휘어진 소나무가 멋있게 보인다 한들 대들보로 쓸 수 없고, 바늘허리에 실을 매고 바느질할 수도 없다. 당장은 간사한 꾀로 남을 속이며 희롱할 수 있을지 모르지만, 자신까지 속일 수는 없는 이치다. 진실한 마음으로 천천히 걷는 자만이 올바른 인생길을 걸을 수 있다. 조금 전까지 개구멍을 드나들었던 행동을 생각하자 부끄러운 마음에 얼굴이 화끈 달아오른다.

캔싱턴 해변의 아침

청간정

푸른 소나무에 쌓여 있는 청간정은 강원도 유형문화재 제32호로 지정되어 있다. 언덕 위의 정자가 푸른 바다와 어우러지니 갈매기 하늘을 날고, 은빛 파도가 두 눈을 희롱하는 곳이다. 『신증동국여지승람』에는 다음과 같이 적고 있다.

"돌로 된 봉우리가 우뚝우뚝 일어서고, 층층하여 대 같은데, 높이가 수십 길은 되며 위에 구부러진 늙은 소나무가 몇 그루 있다. 대의 동쪽에 작은 다락을 지었다. 대 아래는 모두 어지러운 돌인데, 뾰족뾰족 바닷가에 꽂혀 있다. 물이 맑아 밑까지 보인다. 바람이 불면 놀란 물결이 어지럽게 돌 위를 쳐서 눈인 양 사면으로 흩어지니 참으로 기이한 광경이다."

조선 인조 때의 문신인 택당 이식은 「청간정」의 아름다움을 아래와 같이 노래했다.

청간정
이식

하늘의 뜻이런가 밀물 썰물 없는 바다
방주처럼 정자 하나 모래톱에 멈춰 섰네
아침 해 솟기 전에 붉은 노을 창을 쏘고
푸른 바다 일렁이자 옷자락 벌써 나부끼네
동남동녀 실은 배 순풍을 탄다 해도
왕모王母의 선도仙桃 열매 언제 따먹으리
선인의 자취 못 만나는 아쉬움 속에

난간에 기대 부질없이 오가는 백구만 바라보네

아쉬운 마음을 안고 청간정을 내려오면 이름도 예쁜 아야진이 얼굴을 내민다. 시골 마을치고는 제법 규모가 크다. 전하는 이야기에 따르면 아야진은 원래 '대야진'이었다. 일제강점기 때, 일본이 '큰 대大' 자를 사용하지 못하게 하여 아야진으로 바뀌었다. 또, 등대가 있는 곳의 바위가 거북처럼 생겼다고 하여 '거북 구龜'와 '바위 암岩' 자를 써서 구암리로도 불렸다. 작은 항구라는 뜻을 담은 '애기미'로 불리기도 했단다. 어떻게 보고, 어떻게 느끼느냐에 따라 이름이 달라지듯이 어떻게 사느냐에 따라 우리네 삶의 모습과 질이 달라진다.

곳간을 열지어다

시골길에 웬 만남의 광장이야. 아야진해변길 옆, 눈길조차 미치기 힘든 구석진 곳에 가의대부 이근철의 영세불망비가 있다. 비 곳곳에 아무렇게나 파인 자국이 있다. 6·25 한국전쟁 당시 총알을 맞은 흔적 같다.

조선 헌종 때의 일이다. 이 지방에 대기근이 발생했다. 이근철은 망설임 없이 자기 집 곳간을 열어 백성들의 목숨을 구제했다. 그런데 초라하게 서 있는 비를 보면 나라는 그 크나큰 공적을 아무렇지 않게 여긴 듯하다. 비의 우측과 좌측에는 "백가활환百家活患 무구제민務救濟民 일편어석一片語石 천재감인千載感人"이란 귀한 말씀이 새겨져 있다. "백 집의 근심을 살리기 위해 온 힘을 다해 구제에 힘썼으므로, 한 조각

말씀을 돌에 새겨 일천 년 동안 사람을 감동케 하리라"라는 뜻이다.

국가로부터 녹봉을 받는 종이품의 가의대부로서는 마땅한 소임이나 참으로 어려운 일을 해냈다. 높은 자리에 있으면서도 재물을 탐내지 않고, 수많은 백성을 구하는데 곳간을 열었다 함은 두고두고 본받을 일이다. 아야진의 바다가 넓고 깨끗한 것도 어려운 백성을 마음으로 보듬을 수 있는 장한 뜻이 흐르고 있기 때문이란 생각이 든다.

천학정과 뒤틀린 바위, 능파대

동광119안전센터를 지나니 교암해변이다. 철책이 해안 전체를 가로막고 있어 모래톱 위를 걸을 수 없다. 남북이 서로 믿지 못하고, 으르렁거려야 하는 갈등의 산물이다. 철책이 끝나는 곳에서 나지막한 동산을 오르면 가파른 해안 절벽 위에 자리한 천학정이 반갑게 맞아준다. 겹처마 팔작지붕의 정자는 1931년에 이 고장의 유지들이 세웠다. 벼랑 위에서 바다를 바라보고 있는 형상이라 넓은 하늘을 나는 학의 모습을 연상했다. 그런데 생각과는 다르게 "위아래 호수가 비치는 하늘빛을 의미하는 상하천광"이 천학정으로 부르는 이유라고 한다.

정자에 오르면 내부의 단청 무늬가 제법 눈길을 끈다. 얼마나 많은 정성을 쏟았는지 수려한 기품이 넘쳐흐른다. 동산에는 아름드리 소나무가 빽빽하게 자란다. 천학정에서 바라보는 해 뜨는 모습과 달 뜨는 광경이 가히 선경이라고 하나 그 장엄하고 아름다운 광경을 보지 못할 것 같다. 정자 주변에는 거북이, 두꺼비, 코끼리, 고래 등의 형상을 한 기암괴석이 있다고 한다. 대자연의 정취를 물씬 풍기는 천학정에서 푸른 물 결과 솔 내음만 듬뿍 담아서 돌아선다.

이근철 영세불망비

문암항 뒤편의 능파대는 또 다른 볼거리다. 거대한 바위는 곳곳이 움푹움푹 패 어 기괴하다. 이리저리 뒤틀 린 모양이다. 능파대에만 한 정한다면 외계 행성에 내린 듯한 독특한 풍경을 자아낸 다. 풍화작용을 받아 암석의 표면이 벌집 모양으로 변한 타포니 지형이라 그렇단다. 과거에는 돌섬이었다. 문암천

천학정

하구에 모래가 쌓이면서 육지와 하나가 되었다. 능파란 '급류의 물결' 또는 '파도 위를 걷는다'라는 뜻이다. 비뚤비뚤한 바위의 생김새가 미인의 아름다운 걸음걸이를 닮아 그렇게 이름 지었다고 한다. 생각만으로도 재미있다. 기암괴석은 닳고 닳아 모난 곳이 없다. 물속에 잠긴 것, 육지로 솟아오른 것 구분하지 않고 어떻게 살아야 하는지 몸으로 보여준다. 바위와 같은 삶을 본받을 요량으로 바위 한 번, 마음 한 번 살펴본다.

백도해수욕장이 반짝반짝 빛난다. 소라, 문어, 조가비 등의 조형물도 관리가 잘 되어 있다. 사진을 찍을 수 있고, 보는 즐거움을

안겨준다. 문암1리항을 지나자 발바닥이 화끈거려 걷기가 불편하다. 목이 타들어 가는 느낌이라 길바닥에 퍼질러 앉아 다리쉼을 한다. '고성문암선사유적지'에는 아무것도 없는 빈터다. 바람만 쉬어간다. 낡고, 닳은 표지판이 없었다면 그냥 스쳐 지나갈 뻔했다.

아기자기한 멋이 감도는 '자작도해수욕장'을 돌아나가면 삼포 해변길이다. 46코스의 종착지가 빤히 바라보이는데도 좀처럼 거리가 줄어들지 않는다. 신기루 같다. 길이 평탄하고, 곧을수록 쉬 지치게 만드는 모양이다. 삶도 굴곡이 없고 평탄하기만 하면 잡다한 생각, 온갖 유혹의 손길이 뻗칠 수 있다. 굽이굽이 휘돌아나가는 자갈길, 좁다란 골목길에 인생의 희로애락이 있지 싶다.

46코스의 종점이다. 떠들썩해야 할 해변이 적막하다. 길잃은 강아지, 고양이는 물론이고, 그 흔한 갈매기 한 마리도 날지 않는 오월 하순의 한낮이다. 뜨거운 태양만 머리 위로 쏟아진다. 생경한 삼포해수욕장 풍경이다.

능파대

권선징악의 교훈

47코스 삼포해수욕장 – 가진항

정거재의 송지호

국민관광지로 알려진 송지호는 오호리, 오봉리, 인정리에 걸쳐 있는 석호다. 영랑호보다 규모가 작다고 하나 둘레가 6.5km에 이른다. 결코 만만하게 볼 호수가 아닌 듯 하다. 하류는 바다와 연결되어 있어 바닷물과 민물이 섞인다. 그 덕분에 겨울철에도 잘 얼지 않는다. 먹이가 많아 도미와 전어 등의 바닷물고기와 붕어, 잉어 등의 민물고기가 함께 서식한다. 맑은 호수 주변에는 송림이 울창하다. 남쪽으로 내려가는 철새들에게는 중간 쉼터가 된다.

송지호 전망대

현대식으로 지은 전망대에 오르면 송지호의 아름다운 정경을 360도 파노라마로 관람할 수 있다. 매점에서 구매한 아이스 아메리카노 한 잔을 벌컥벌컥 들이키니 더위가 줄행랑친다. 송지호에는 옛날부터 전해오는 이야기가 있다. 선을 베풀고, 악을 행하지 말라는 교훈적인 내용이다.

"약 1,500년 전, 송지호는 정거재라는 구두쇠 영감의 문전옥답이었다. 어느 봄날, 앞 못 보는 떠돌이 부녀가 동냥을 구하러 왔다. 정 영감은 동냥은커녕 하인을 시켜 두들겨 패고는 사정없이 내쫓았다.

때마침 지나가던 고승이 이 처참한 사연을 듣고 정 영감을 찾아가 목탁을 두드리며 시주를 청했다. 그러자 구두쇠 영감은 하인에게 시켜 시주 걸망에 소똥을 담게 했다. 떠돌이 부녀와 마찬가지로 내쫓았다. 고승은 괘씸한 마음이 들어 문간에 놓여 있던 쇠 절구를 논 한가운데에 던지고 사라졌다. 그러자 쇠 절구에서 물이 솟아나 문전옥답이 호수가 되었다. 하인들은 고승이 묶어놓은 두루마기 고름에 매달려 목숨을 건졌으나, 정 영감은 물귀신이 되고 말았다."

왕곡전통마을과 효자각

따가운 햇볕이 길손의 모자를 벗게 하고, 길가에 주저앉게 만드는 오음산 자락을 한참이나 돌아 나간다. 호젓한 길이 끝나는 골짜기에 전통가옥이 오순도순 무리 지은 왕곡마을이 있다. 조선 후기(18, 19세기)의 한옥 건축을 보여주는 마을로 중요민속문화재 제235호다. 촌락은 중앙의 개울을 따라 자리하고 있으며, 오음산이 삼면을 둘러싸고 있다. 어머니의 자궁같이 생긴 터라 겨울에도 따뜻할 것 같다. 마을 앞으로는 들판과 호수다. 전통적인 촌락의 모습이라

왕곡 마을

양근 함 씨 효자각

어색하지 않다. 집들은 서로 조금씩 사이를 두고 앉았다. 이웃을
배려한 것인지, 집을 짓다 보니 그렇게 된 것인지는 알 수 없다.

　마을의 무논에는 연둣빛 어린 모들이 산들바람에 파르르 뜬다.
산골 처녀와 같은 수줍은 자태다. 멀리서 바라보는 마을은 편안하고
아늑하게 보인다. 그러나 바라보는 풍경과 그 속에 사는 삶은
같지 않을 것이다. 현실이자 주어진 삶이고 보면 환경에 순응하고

만족하는 마음가짐이 중요하다. 그래야 후회하지 않게 되고, 아픔도 없다. 정미소로 보이는 건물 입구에는 영화 「동주」 촬영지라는 안내판이 있다.

왕곡마을의 역사는 "고려 말 두문동 72현의 한 분으로 알려진 함부열이 조선 건국에 반대하여 인근 간성 지역에 낙향하였고, 그의 손자 함영근이 이곳 왕곡마을에 정착하면서 마을의 역사가 시작되었다. 임진왜란으로 폐허가 되었으나 현재는 기와집과 초가집 50여 채를 중심으로 마을이 형성"되어 있다. 왕곡마을로 불리게 된 까닭은 오음산을 주산으로 5개 봉우리가 계곡을 이루고 있다고 하여 붙여진 이름이다. 5개 봉우리의 기운이 왕성하다고 하여 왕성할 '왕旺' 자와 골짜기를 나타내는 '곡谷'을 붙여 왕곡마을이라 한 것이다.

오음산 자락 양지바른 곳에 효자각이 있다. 양근 함 씨의 효행을 기리기 위하여 1820년에 건립한 것이다. 자식이 부모를 죽이고, 아내가 남편을 해하는 처참한 시대에 살아가는 우리에게 어떻게 살아야 하는지 보여주는 것이다. 효는 부모의 의무가 아니라 자식의 도리다.

"동몽교관 함성욱은 부친의 병환이 위독하자 손가락을 잘라 피를 먹였다. 병환이 나아 7일을 더 살았다. 나라에서 '조봉대부'의 칭호를 내렸다. 그의 아들 인홍과 인홍은 부친 성욱에게 손가락을 잘라 피를 먹여 3일을 더 살게 했다. '통정대부'의 칭호를 받았다. 인홍의 아들 덕우는 부친이 병환으로 눕게 되자 손가락을 잘라 피를 먹여 하루를 더 살게 했다. '가선대부'의 칭호를 받았다. 덕우의 아들 희용은 부친이 병들자 손가락을 잘라 피를 먹여 3일을 더 연명하게 했다. 또, 3년 동안 시묘살이를 했으니 한 집안에서 5명의 효자가 났다.

나라에서는 이렇게 보기 드문 효자 집안에 벼슬을 내려주고, 효행을 기리고자 비를 건립하게 했다. '4세5효자각'이라 칭하게 하였다."

왕곡마을 저잣거리를 지나니 공현진항이다. 고등학교 다닐 때의 절친 J가 군 복무를 했던 곳이다. 구수한 옛노래로 급우들의 마음을 사로잡았던 친구는 착하고 어질기가 두 번째 가라면 서러워할 정도였다. 법 없이도 살 사람이라며 주변 사람들의 칭찬이 자자했다. 그런 친구가 똥파리 같은 사기꾼들의 감언이설에 속아 유산으로 받은 재산을 6개월을 지키지 못하고 모두 날려 버렸다. 연로하신 모친이 기거하던 오두막마저 경매에 넘겼다. 가까운 사이일수록 돈거래를 하지 말아야 한다는 원칙을 어기고 친구에게까지 많은 빚을 안겼다. 그러고는 미안하다는 말 한마디 없이 사라졌다. 그의 아내와 아들도 소식을 끊고 자취를 감춘 지 오래다.

어느 날, 시내에서 우연히 친구와 마주친 적이 있다. 남루한 옷차림새 하며 몰골이 말이 아니었다. 굶는 것이 몸에 밴 듯했다. 그런데도 지난 일을 잊지 못하고, 금방 재기할 것이라며 큰소리쳤다. 일주일이면 반드시 갚겠다며 빌려 간 한 달 치 생활비와 아우의 결혼식에 사용할 비용까지 나 몰라라 하는 처지에 호기는 어울리지 않았다. 기가 막히고 가슴이 먹먹했다. 마땅한 말이 떠오르지 않아 머뭇거리다 호주머니에 있던 오천 원이 생각났다. 얼른 손에 쥐어주니 고맙다는 인사말을 남기고 총총히 사라졌다. 그것이 마지막이다.

한동안 행방을 수소문했지만, 아는 사람이 없었다. 노숙자가 되어 방황할 것이라고 짐작할 뿐이다. 친구와의 추억을 생각하면 가슴이 아린다. 쓸쓸함이 묻어나는 항을 바라보니 풋풋했던 그 시절이 더욱 그립다.

47코스의 종착지 가진항이 저만치에 있다. 바라보이는 것과 다르게 무거운 몸을 이끌고 한참을 걸어야 한다. 오후의 햇살도 지치게 만든다. 가진항에 도착하고 보니 모든 것이 낯설다. 예로부터 수산물이 많이 생산되는 곳이라고 하건만 신발 끈 풀어 재끼고 백반 한 그릇 먹을 식당이 보이지 않는다. 마땅한 숙소도 없다. 주민들에게 덕을 베풀었다고 하여 '덕포'라 불렸다는 이야기가 허언에 불과한 듯하다.

숙소를 구하려면 어쩔 수 없다. 간성읍을 향해 걷고 또 걸을 수밖에.

밥상에서 사라진 서민의 물고기, 명태

48코스 가진항 – 거진항

비극의 현장, 북천철교

가항길은 공사로 분주하다. 대형 덤프트럭이 수없이 오가면서 먼지를 일으키는지라 숨을 들이마실 때마다 먼지도 한 움큼씩 들여 마셔야 한다. 계속해서 남천을 그슬러 오르면 고성군청이 있는 간성읍이다. 남천마루길을 따라 시내로 들어선다. 접경지역인데도 긴장감이 느껴지지 않는다. 막연한 두려움에 나만 겁쟁이가 되었나 싶다.

오전 6시 30분, 남천을 따라 '동호체육공원' 방향으로 향한다. 정확한 지도를 구할 수 없을 뿐만 아니라 은근히 불안한 마음이 싹튼다. 해파랑길의 표지기가 없다면 한 발짝도 떼기가 쉽지 않을 듯하다. 남천 하류는 모래톱이 바다로 나가는 물길을 막은 탓에 호수로 변했다. 동호리해변에 설치된 철책을 따라가면 솔숲이 우거진 흙길이다. 밟는 감촉이 아스팔트나 시멘트 포장도로와 확연히 다르다. 아침의 피톤치드가 머리를 개운하게 하고, 가슴을 상쾌하게 만든다. 논밭이 즐비한 들길에는 인기척이 없다.

멀리 거진항이 보이는 거진 해변

동호리 해변

북촌 평화누리길

북천은 하천이라 하기에는 너무 넓다. 강이라고 부르는 것이 더 잘 어울릴 듯한 하류의 모습이다. 상류로 오르면 북천철교가 새롭게 단장한 모습을 보여준다. 표지판에는 가슴 아픈 사연이 적혀있다.

"1930년경 일제가 자원 수탈을 목적으로 원산에서 양양까지 건설했던 동해북부선에 속하는 철교다. 6·25 한국전쟁 중에는 북한군이 이 철교를 이용하여 군수물자를 운반했다. 아군이 함포사격으로 폭파해야 했던 비극의 현장이다. 교량 하부의 철각에는 수많은 포탄 자국이 있다. 얼마나 전쟁이 치열했는지를 보여주는 흔적이다."

행정안전부는 평화통일을 염원하며 접경지인 이곳을 '평화누리길'로 지정했다. 해파랑길을 걷는 길손도 저 철교를 건너야 한다. 남과 북의 화해와 협력, 통일의 관문이 되었으면 좋겠다. 철교를 지나 하류 쪽으로 조금만 내려가면 '송강정철정'이 있다. 관동팔경을 노래한 송강을 기념하기 위해 최근에 지은 듯한 정자다. 다리쉼을 할 겸 정자에 오르니 시원한 강바람이 눈꺼풀을 끌어 내린다.

밥상에서 사라진 물고기, 명태

반암마을은 조금 특이하다. 마을을 통과하는 반암길을 따라 민박을 알리는 간판이 줄을 섰다. '반암해수욕장'은 폭격을 맞은 듯 백사장이 울퉁불퉁하다. 선남선녀를 맞기 위해 해변을 다듬는 굴착기가 굉음을 내며 바쁘게 움직인다.

거진항을 앞두고 '고성명태산업관광홍보지원센터'가 있다. 건물

앞면에 알록달록한 명태조형물이 눈길을 끌지만, 우리 바다에서 명태가 사라졌다는 사실이 가슴 아프게 한다. 욕심에 눈이 먼 어민들의 무분별한 남획과 명태가 살지 못하게 만든 우리 모두의 책임이다. 명태의 고장이라는 자부심도 사라지고 말았을 것 같다.

물고기 중에서도 으뜸으로 꼽을 수 있는 음식 재료가 명태다. 생태로 끓인 매운탕은 속을 따뜻하게 데우는 음식으로 최고다. 부드럽게 씹히는 명태살에는 비린내가 없다. 생태가 귀해진 요즘은 동태를 주로 사용한다. 대가리로 전을 구우면 술안주로 제격이다. 무침을 하면 입맛을 돋게 하는 별미다. 북엇국은 아버지께서 술을 얼큰하게 드신 다음 날이면 반드시 상에 올랐던 해장국이다. 다듬잇돌에 올려 방망이로 두드린 몸통을 짝짝 찢어 참기름을 듬뿍 넣어 볶은 다음 소금으로 간을 하고 달걀을 풀어 넣으면 맛있는 국이 되었다. 대부분 러시아산이지만 그것도 감지덕지다. 지구 온난화 현상으로 동해의 바닷물도 점점 따뜻해시고 있다. 언젠가는 어류도감에서나 만날 수 있는 어종이 될지도 모르겠다.

명태는 이름도 많다. 갓 잡은 명태는 생태라고 부른다. 어린 녀석은 대구리, 얼린 것은 동태, 바싹 말린 것은 북어, 반쯤 말린 것은 코다리, 얼렸다 녹였다 반복하며 말린 것은 황태라고 한다. 봄에 잡은 것을 춘태, 가을에 잡은 것은 추태, 그물로 잡은 것은 망태, 낚시로 잡으면 조태라고 하니 이름을 외우기가 만만찮은 물고기다.

서울대 국문학과 교수를 역임했던 양명문이 지은 「명태」라는 시에 변훈이 작곡한 「명태」는 내가 좋아하는 가곡이다. 명태의 노랫말에는 해학이 넘친다. 친구와 한 잔 술을 나눌 때 권주가로서 최고의 악곡이다.

명태

양명문

감푸른 바다 바다 밑에서
줄지어 떼지어 찬물을 호흡하고
길이나 대구리가 클 대로 컸을 때

내 사랑하는 짝들과 노상
꼬리치고 춤추며 밀려다니다가
어떤 어진 어부의 그물에 걸리어
살기 좋다는 원산 구경이나 한 후
이집트의 왕처럼 미라가 됐을 때

어떤 외롭고 가난한 시인이
밤늦게 시를 쓰다가 소주를 마실 때
그의 안주가 되어도 좋다
그의 시가 되어도 좋다

짜악 짝 찢어지어
내 몸은 없어질지라도
내 이름만 남아 있으리라
'명태'라고 이 세상에 남아 있으리라

거진항에서 늦은 아침을 먹는다. 어머니의 손맛을 흉내 낸 반찬이라고 하는데 입에서 겉돈다. 서너 숟가락 깨작거리다 상을 물리고 만다.

화진포, 그 아픔의 현장에 서다

 49코스 거진항 – 통일전망대 출입신고소

친구의 의미

이제부터는 산길이다. 걸어왔던 길을 되돌아보니 감회가 새롭다. 과연 저 길을 두 발로 걸었나 싶다. 부르튼 발바닥, 새까맣게 죽었다가 새로 난 발톱이 자랑스럽다.

응봉을 1차 목표 지점으로 삼는다. 낙엽이 썩은 부엽토 위를 걷는 느낌이 좋다. 무릎에 충격이 가해지지 않으니 걷기가 한결 수월하다. '거진해맞이봉산림욕장'에 들어서니 멀리 보이는 바다가 안개에 싸였는지 희뿌옇다. 파란 하늘은 잿빛 구름이 가렸다. 우중충한 환경이 마음을 흐리게 만든다. 화진포 소나무 숲 산림욕장에서는 엉뚱한 길로 들었다가 되돌아 나왔다. 표지판 방향을 잘못 읽은 탓이다. 정신을 바짝 차리지 않으면 숲속에서 낭패당할 수 있다.

해발 122m의 응봉에 선다. 주변에 높은 산이 없어 정상에서 바라보는 풍경이 일품이다. 눈에 보이는 곳이라면 하나라도 빠뜨리지 않을 심산으로 화진포 구석구석을 망막에 새긴다. 중년의 무리가 표지석을 차지했다. 사진 한 장 남기기가 쉽지 않다. 한참을 기다리고 있으나 좀처럼 일어설 기미가 보이지 않는다.

길은 '화진포의 성'이라 불리는 김일성의 별장으로 향한다. 민족의 비극을 만든 원흉의 휴양 시설이라고 생각하니 기분이 유쾌하지 못하다. 매표소를 300m가량 남았다는 표지판 앞이다. 맞은 편에서 오던 신사가 비탈길을 내려오지 못하고 쩔쩔맨다. 걸음걸이도 위태로워 보인다. 동행한 친구가 손을 잡아주리라 여겼는데 뜻밖에도 혼자서 내려온다. 그 모습을 바라보다 못한 내가 나서 손을 내밀었으나 이미 늦어버렸다. 곧바로 비에 젖은 비탈길을 온몸으로 구르고 만다. 놀란 가슴을 진정시키고 신사를 바라보니 걱정과는 달리 자리에서 엉거주춤 일어선다. 다치지는 않은 모양이다. 이상한 것은 친구라는 사람이 거들떠보지도 않는다는 사실이다. 저만치 혼자서 앞서 걸어가고 있다.

친구는 생명을 나눌 수 있는 사람이라고 배웠다. 비록 피를 나누지는 않았으나 좋은 일에 함께 기뻐하고, 슬플 때 위로받을 수 있는 사람이 친구가 아니던가. 때에 따라서는 부모보다 가깝고, 형제보다도 더 친밀한 사이다. 말하기 어려운 고민을 털어놓을 수 있다. 유산 문제로 갈등에 휩싸일 염려도 없다. 재산이 많고 적음과 지위의 높낮이를 따지지도 않는다. 그런 친구를 위해 손을 내밀기보다 자신의 안전을 먼저 생각하는 중년의 남성이 이해되지 않는다. 자신의 몸뚱이 하나도 감당하기 힘든 할머니도 멀쩡하게 내려오는 길을 신사는 왜 그렇게 쩔쩔맸는지 알 수가 없다. 스스럼없이 내미는 손, 그 손을 주저 없이 잡을 수 있는 사람이 그립다. 그것이 정이고 사랑이 아닐까 싶다.

화진포, 그 역사의 현장

화진포의 성! 건물보다 이름이 더 거창하다. 김일성과 그의 가족이 머물던 역사적인 현장이라고 하나 나에겐 아무런 감흥을 주지 못한다. 기억하기 싫은 역사, 뼈저리게 아픈 현실, 잊지 말아야 할 교훈으로 생각할 뿐이다. 안내판에 의하면 1938년, 독일 망명 건축가 베버가 선교사 셔우드 홀 부부의 의뢰로 전망 좋은 암벽 위에 '화진포의 성'을 건축했다고 한다.

화진포 호수가 있는 이 지역은 삼팔선의 북쪽이라 군정기부터 한국전쟁 전까지는 북한 땅이었다. 일제강점기 때는 북조선의 조선노동당 간부들이 여름휴가 건물로 사용했다. 김일성 또한 가족들과 함께 자주 찾았다고 하여 '김일성 별장'으로도 불리는 곳이다. 1953년 7월 27일, 3년 1개월에 걸친 전쟁이 중지되고 휴전협정이 이루어졌다. 화진포가 우리나라 영토에 편입되면서 초대 대통령을 지낸 이승만과 국회의장이었던 이기붕도 이곳에 별장을 짓고, 휴가를 보냈다. 지금은 소규모 기념관이 조성되어 있다.

김일성 별장

세월이 한참이나 흘렀다. 그렇다고 전쟁이 끝난 것도 아니다. 휴전 상태가 지속되고 있을 뿐이다. 이승만은 죽기 전에 우리 민족에게 유언을 남겼다. 그의 정치적 업적이나 과실을 논하고자 하는 것이 아니라 우리 민족이 어떻게 살아가야 할지 고민하기 위해서다.

"잃었던 나라의 독립을 다시 찾는 일이 얼마나 어렵고 힘들었는지 우리 국민은 알아야 하며 불행했던 과거사를 거울삼아 다시는 어떤 종류의 것이든 노예의 멍에를 메지 않도록 해야 한다."

화진포! '포浦'라는 글자를 썼어도 배가 드나드는 개의 어귀가 아니다. 국내 최대의 석호로 아름다운 호수 이름이다. 호수 주변에는 다양한 식물이 자란다. 호숫가에 핀 빨간 해당화는 해파랑길의 명물이다. 호수와 바다 사이에는 화진포 해수욕장이 넓게 펼쳐져 있다. 울창한 소나무 숲은 호수를 병풍처럼 둘러싸고 있다. 호수는 예전에 바다였다. 오랜 세월에 걸쳐 바다와 격리되면서 호수가 된 곳이다. 둘레는 16km나 된다. 발바닥에 불이 나도록 걸었던 영랑호나 송지호보다도 훨씬 크다. 구름이 비치는 호수에서는 사시사철 철새들을 만날 수 있다. 백사장은 조개껍데기와 바위가 수만 년에 걸쳐 부서지면서 만들어진 것이다.

앞바다에는 거북을 닮은 섬이 있다. 자생한 대나무가 노랗게 변해 섬 전체가 금빛을 발한다고 하는 전설 품은 '금구도'다. 고구려연대기에 따르면 394년(광개토대왕 3년)에 왕릉을 짓기 시작했고, 414년(장수왕 2년)에 광개토대왕의 시신을 안장했다고

화진포

금구도

전한다. 문자명왕 2년에는 망제를 지냈다는 기록도 있다. 학자들은
중국 지린성에 있는 왕릉을 광개토대왕의 능이라 주장한다.

　조선 말기의 방랑 시인 김삿갓은 금구도의 파도와 모래밭의
해당화를 화진팔경에 넣었다. 또, 화진포에는 가슴 아픈 전설이
전해온다.

"옛날, 화진포 근처에 이화진이라는 사람이 살았다. 성질이 고약한 탓에 금강산 건봉사 스님에게 시주는커녕 골탕을 먹였다. 이 사실을 안 마음씨 착한 며느리가 몰래 시주하려고 했으나, 스님은 벌써 떠나고 없었다. 할 수 없이 터덜터덜 걸어오니 마을이 물속에 잠겨 호수가 되어 있었다. 혼자 살아남은 며느리는 슬픔을 이기지 못하고 그만 자결하고 말았다. 그때부터 성질 고약한 시아버지의 이름을 따서 화진포라 불렀다."

어디까지가 진실이고, 어디가 허구인지 알지 못한다. 며느리가 죽은 이유도 궁금하다. 살생을 금하라는 불교의 교리를 어기고 마을을 물속에 잠기게 한 건봉사 스님도 이화진이라는 사람과 다를 바 없다. 권선징악의 줄거리가 너무 엉성하다.

명경같은 호수를 바라보니 김동명의 「내 마음은」 시가 떠오른다. 지금까지 해파랑길을 걸었던 것도 알 수 없는 내 마음을 찾고자 함이 아니었던가. 그런데 해파랑길의 종착지인 통일전망대가 얼마 남지 않은 현재까지도 내 마음을 찾지 못하고 있다. "그대의 흰 그림자를 안고, 옥같이 그대의 뱃전에 부서지고" 싶고, 촛불이 되어 "고요히 최후의 한 방울도 남김없이 타버리고" 싶기도 하다. 때로는 "그대의 뜰에 머물다 이는 바람에 나그네 되어 그대를 떠나"고도 싶다. 정녕, 내 마음은 어디에 있는 것일까.

선박을 닮은 화진포해양박물관은 주차장이 넓다. 시설도 꽤 잘 되어 있는 듯한데 관람객이 없다. 초도항은 썰렁하다. 그래도 항을 터전으로 생명을 이어가는 사람이 있을 터이니 어느 것 하나 소중하지 않은 곳이 없다. 한낮의 열기가 대단하다. 옛날, 에

티오피아의 마라톤 선수가 기도했듯이 나도 나에게 주문을 건다.

'신이여! 두 발을 번 갈아 들어 주십시오. 내리는 것은 제가 하겠습니다.'

대진항의 고만고만한 고깃배는 모두가 파란색이다. 모양도, 크기도 비슷하다. 마지막 고비는 대진등대 가는 길이다. 분명히 표지판을 보고 오른 것 같은데 골목길을 잘못 든 모양이다. 갑자기 집안에서 큰 목소리가 들린다.

"등대 가는 길 아니요."

하얀 등대가 우뚝하다. 직선미가 넘치고, 자못 늠름하여 떠오르는 태양의 기상이 느껴진다.

아름다운 마차진해변 뒤로 금강산콘도가 보인다. 마지막 힘을 짜내니 통일전망대 출입신고소다. 이제 마지막 코스만 남았다.

평화를 기원하는 통일동산에서

 50코스 통일전망대 출입신고소 – 통일전망대

통일전망대 출입신고소는 만원이다. 5차선이나 되는 차량 대기소에 줄지어 선 승용차가 신발장 안의 신발같이 다닥다닥 붙어 있다. 서둘러 신고서를 작성하고 출입증을 발급받는다. 주차비는 선납이다. 안보교육관은 문이 굳게 닫혔다. 남북화해의 분위기를 만드느라 북한의 눈치를 살핀 탓이다. 민간인이 걸어서 도달할 수 있는 최북단, '제진검문소'까지 걷기로 한다. 그런 후, 출입신고소로 되돌아와 승용차를 이용하여 통일전망대로 향할 참이다.

최북단 민간인 마을, 명파리 가는 길

'관동팔경 녹색경관길' 표지판을 따라 '명파리'로 향한다. 강원도 고성군 현내면에 있는 민통선 마을로 동해의 맑은 물과 해안선이 아름다운 경관을 만들고 반짝반짝 빛나는 파도를 만든다고 하여 붙여진 이름이다. 산길로 들어서는 덱 길이 제법 가파르다. 조용한 산길에는 새소리 들리지 않고, 짐승의 발자국도 보이지 않는다. 은근히 마음이 움츠러든다. 지도가 있다고 한들 무용지물이다.

명파 해수욕장

접경지역이라 참고할 만한 건축물이 없고, 한참을 걸었다고 하나 내가 어디쯤 걷고 있는지 짐작할 수도 없다. 그나마 다행이라면 길을 따라 이정표가 많다. 빨강과 노랑의 리본이 합쳐진 해파랑길 표지기와 안내판이 있어 길을 잘못 들 염려는 없다. '슬산봉수대'를 알리는 표지판은 관심 밖이다. 오직 통일전망대만이 걸어서 도착해야 하는 목표일 뿐이다.

산길을 벗어난다. 오싹한 기분이 들어 걷는 것에만 신경을 곤두세우다 보니 어떻게 걸었는지 알 수 없다. 천국과 지옥, 싫음과 좋음, 밝음과 어두움 등으로 나누어질 때마다 마음이 흔들린다.

어쩐지 낯선 명파해수욕장이다. 사람이 걸어서 갈 수 있는 최북단 해변이다. 좌측으로 난 굴다리를 지나 명파4길을 따른다. 명파마을은 생각보다 조용하다. 깨끗하고 질서정연한 느낌도 든다.

대충 보아서는 40~50가구 정도 되어 보이는데 실거주민은 겨우 30여 명 남짓하단다. 주변의 논밭은 내가 사는 시골 마을과 다를 바 없다. 개 짖는 소리가 들리고, 울 안에 감나무가 서 있는 모습까지 닮았다. 누군가 최북단에 있는 마을이라고 말하지 않으면 아무도 그것을 눈치채지 못할 것 같다.

대진초등학교 명파분교장도 규모만 작을 뿐이다. 주변을 둘러 봐도 경계가 삼엄하지 않고, 어떤 위협 같은 것도 느낄 수 없다. 농부의 바쁜 손길마저 다르지 않다. 사람 사는 곳이라면 어디나 저녁밥 짓는 연기가 피어오르는 곳이다. 특이한 점이라면 금강산로를 따라 민박집이 줄을 섰다는 것이다. 파란색으로 통일된 세로의 기다란 간판이 이색적인 풍경을 만든다.

우리의 소원은 통일

통일전망대 가는 길은 넓다. 뻥 뚫린 4차선은 막히는 구간이 없어 시원스럽다. 내 삶도 이랬더라면 좋았을 것이라는 생각이 든다.

'고성통일전망타워' 3층 전망대에 오른다. 평화와 통일을 염원하는 곳이며, 금강산으로 갈 수 있는 출발지다. 통유리 너머로 보이는 북쪽 풍경이 TV에서 보던 그대로다. 동해의 푸른 물결과 연무 사이로 바라보이는 북녘땅이 손에 잡힐 듯이 가깝다. 전쟁의 비극을 모르는 동물만 한가롭게 풀을 뜯고, 초목들은 저마다의 삶의 방식대로 꽃을 피워낼 것이다. 전쟁의 포화가 멈춘 이곳에서 평화로운 삶을 영위했으면 좋겠다.

아, 저 넓은 해변을 보라. 남과 북이 얼싸안고 춤을 춘들 누가

통일전망대에서 바라본 북녘땅

나무라겠는가. 부모와 자식,
형제가 만나 아픔을 어루만지
고, 마음을 나눈들 누가 흉을
보겠는가. 한동안 넋을 놓고 북
녘땅을 바라본다.

고성 통일전망대

　통일전망대에서 900여 미터
떨어진 곳에는 DMZ(비무장
지대) 박물관이 있다. "암울했
던 분단의 역사를 바로 알리고, 냉전과 갈등의 아픔을 평화와 화
합으로 승화시켜 DMZ의 유산을 후손에게 물려주고자 건립"한
곳이다. DMZ! 소통과 화해의 땅이며 평화와 희망과 생명의 땅이길
기원한다.

　"우리의 소원은 통일, 꿈에도 소원은 통일." 굳이 노래를 부르지

않아도 통일과 평화는 민족의 염원이다. 2010년 8월 15일, 광복절을 즈음하여 발표된 〈조국통일선언문〉이야말로 통일에 대한 민족의 마음을 대신하는 것이지 싶다.

완보, 그리고 다짐

해파랑 '일천구백이십 리 길!' 드디어 대장정을 끝냈다. 감격스럽다. 자랑스럽다. 멀고 외로운 길이었지만 꿋꿋하게 걸어왔다. 지금, 이 순간만큼은 나에게 찬사를 보내고 싶다. 수고했다 말하고도 싶다. 외로움도, 아픔도 잊어버리고 싶다. 두 번 다시 지난 시절로 돌아갈 수 없으니 가슴에 응어리졌던 못난 미련, 삶의 찌꺼기들을 남김없이 던져 버리리라 다짐한다.

이제부터는 새로운 삶이 펼쳐질 것이다. 굽이굽이 걸어 온 삶이 오늘의 나를 만들었지만, 기쁘고, 우울했던 시간은 이미 지나간 일일 뿐이다. 오로지 행복을 가꾸며 살기로 마음먹는다. 남은 인생은 가족과 나를 위해 베풀어야 하지 않을까도 싶다.

정들었던 하늘과 바다, 산길과 바닷길, 바람, 항구, 고깃배, 등대, 강, 누각, 나무, 꽃, 풀, 돌, 흙…. 거기에 기대어 사는 아름다운 사람들까지. 모두가 잊을 수 없는 다정한 친구였다. 진정한 나의 스승이었다.